우리 고향

우리 고향

윤석원 연작소설집

도화

차 례

　있을 것이 있고, 없을 것도 없는데 불편하다면, 있는 것도 없고, 없는 것이 있으면 나는 편안할 수 있을까? 쓰지도 못하고 쓸 수도 없는 처지를 탓하는 내가 엿 같아서 곱씹는 말이고, 아직 밥값을 못하는 내가 부끄럽기 때문이다. 순간, 바로 여기서~~.

　지금 우리 고향에는 장분수 같은 인물이 없어지고 있다는 아쉬움으로 이 작품들을 쓰기 시작했었다. 언제부터 우리가 배불리 먹었다고 농사를 무시하고, 농촌을 멀리했을까. 아직도 우리 고향에는 장분수 같은, 일테면 촌놈 장푼수가 필요한데 말이다. 뿐이겠는가, 우리들 마음속에는 형님 같은, 아니면 동생 같은, 그것도 아니면 친구 같은 푼수라도 하나쯤 있었으면 하는 바람이 간절하다. 지금 이 순간, 여기에~~~.

2017년 10월

윤 정 규

토종이 어딨냐고? _ 우리 고향 1

'나의 살던 고향은 꽃피는 산골~'이 아닙니다. '함평천지 늙은 몸이⋯⋯'로 시작되는, 일테면 호남가의 첫머리에 등장하는, 함평의 넓은 들녘과 그 들녘을 가로지르는 함평천이 환하게 내려다보이는, 그 마을에서 우리는 성장했고, 푼수는 지금도 여기 살고 있습니다. 그때나 지금이나 첩첩산중은 아니라는 뜻입니다. 것보다 촌놈이면 그냥 촌놈인 것이지, 골짜기면 어떻고 비탈이나 갯마을이면 뭐합니까. 그 옛날처럼 수양버들 춤추고, 꽃피고 새가 우는 심심산골이 아닌 다음에야 피장파장, 그게 그거 아니겠어요? 하여간에 아쉽지만, 이제는 당연한 현상이 아닐까 싶네요. 눈을 잠시잠깐 감았다 떠도 천지가 변해버릴 판국이라 그럴 겁니다. 뿐만 아니라 고향의 변화는 각자 그 느낌의 차이가 아닐까요. 그러니까 내가 변한만큼 고향산천도 초목도 변했을 겁니다. '삼수갑산도 정붙일 탓'이라잖아요. 하기는 오랜만에 고향에 내려왔으니, 이것저것 생각이 많았을 겁니다. 도통 내려오지 않았던 친구들이 오히려 말이 더 많은 법이고, 더 호사스럽지 않던가요? 이 밤중에 친구들 눈에는 뭐가 그토록 많이 보였는지 감탄사를 연발하고, 마치 세상을 다 산 것처럼 내 고향이 어쩌고저쩌고 탄식들을 하니까, 천천무리 촌놈인 푼수는 괜히 부끄럽고 미안해지는 모양입니다.

방금 문상을 마치고 나온 중학교 동창들입니다. 영안실 입구부터 수많은 조화가 줄을 섰는데, 우연일까요. 우리들의 친구, 국회의원 ㅎㅂㅅ의 근조3단 조화 앞에 들꾀듯 옹기종기 모였습니다. 나라 일이 바빠서 내려오지 못한다고 보낸 것인데, 우리들 친구이기 전에 고인의 큰댁 조카이기도 합니다. 푼수는 친구들과 건성악수만 나누고 안부도 묻지 못했습니다. 반가운 만큼 궁금한 게 많아서 끼어들고 싶은데 틈이 없어 주저거리다, 서너 걸음 떨어져 친구들을 지켜보고 있답니다. 헌데 이야기가 한없이 늘어집니다. 아까는 고향이 변해서 어쩌고저쩌고 하더니, 한미 FTA 협상타결을 놓고 잠시 흥분하다, 이제는 농촌 국제결혼 문제까지 끄집어내려다, 푼수 눈치를 살피네요. 그런데 저쪽에서 또 누가 푼수를 찾는 모양입니다. 친구들에겐 치룽구니 같은 푼수가 안중에도 없겠지만 이 장례식을 원활하게 치러내자면 할 일이 많은 몸입니다. 한 바퀴 후딱 둘러보고 친구들 술상이나 봐줘야겠습니다. 직장 근무시간을 좀 일찍 마치고 서울에서 달려왔으니까 출출할 것이고, 또 두어 시간 앉아 있다가 쫓기듯 올라갈 겁니다. 그래야 아침에 출근할 수 있을 테니까요. 어쩝니까, 그저 고맙고 감사할 따름이지요. 서해안고속도로가 생겨서 더 편리해지긴 한 모양입니다. 고향을 떠난 친구들이 애경사에 번개처럼 또는 느닷없이 참석할 수 있는 것도 다 그 덕분 아니겠어요. 하여간 매번 듣는 말이고 하나같이 바쁘다는 설레발 때문에, 그럴 수도 있겠다 싶다가도, 그때마다 푼수는 더 숨이 찰 지경이었습니다. 바쁘기로 치자면 밤낮이 따로 없는 몸입니다. 면으로 읍내로 농업기술센터나 조합으로 우체국이다 보건소다, 대개가 혼자 사는 어른들이라 이 집도 저 집도 한 번씩 들러봐야 하고, 그야말로 똥오줌 가릴 틈이 없다 그 말입니다. 사실 딸보처럼 안면몰수~, 나 혼자 잘살겠다고 이것저것 다 눈감아버리면 그만이겠지만, 푼수처럼 본인 마음이 편치 않아 그러지도 못합니다. 고향을 떠나지 못한 처지라 어쩔 수 없다 그러네요. 뿐만 아니고 푼수는 아직 떠날 마음도 없습니다. 그만큼 모질지도 못했고, 모도리도 아니어서 그럴 겁니다. 하지만 잘나고 못나고 가 대수겠습니까. 산다는 게 뭐 별거냐구요. 어제 고인이 되신 분은, 우리들의 친구 아버지이자, 우리들 초등학교 선생님이었습니다. 선생님 말씀대로, 어찌됐든 간에 사람구실이나 제대로 하면서 푼수는 그냥 열심히 살아볼 작정이었습니다.

그러께 가을, 면 소재지에 농협장례식장이 생겼습니다. '죽음에 순서 없을 것'이고, '죽음 앞에 노소가 따로 없다'는데, 그것이 생기니까 마치 기다렸다는 듯, 그해 가을부터 이 동네 저 마을에서 유난스러울 정도로 많이들 돌아가셨습니다. 시골에서 한 치 건너면 다 아는 사람들이라, 문상은 오늘까지 줄줄이 연달듯 했습니다. 여기저기 둘러봐도 젊은 사람이 부족한터라, 나 몰라라 할 수가 없었거든요. 푼수가 조금만 부지런하면 고향을 떠나 있는 친구나 선후배 등등이 일 닥쳐 내려와서도 덜 허겁지겁했었고, 또 푼수를 달리 보아주는 듯해서 그 즐거움도 쏠쏠합니다. 몸이야 고달프지요. 촌놈이니까 농사도 해야 하고, 소 돼지도 길러야 하니까 일이야 좀 많겠어요. 그러나 사람 도리는 하면서 살아야 하지 않겠습니까. 헌데도 푼수 마음 같지 않은 사람들이 많으니 답답할 때도 있습니다. 선후배들이야 이러저러 할 수도 있었겠지만 푼수 친구들은 그러면 안 되는데, 깔보고 얕보고 그러데요. 푼수 아버지가 고엽제 후유증으로 투병생활을 오래 하다가 재작년 동짓달에 돌아가셨습니다. '죽음은 모든 사람을 대등하게 한다'거나, '죽은 정승이 산 개만 못하다'는 말이 그때 느닷없이 달덩이처럼 떠오릅디다. 물론입니다. 일일이 다 연락을 하지 못한 푼수 잘못도 인정합니다. 허나 요즘 세상에 연락받지 못해 참석하지 못했다는 변명이 통하기나 합니까. 휴대전화와 문자, 동문회 카페, 카톡 등등의 정보가 넘쳐서 탈인데요. 어쨌거나 약속이나 한 것처럼 고향을 떠나 있는 푼수 친구들은 대부분 나타나지 않았습니다. 자랑은 아니지만, 어떤 식으로든지 한번쯤은 도움을 받았을 것이고, 또 간곡한 마음으로 푼수에게 도움을 청했을 거거든요. 물론 친구들도 고향에 있었으면 다 푼수처럼 했을 겁니다. 하여튼 다들 사정이야 있었겠지만, 장푼수가 세상을 잘못 살고 있는 것 같아서 그때는 많이, 아주 몹시 부끄러웠답니다. 그래서 반성도 많이 했고, 그럴수록 더 잘하면 될 것 아니겠냐고, 돌아가신 아버지 앞에 다짐하고 이렇게 저렇게 살고 있습니다.

상주가 또 소란을 피우는 모양입니다. 친구는 지금, 맏상제 역할을 하고 있습니다. '죽을 때 편히 죽는 것도 오복의 하나'라고 들 하잖아요. 우리 선생님은 편히 돌아가시지 못했습니다. 사모님을 먼저 보내시고 여러 해를 혼자 사셨습니다. 워낙에 꼿꼿하신 분이라 자식들 도움을 마다시고 시골에서 견디셨지만,

동안에 불편한 점이 하나둘이었겠습니까. 나이 들어서 남자가 혼자 산다는 것, 정말이지 현실적으로 얼마나 많은 문제를 만들어내고, 또 심각하다는 것쯤은 다들 아시지요? 이웃마을이라 가끔 찾아뵙지만 선생님은 늘 깨끗하고 밝으셨습니다. 때로는 말벗도 해드리고 잔심부름도 해드리지만 당신 자식들이 하는 만큼 흡족하지는 못하셨을 겁니다. 그래서 그러셨는지, 자네가 최고여. 똑똑하고 잘난 척 하는 거, 그거 분수를 몰라 하는 짓들이야! 하시며 가끔씩 고단해 하셨거든요. 그랬지만 당장 그럴 수 없는 자식들 마음은 또 어떠했겠습니까. 하여튼 최근에 무척 힘들어하시더니, 그만 스스로 가실 길을 떠나신 겁니다. 분향소마다 다 나름의 아픔이 있겠고, 또 말 못할 사연은 있기 마련입니다. 자세한 내막이야 알 필요도 없겠지만 고인의 장남 내외가 지금 외유중이어서 장례에 참석하지 못하는 모양입니다. '죽어서 상여 뒤에 따라와야 자식이다'라고들 하잖아요. 부모 마음과 달리 자식들은 제각각이어서 말도 많고 탈도 많아 그랬을까요. 그러고 보니까, 친구도 많이 변했던 거 같아요. 꼬맹이시절 푼수의 우상이었던 그 모습과 그 마음을 눈 씻고라도 찾아보려 했는데, 못 찾겠던데요. 뭐가 잔뜩 뒤틀리고 꼬인듯해서 거북했습니다. 푼수야 무식한 촌놈이니까 차라리 속편한 세상을 살고 있는지 모르겠네요. 그만큼 배우고 가졌으면 됐지, 무얼 더 바라는지 알 수 없었습니다. 그리고 부친과 형제를 탓해서 뭐 할 것이며, 부모가 자식을 차별했으면 또 얼마나 했겠어요. 다 본인이 할 탓 아닌가요. 친구도 그걸 모르지 않겠지만, 하여튼지 고인 앞에서 복받쳐 오르는 것이 많았던 모양입니다. 후회도 했을 것이고, 또 부끄럽고 섭섭하기도 했을 겁니다. 어찌 서글프지 않고 가슴 아프지 않았겠어요. 해서 과음에 과로에 엉망진창이네요. 한 잠 자고나면 좋아질 겁니다. 분향소 휴게실에 상주를 눕히고 나왔더니, 동창들이 대여섯 일곱으로 늘었네요. 이만하면 우리 선생님도 더 외롭지는 않으실 텐데, 어쩌든지 우리 동창들만은 '눈 가리고 아웅'하는 식으로 고인 앞에 서지는 않았으리라 믿고 싶어요. 하여간 무슨 할 말이 그리도 많은지 친구들은 자리를 잡고 앉아서도 여전히 시끌벅적 요란합니다.

친구들 술상에 푸짐한 홍어접시를 내려놓았습니다. 푼수가 친구들을 위해 신경 쓸 수 있는 당연한 일입니다. 이것저것을 챙기느라 종일 움직였더니 노곤하네요. 잠시 숨도 돌릴 겸 푼수도 끼어들었습니다. 비록 칠레산 홍어지만 생각해서 골라 담아 왔는데도 친구들은 본체만체 시큰둥해 하네요. 흑산도 홍어가 아니라서 일까요, 아니면 푼수가 동창이라는 사실이 그냥 불쾌한 걸까요? 그러거나 말거나 상관할 바 아닙니다. 세상은 '저 잘난 맛에 사'는 거잖아요. 조금 늦게 합류한 친구가 반가움과 고

16

마음을 동시에 표하면서, 푼수에게 악수를 청하네요. 부드럽고 깨끗한 친구 손을, 푼수는 두 손으로 잡아줍니다. 요렇게 보니까, 푼수 눈에도 지금의 본인 모습이 몹시 초라하네요. 그 말 많고 탈도 많았던 386 끝자락 세대인데, 푼수 혼자만 푹~ 삭은 꼴입니다. 하지만 어쩝니까. 촌놈이 때 빼고 광을 낸다고 그 꼬라지 어디 가겠어요. 팔자려니 해야지요.

"수고 한다, 장분수."

서울에서 교수를 한다는 친구가 푼수에게 먼저 술을 권하네요. 수고는 무슨! 하는 표정으로 답하고, 무릎걸음으로 다가가 두 손으로 잔을 받았습니다. 버릇이 늘 그러해서 푼수는 편한데, 친구는 불편한지 어색해 하네요. 얼른 술을 비우고 푼수도 친구에게 잔을 채웠습니다. 저 친구 아버지도 지난 연말에 이곳에서 장례를 마쳤습니다. 누구 표현처럼, 그때도 꼬박 날밤 까면서 조문객을 받았고, 장지 뒷정리까지 앞장서 해야 했습니다. 푼수가 잘나서가 아니고 젊은 사람이 없기 때문에 좋은 싫든 늘 푼수 차지가 됩니다. 친구 마음에는 그 기억이 아직까지 남아있나봅니다. 장분수~! 그나저나 참, 오랜만에 들어보는 이름입니다. 촌스럽고 어감도 좀 그렇지요? 나이 탓인지, 요즘은 다들 그 이름을 잘 부르지 않데요. 자고로 자신의 분수를 알고 사는 것이 최고라고 지은 이름이랍니다. 아버지 작품이지요. 월남전에서 훈장처럼 받았던 몸과 마음의 상처들 때문인지도 모르겠어요. 하여튼 사람은 자기 분수를 알아야 하고, 분수껏 살아야 한다고 강조한 분입니다. 틀림없이 좋은 말인데, 푼수는 이름 때문에 속도 많이 상하고 그랬습니다. 뿐만 아니라 장분수가 언제부터 장푼수로 변해버렸는지, 푼수는 동네 똥강아지처럼 이리저리 차이고, 만만한 게 홍어 좆이라고 너도나도 찝쩍거리는 통에, 장분수가 분수에 맞게 살 수가 있었겠어요. 그래서 푼수처럼 장푼수로 살았다면 믿으시겠습니까. 이번엔 술상 저쪽에 앉은 초등학교 동창이 잔을 내밀면서 그러네요.

"푼수, 잘 산다며?"

입이 걸쭉한 동창인데, 오랜만이라서 그런지 말씨가 곱네요. 스스로도 싸가지가 바가지로 없는 딱장대 같은 놈이라고 까불대며 살았는데, 지금은 광주에서 '물장사'를 한답니다. 잘 살지 못할 이유가 없고, 사는 재미도 남다르기에, 푼수는 웃음으로 대신합니다. 땡볕 아래서 뼈 빠지게 농사짓고, 소와 돼지 똥 만지면서 살지만, 재미가 있고 없고를 떠나서 불행하지는 않았습니다. 남들이 뭐라고 떠들어도 푼수 본인이 불행하지 않다고 생각하면 그만 아닌가요. 저 친구처럼, 거시기 콧구멍에서 마늘씨 빼먹듯 생활이 각박하지도 않았고, 해서 남에게 사기를 칠 이유도 없었거든요. 언젠가 저 친구가 곧 숨넘어가는 소리를 해서,

농자금을 빌려줬다가 푼수는 무릎을 꿇고 받았습니다. 웬만했으면 다 포기해버리고 싶을 만큼 속이 상했는데, 추잡스럽지만 아직도 황소 한 마리 값은 남았을 겁니다. 뿐입니까, 또 다른 친구처럼 부인이 바람나서 도망치는 불상사 없이, 푼수는 아직까지 잘 살고 있다 그 말입니다. 눈치채셨는지 모르겠으나, 푼수 각시는 베트남 여잡니다. 늦장가 들어서 딸 하나를 얻었는데, 올해 초등학교 입학했네요. 아버지 유훈을 지키지 못해 죄송하지만, 장손이고 장남이고 다 포기했습니다. 딸 하나라도 잘 키울 작정이랍니다. 또 한 친구처럼 자기들 좋아서 결혼하고, 자식들 낳고 했으면 끝까지 책임져야지, 이혼했다고 시골 노부모한테 아이들을 떠안기는 못된 짓거리를 푼수는 죽었으면 죽었지 못할 겁니다. '동네처녀 믿다가 장가 못간다'는 말처럼, 푼수는 장가를 못가서 미치고 환장하겠는데, 겉늙어가는 자식 장가 못 보내서 푼수 부모는 정말이지 쌩~똥을 쌀 판이었는데, 친구들은 여자를 그토록 쉽게 취하고 버리데요. 당연하겠지만 푼수는 그럴 재주도 없을 뿐 아니라 그러지 못할 겁니다. 얼마나 힘들고 어렵게 한 결혼인데, 푼수가 친구들처럼 할 수 있겠어요. 잘 살아야지요. 그렇습니다. 못하는 게 아니라 아니할 겁니다.

"장푼수, 느그 각시는 어쩌냐?"

역시, 웃음으로 대답을 대신합니다. 친구니까 그럴 리는 없겠지만, 각시가 아직 도망치지 않았냐는 말처럼 들리네요. 요즘에 도망치는 부인들이 하도 많아서 그런 모양입니다. 저 친구가 아들을 시골 노모한테 맡긴, '그 썩을 놈', 아니 '썩어나자빠질 놈'입니다. 친구 어머니는 푼수 앞에서 당신 자식을 늘 그렇게 부릅니다. 언젠가 친구가 그러데요. 느그 각시 같은 여자를 하나 부탁한다고요. 그냥 기가 차데요. 그래서 그랬습니다. 반편이 푼수도 잘 사는데, 서울에 사는 네가 뭐가 부족해서 그러냐고. 꿈 깨라고요. 사실 말이 여기까지 나왔으니, 조금만 더 하렵니다. 푼수 같은 이야기니까 믿고 말고는 잘난 당신이 알아 하세요. 서울 거리에도 그런 낯 뜨거운 현수막이 걸렸는지 모르지만, 요즘 시골 도로변에는 흔해 빠졌습니다. 촌놈 장푼수는 정말이지 각시한테 창피해 죽을 지경입니다. '베트남 신부 절대 도망가지 않음', '숫처녀 보장함', '비용 ○○원에 장애인도 20대 신부가능' 등등, 대체 이게 뭡니까. 일전에 한국어 교육을 하고 돌아오는 차안에서 각시가 그 현수막을 보며 그럽디다. '남의 눈에 눈물 내면 제 눈에는 피눈물 난다'고. 등골이 오싹했지만 대~한민국이 다 그런 것은 아니라고 달랬습니다. '농촌총각 10명 중 4명이 국제결혼', '위장결혼', '묻지마 결혼', '파탄 늘어가는 국제결혼', '이혼급증으로 시름 깊은 농촌', '결혼중개업체 횡포', '일천만원 소개비' 등등 요즘에 자주 듣는 말입니다. 열나게 떠들어봐야 다 소용없습니다. 당사자가 변하지 않고는 '호박에 침주기'요, '호박에 말뚝 박기'같은 거 아니겠어요. 다들 어쩌려고 그러는지, 세상을 너무 쉽게, 너무 함부로 살려고 하는 것 같아요. 말이 다르고 역사와 문화가 다른 두 사람이 만나, 그것도 속전속결로 가정을 이뤘으니, 웬만큼 노력해서 그 차이를 극복해내겠느냐 그 말입니다. 여자 몸으로 물설고 낯선 타국 땅, 그것도 농촌에서, 용기 하나로 버티기가 쉬운 일이겠습니까? 물론 그중에는 애초부터 나쁜 마음먹고 들어온 여성도 있을 겁니다. 하지만 누구를 탓하기 전에, 왜 우리 농촌이 이 지경에 이르렀는지부터 반성해야 하지 않을까요. 우리가 언제부터 이렇게 잘 먹고 잘 살았다고 농사를 팽개치고, 쌀을 무시했을까요? 솔직히 너나할 거 없이 촌놈이고 촌년이 아닌 사람 몇이나 되느냐 그 말입니다. 내가 태어나고 자란 농촌을 나부터 싫어하면서, 외국인 여성이 다 좋아해주기만 바란다는 것, 도둑심보 아닐까요?

장푼수는 참 운이 좋은 놈입니다. 푼수로도 부족하면 팔불출이라 꼬집어도 어쩔 수 없다네요. 각시 자랑을 좀 하겠답니다. 착하고 예쁘기로 따지면 이 세상 누구도 부럽지 않고, 마음도 비단결 같아서, 몸둘 바를 모르고 삽니다. 뿐이겠습니까, 벌써부터 다문화가족 모범가정으로 뽑혀서 여기저기 농촌으로 불려가 '우리부부'가 사는 모습을 전하기도 합니다. 뿐만 아니라 각 시는 군청 홍보실에서 외국인 며느리들에게 한글도 배워주고, 문화교육과 상담도 해주며, 외국인 주부들 가정방문 도우미 역할도 잘 해내고 있답니다. 때문인지 푼수가 정말 성공했다고 부러워하는 사람들이 점점 많아지데요. 그렇다고 늘 좋은 일만 있었겠어요. 아닙니다. 지금이야 너무 많아서 국제결혼이 문제지만, 근동에서 베트남 여성과 결혼한 농촌총각 1호가 장푼수입니다. 그때 주례사로, 그냥 열심히 살라고 우리들 선생님이 당부하셨는데, 지금은 저 영안실에 계시네요. 때문에라도 더 성실하게 살려고 노력하는 겁니다. 아버지 아픔을 덜어보겠다고 베트남어를 공부했던 여동생 도움이 컸어요. 물론 아버지도 수교후 몇 차례 베트남을 다녀오셨습니다. 그것으로 그 아픔을 다 해결할 수 있었는지 알 수 없었으나, 그 후 아버지는 많이 좋아지셨습니다. 푼수네 가족과 베트남의 인연은 그랬습니다. 동생은 하노이 파견근무를 오래했고, 그렇게 알게 된 동료였답니다. 일찍 한국어를 배웠고, 대학까지 나온 여자를 푼수가 어찌 신부로 맞을 수 있었고, 가시버시 연을 맺을 수 있었겠어요. 푼수 머리가 공부를 도대체 어려워해서 농업고등학교도 겨우 졸업할 수 있었습니다. 거기다 곰퉁이 같은 모습이었고, 도시는 말할 것도 없고 읍내에서조차도 어지러워서 도저히 살 수가 없는 채질이었습니다. 그랬으니, 살찌기를 죽는 것보다 싫어하고, 농촌이라면 천금도 마다할 대~한민국 아가씨들한테 푼수 꼴이 먹히겠어요. 그래저래 푼수는 나이만 먹었던 겁니다. 하여튼 그렇게 나름 준비된 국제결혼을 했는데도 부족하고 어렵고 아프고 고단한 일들은 많이 생겼습니다. 참고 견뎌야 했고, 돕고 이해할 수밖에 없었습니다. 그러다 보니까 차츰 좋아지데요. 좋은게 좋더라고, 그것으로 다 좋았으면 국제결혼 문제로 지금 농촌이 이토록 시끄럽겠습니까? 먼 옛날이야기도 아닙니다. 우리도 없어서 지지리 어렵게 살기도 했고, 부끄러운 시절도 있었습니다. 언제부터 우리가 없는 사람들 차별을 했느냐 그 말입니다. '말 타면 종 부리고 싶다'고, 자기 분수를 모르고 설치는 통에 우리가 지금 이토록 혼란스러운 것 아닐까요.

언젠가 이런 일도 있었습니다. 결혼 초였는데, 푼수를 위로한답시고 어쩌고저쩌고 말이 오가는 중이었습니다. 이웃마을 초상집마당에서였는데, 중학교 동창이 한 말입니다. 어이 장푼수, 밤일은 잘하냐? 밤낮으로 너무 힘든 것 아녀. 너 지금 얼굴이 반쪽이랑게. 내가 쪼까 도와주까. 까무잡잡하고 쪼깐해서 한번 품으면 맛이 죽이겠드라야. 느그 마누라 조개는 어떻게 생겼는지 궁금하기도 허고. 친구 좋다는 게 또 뭐시여. 오늘밤 어떠냐? 푼수는 그냥 웃고 말았습니다. 그리고 그런 걱정은 말고 너나 잘하시라고 하려다, 친구를 불러냈습니다. 좋다고 따라오데요. 속없고 공부를 못해서 그랬는지, 푼수를 놀리고 비웃어도 웬만해선 버럭 화내지 않았습니다. 본인 입 아프면 그만할 것이고, 내 입 더러워지는 것 아닌데 열 받아 뭐합니까. 아무튼 그날 밤, 그 친구를 마을 앞 저수지에 냅다 거꾸로 처박아버렸습니다. 말조개는 그 속에 많았거든요. 조개면 다 같은 조개 아닌가요. 뭐가 그리 궁금할 것이며, 왜 남의 것을 탐하느냐 그 말입니다. 그 친구처럼 우리 주변에는 외국인 여성에 대한 궁금한 것도 많고, 깔보는, 그리고 저속한 수작을 부리려는 연생이 같은, 똥개보다 못한 족속들이 많지 않던가요? 푼수도 그렇고 각시도 그렇습니다만, 지금이야 누가 뭐라 해도 농담으로 받아넘길 수 있지만, '만만한 데 말뚝 박는다'고, 정말이지 처음엔 무척 힘들었답니다. 각시는 더 했을 거구요.

"분수야, 요즘도 농사 많이 하냐?"

푼수는 얼른 그렇다고 대답했습니다. 농부가 농사짓지 않으면 뭐하겠습니까. 친구들은 여태까지 연말 대선이 어쩌고 국회가 저쩌고, 정치이야기를 하고 있나봅니다. 몇 잔 받아 마신 술 때문인지 푼수는 비몽사몽이었습니다. 푼수 머리로 따져봐야 어지러울 뿐이고, 정치에 관심도 없습니다. 해서 넋 놓고 있었는데, 의견이 둘로 나뉘어 고성이 오가더니, 잠시 조용해지네요. 그 틈에 인천에서 고등학교 선생을 한다는 친구가 말머리를 돌렸습니다. 저 친구는 여기저기 애경사에서 가끔 보았는데, 자유무역협정 때문에 걱정이 되어서 꺼낸 모양입니다. 고마운 친굽니다. 덕분에 또 술잔이 돌기 시작합니다. 또 한 친구가 나서네요. 고인이신 선생님께 유별나게 지적을 많이 받았고 매질도 많이 당했던, 그리고 장푼수를 무척 괴롭혔던 갈개꾼 같은 동창인데, 선생님 이야기를 먼저 꺼냅니다. 문상 온 것만으로도 고맙고 감사한데 말입니다. 경기도 어느 공단에서 큰 공장을 운영하며 돈도 많이 벌었답니다. 열심히 살았다는 증표겠지요. 초등학교 시절을 펼치면 당신은 무엇이 먼저 보이던가요? 어린 시절의 기억이 무섭다고 하잖아요. 일테면 '가'는 똑똑하고, '나'는 멍청하고, '다'는 공부를 잘하고, '라'는 못하고, '마'는 품행이 좋고, '바'는 나쁘고 등등, 마치 원죄처럼 따라 다닌다는 그 느낌, 경험해보았지요? 똑똑하고, 공부 잘했던 친구는 당연히 훌륭해졌을 거라는 기대의 고정관념이, 멍청하거나 성격이 나빴던 친구는 여전히 그 팔자일거라는 추측의 선입견 말입니다. 얼마나 빗나가던가요? 잘되고 못되고 그것과 상관없이 당사자는 그대로라는데, 그 말이 진심으로 느껴지던가요? 그런데 인생이란 것이 그런다잖아요. 나보다 못나고 못했던 친구한테 신세질 일이 꼭 생기게 되더라고, 당신의 경우는 어떻든가요? 친구들 이야기가 길어질 것 같습니다. 그야말로 장푼수만 별 볼 일이 없고 누추한 꼴인데, 친구들은 나름대로 많이 변했네요. 물론 우리들의 농촌도 변화의 연속이겠지요.

농촌도 변해야 산다고, 몸부림을 치는 중입니다. 금싸라기보다 더 소중한 전답이 이리저리 뜯기고 잘려나가면 푼수는 그때마다 환장할 지경이었습니다. 분수를 모르는 푼수라 그럴까요. 어쨌든 '나비축제'다 '연꽃축제'다 해서 자치단체마다 축제~ 축제로 요즘 난리들입니다. 물론 살아남기 위한 몸부림이고, 잘 먹고 잘 살아보겠다는 발상인 것도 압니다. 하지만 땅을 너무 함부로 하고 소홀히 한다 그겁니다. 옥토에 느닷없는 골프장이 생기고 고속도로가 지나갑니다. 농로며 밭길까지 콘크리트 포장도로가 되고, 그토록 귀중했던 논밭들이 갈비집이나 주차장으로 변하고 있습니다. 그럴만한 이유야 다 있을 겁니다. 뿐이겠어요. 힘들다고, 돈벌이 안 된다고, 버려둔 땅이 사방팔방에 흔해빠졌습니다. 농촌에 젊은 사람이 없는 것도 탈이지만, 지금껏 농사만 짓던 사람들까지도 이제는 포기하겠다고 오늘만 넬만 기다리고 있는 처집니다. 그렇다고 굶고 살 수 있나요. 개와 돼지는 낑낑대다 말겠지만, 사람은 굶고 살 수 없잖아요. 그러니 중국산부터 칠레산, 미국산 등등이 개판을 칠 수밖에요. 만사 접어두고 상경해서 농민투쟁이라고 해본들 무슨 소용이냐 그 말입니다. 우루과이라운드부터 최근의 한미협상까지 '계란으로 바위치기'요, '업어치나 메치나' 아닙니까. 하여간 푼수 같은 촌놈들도 잘못이 아주 많았습니다. 벌써부터 그런저런 협상과 개방에 대한 준비를 해야 했는데, 무작정 버티기만 한 겁니다. 무식한 놈이고 농사꾼이라 뭘 몰라서 그럽니다만, 뭐가 어디서부터 어떻게 잘못되었는지 좀 알려주서요. 촌놈들 속이라도 시원하게요.

"넌, 여전히 토종만 고집허냐?"

저 친구는 나름의 속내가 있어서 물었겠지만, 푼수는 고개를 저었습니다. 그랬더니, 그 옆에 앉은 초등학교 동창이, 요즘 세상에 토종이 어딨냐고 따지듯 되묻네요. 그럴 만도 합니다. 헌데, 재래종이면 어떻고 개량종이면 어때서요. 내 땅에서 내가 생산해낸 것이 토종 아니겠어요. 도시사람들은 그런다면서요. 내 부모가 농사해서 보내온 것 빼고는 다 수입농산물이고, 유기농 같은 소리는 하지도 말라고. 농촌현실을 빤히 들여다보고 하는 말 같은데, 차라리 잘 생각한 겁니다. 이것저것 따지면 머리만 아프잖아요. 농촌에서 태어났지만 농사를 모르고 살았을 테니, 토종과 외래종을 어떻게 알 것이며, 재래종 아닌 것은 개량종이나 육성종이란 말은 들어보았을까요. 관심이나 있었으면 그나마 다행입니다. 그러고도 토종이라면 사족을 못 쓰는 행위,

그거 알량한 사치스러움 아닌가요?

　몇 해 전입니다. 밀농사를 해서 우리밀가루를 만들어 이웃과 나눠먹고, 조금 여유가 있었습니다. 저 친구가 어디서 그 소식을 들었는지, 고향에 내려와 그것을 팔아주겠다고 해요. 품질이야 좀 떨어지지만 수입밀가루와 비교할 바 아니고, 없어서 못 먹을 판인데 그런 부탁을 하데요. 도시에서 살다보니까 그런 것이 귀하게 필요할 때도 있나 싶어, 나 먹을 것도 남기지 않고 줬습니다. 했는데 뒤늦게 돌아온 답은, 송아지도 웃을~, 품질이 어쩌고저쩌고 '쇠뼈다귀 우려먹듯' 빤한 말을 해요. 친구도 뭔가 이유는 있었겠지만 답답하잖아요. 해서 그랬습니다. 너라도 잘 먹고 잘 써먹었으면 그만인 거지, 물건 탓은 하지 말라고. 그것으로 끝냈습니다. 말이 나왔으니, 그 옆의 동창 이야기도 마저 하렵니다. 이태 전입니다. 하도 오랜만에 보는 얼굴이라 반가워서, 조문을 하고 나온 친구를 트럭에 태워 읍내로 나왔습니다. 국밥이라도 먹여 보낼 생각이었는데, 그냥 술 한 잔 하자데요. 함평한우 좋다는 것도 알겠지만, 도시에 사는 친구들은 하나같이 함평낙지를 더 원하데요. 뿐입니까, '보릿고개가 태산보다 높다'던 그 시절, 지지리도 배고팠던 꽁보리밥시절이 있기나 했었냐는 표정이고, 말로는 다 갑부들 배포였고 통도 컸습니다. 해서 분수를 모르는 푼수만 이래저래 낙지 값을 많이 치렀습니다. 뻘 낙지든 산 낙지든, 그것이 또 비싸기는 오직 비싸야지요. 하기는 서울 강남의 술값에 비하면 일도 아니겠지만, 푼수 같은 촌놈이야 강남을 어찌 알겠습니까. 하여튼지, 실컷 잘 먹고 올라가면 다들 그것으로 끝이데요. 때문에 한동안 자제를 했습니다. 돈도 돈이지만, 푼수가 베푸는 정은 정도 아닌 것 같데요. '인정도 품앗이'란 말을 그때야 생각했습니다. 어쨌거나 저 동창을 데리고, 선배네 낙지 가게로 갔습니다. 역시 입맛은 있어서 잘 먹고 먹매도 좋아서 한이 없데요. 낙지가 찰지고 부드럽다며, 한 잔만 하자던 술을 네댓 병이나 마셨습니다. 그랬으면 됐지, 아까 그 낙지는 중국산 아니지? 하면서 올라갑디다. 역시나 먹을 때 그뿐이데요. 먹기 전에는 서로 먼저 낼 것처럼 호기를 부리다가, 먹고 나면 이리저리 미꾸라지처럼 빠지는 모습들이 어쩌면 그렇게 하나같은지, 그리고 도시 산다는 친구들은 왜 그렇게 의심스러운 것이 많은지 말입니다. 것도 그렇거니와 토종이 없다는 말은, 푼수 딸아이 때문입니다. 요즘 농촌에 다문화가정 아이들이 많다는 과장된 표현을 그렇게 하는 겁니다. 사실입니다. 앞으로는 더 많아질지도 모르겠고요. 촌놈이, 그것도 농사꾼이 토종을 지키지 못한 책임을 통감합니다. 그런데 지금도 그 대책은 없습니다. 농촌에 토종이 있고 없고가 문제의 전부겠어요. 급증하는 국제결혼도 그렇고, 그에 따른 이혼과 혼혈 문제도 심각하거든요. 하지만 어쩝니까, 푼수 능력이 부족한데요. 해서 친구들 앞에, 부끄럽고 미안하다 했던 겁니다. 하여튼 푼수는 세상사는 게 하도 팍팍하고 고단해서 그런지 모르지만, 사람들이 너무 쉽고 편하게만 살려고 하는 거 같아서 몹시 혼란스럽답니다. 누군가 그러데요. '일을 해본 사람만이 감사할 줄 안다. 자연을 보고 햇볕을 쬐는 게 얼마나 큰 축복이고 기쁨인가. 자연의 정직함, 그 진솔함을 안다면 사람들이 함부로 살지 못할 것이다'라고요. 틀림없이 좋은 말인데, 이 세상을 함부로 사는 사람보다 그렇게 살 수 없는 사람들한테 더 정이 가고 애틋해지는 까닭은, 푼수가 무식한 탓은 아니겠지요.

그러나저러나 마냥 이렇게 퍼질러 앉아있을 팔자가 아닌데, 이 밤을 푼수가 지금 이러고 있습니다. 그 사이 친구들은 화투판을 폈고, 상행선 열차시간 때문에 먼저 나선 친구도 있네요. 하여간 선생님께서는 화장장을 원하신다고 유서로 남기셨기에, 발인제가 끝나면 크게 도울 일이 없어서 푼수는 벌써부터 한가해진 느낌입니다. 상주인 친구가, 화장은 안 된다. 선산도 있고 자식들도 있는데, 말도 안 된다고 펄펄 뛰었지만 유언장을 뒤집지는 못했습니다. 살아 있을 때도 자식들 얼굴보기가 힘든 세상인데, 죽어서 뭘 기대하겠느냐던 선생님 말씀이 푼수 가슴에 아직 머물러 있지만 상주에게는 전하지 않으렵니다. '내리사랑만 있지 치사랑은 없다' 그러잖아요. 선생님께도 그저 자식이 보험일 뿐이었을까요. 자식들을 위해 다 쏟아내야 했던 만큼 다른 노후대책이 남아 있을 턱이 없었던 모양입니다. 선생님의 삶은 푼수 아버지가 사셨던 모습과 많이 다르리라 생각했습니다. 때문에 장분수가 푼수처럼 살았던 것을 억울해 할 수도 없었고, 자식들을 위해 그 보험조차도 들 수 없을 만큼 가진 것이 없었던 부모를 원망할 수도 없었습니다. 가난 때문에 베트남 파병을 자원했고, 그렇게 벌어온 돈으로 논밭을 마련했는데, 장분수가 푼수처럼 살지언정 어찌 그 땅을 함부로 할 수 있었겠느냐 그 말입니다.

"분수야, 요즘은 논밭 시세가 어쩌냐?"

밤이 깊어질수록 장례식장 분위기는 더 요란해지는데, 푼수는 어쩐지 더 심난해지네요. 그런 푼수를 지켜보았는지, 내내 조용히 앉아있던 친구가 힘없이 묻네요. 중학교를 다니다 도시로 이사를 갔던 초등학교 동창인데, 유일하게 고향땅이 벌써부터 많이 그립다고 말한 친굽니다. 그 옆의 친구가 시세고 뭐고 없이, 한마디로 개 똥값이라고 몰아붙이네요. 지나침이 없지 않으나, 다들 동감하는 눈칩니다. 그럴 겁니다. 기업도시니 행정중심복합도시니 혁신도시니 해서 땅값이 금값인 곳에서야, 뭐라 의견도 분분하겠지만, 친구들이 모처럼 한 목소리를 내네요.

낙후된 고향땅을 탓할 수도 없겠고, 그렇다고 고향에 남겨둔 논밭이 있는 것도 아니니 그냥저냥 하는 말들일 겁니다. 물론 땅이 똥값일망정 고향에 코딱지만큼의 논밭뙈기라도, 그것이 있고 없음에 따라서 마음은 천차만별이었습니다. 친구들도 알겠지만 그때는 농사가 많고 적음에 따른 상징은 많았습니다. 그게 오늘날 있고 없음의 차이와 어떤 관계로 변질했는지 모르겠으나, 하여간 요즘은 그 논밭이 천덕꾸러기가 된 느낌입니다. 농촌에서조차 땅이 농사의 기능보다는 그 가치에 휘둘리기 때문일 겁니다. 어쨌거나 저 친구가 땅값을 물었던 까닭이 있습니다. 언젠가 귀농에 대한 말을 조심스럽게 꺼내서, 미안한 마음으로 푼수가 그랬을 겁니다. 푼수를 보면 모르겠냐고. 말이 쉽지, 귀농이 말처럼 쉽습니까? 전국귀농운동본부에서 그럽디다. 유식한 말로, 귀농은 눈높이를 낮추는 것이 성공의 열쇠라고 가르치지만 여전히 성공률이 떨어지고 있답니다. 눈높이고 뭐고 할 것 없이 무식한 말로다, 분수가 푼수처럼 살 수밖에 없는 농촌현실을 알지 못하고는 백전백패라는 사실은 힘주어 말할 필요가 없었습니다. 도시생활이 마음에 차지 않아 귀농을 생각했다는데, 농촌이 어떻게 그 마음을 채워줄 수 있겠느냐 그 말입니다. 물론 속사정이야 또 있겠지만, 섣불리 내려와서 푼수처럼 사는 촌놈들 마음만 흔들어놓고, 휭~ 올라가버리면, 그 책임은 누가 감당하겠어요. 또다시 미안하지만, 저 친구는 아직도 푼수 마음을 모르는 거였고, 애가 탈만큼 절실하거나 간절하지도 않은 겁니다. 땅값이 문제가 아니거든요. 죽을 각오로, 아니 마음 크게 먹으면, 더도 말고 농사짓겠다는 다부진 결심만 있으면 금쪽같은 푼수네 땅이라도 내줄 수 있습니다. 뿐입니까. 아까 친구들이 말했던 것처럼 똥값인 땅은 얼마든지 매매도 가능하고 임대도 할 수 있으며, 그냥 농사지어 먹어도 뭐라 탓하기는커녕 오히려 고마워할 만큼, 푼수 주위에 놀고 있는 전답도 많습니다. 정말로 뜻이 있으면 얼마든지 성공적인 귀농도 가능할 텐데, 많이들 그 분수를 모르는 것 같아요. 애당초 귀농해서 돈 벌겠다는 생각은 말아야 해요. 나 먹고, 남으면 나눠먹을 생각을 해야지 소득을 생각하면 힘들거든요. 살아있는 증인 푼수를 보면 몰라요. 이렇듯 지금 우리농촌은 많은 것들이 넘치거나 혹은 부족해서 이처럼 균형을 잃어가고 있다는 겁니다. '걱정도 팔자'라고, 푼수가 괜한 참견을 하고 있는 거겠지요.

"장분수, 뭘 그렇게 생각허냐?"

모처럼 푼수가 분수다워지려는데, 그냥 내버려두지, 뭐가 어쨌다고 푼수에게 느닷없는 관심인지 모르겠네요. 생각이고 뭐고, 몹시 고단해서 명석잠이라도 잠시 눈을 붙였으면 좋겠는데, 마음대로 할 수가 없네요. 필요 없는 물건일지라도 남 주기는 아까운 것처럼, 이 자리에 있으나 마나 한 푼수 처지가 꼭 그 꼴입니다. 친구들은 아까부터 초등학교 동창회를 하자 말자로 의견이 오고 가더니, 이제야 뭔가 결론이 난 모양입니다. 그러거나 말거나, 여전히 푼수가 기운 빠지고 맥없어 하자 또 한 친구가 다그치네요.

"느그 이쁜각시 생각나서 그러냐?"

순간 웃음이 터졌습니다. 푼수도 실없이 웃었습니다. 장례식장에서 실례인줄 모르지 않겠지만, 망자보다는 산 사람들 분위기로 흐르기 마련이어서, 은연중에 건배도 하고 또 웃고 떠들고 하는 것 아니겠어요. 오늘 이렇게, 각계각층의 그야말로 다양한 조문객이 많은 것도 선생님 공덕 때문만은 아니고, 다른 무엇이 있다고들 하니까 그 깊은 뜻을 알 수는 없지만, 모처럼 우리 동창들도 많이 모였습니다. 해서 동창회 건이 다시 불거진 모양인데, 사실 푼수는 별 관심이 없습니다. 그러잖아도 잠깐 틈을 내서 집에 다녀왔으면 싶었는데, 푼수처럼 이도 저도 못한 겁니다. 내일은 올 농사를 하려면 못자리도 해야 합니다. 노모와 각시가 애쓰면서 채소하우스를 틈내 돌아봐주고, 짐승들도 잘 챙겼겠지만 농촌일이라는 것이, 여기저기 틈이 있기 마련이어서 푼수가 장시간 집을 비우게 되면 표가 나거든요. 후회막급인데도 이러고 있습니다.

"올 여름에는 푼수 니가 황소라도 한 마리 잡어라. 다 밀어줄 틴께."

정말로, 소 잡아먹을 소리를 하고 있네요. 무슨 뚱딴지가 있는지 모르겠지만, 설사 그것이 진심일지라도 사양하렵니다. 그거 아니라도 동창들이 원한다면, 기르던 소를 잡아서라도 기꺼이 대접을 못할 이유가 없겠지만, 저건 싫습니다. 우선 인물이 아닐 뿐만 아니라, 푼수는 그냥 지금처럼만 살고 싶거든요. 아직은 고향을 떠날 용기가 없다 그 말입니다. 할 사람이 없어서 몇 년째 이장을 하는 것으로도 죽을 맛인데, 동창회장이 다 뭡니까. 훌륭한 동창들이 얼마나 많은데요. 그런 동창들을 지켜보는 것만으로도 고맙습니다. 침략하지 않고, 빼앗지 않고도 우리가 지금 이만큼 살 수 있었던 것은, 우리의 근면성 때문이라잖아요. 솔직한 소망이면서, 그럴 수만 있으면, 남의 것 욕심내지 않고 사는 그날까지 살 수 있었으면 하는 것이 유일한 꿈이랍니다. 그런데, 회장이라고요. 아직도 친구들이 푼수를 너무 모르는 것 같아서 자리를 박차고 일어나려는데, 언젠가 밀가루를 팔아준 그 친구가 푼수 주머니에 뭔가를 밀어 넣으며 그러네요.

"분수야, 요즘 겁나게 어렵다며?"

이런 젠장할!! 촌놈이라 어쩔 수 없이 빈티가 풀풀 나겠지만, 동창들 앞에서 졸고 있는 푼수 꼴이 생각보다 심난했나 봅니다.

"장분수, 너밖에 없어야. 뭔 말인지 알지?"

뭔 말인지 알고 싶지도 않고, 믿고 말고 할 것도 없을 것 같아서, 푼수는 서둘러 자리를 피했습니다. 친구들은 잠시 후 썰물처럼 빠져나갈 겁니다. 자신들의 밥벌이 터전인 도시를 향해 고향에서 빠져나갈 거라 그 말입니다. "항상 고마워. 너 때문에 고향 내려온다." "토종이 따로 있겠냐. 니가 진짜여." "우리 엄니도 좀 살펴주라, 너만 믿는다. 나도 언젠가는 그 공 갚는다." "분수 니가 최고여야, 잘 살어라." "어려운 일 있으면 꼭 연락하고. 또 보자." 등등의 말을 하면서 친구들은 떠났습니다. 하지만 그것은 말 그대로, 말뿐입니다. 늘 그랬습니다. 때문에 친구들 뒷모습을 바라보는 푼수 심사는 허전할 수밖에요. 그때마다 고향을 훌쩍 떠버렸으면 비록 그 분수를 모르고 사는 놈일지라도, 어쨌거나 푼수는 모면하지 않았을까 싶은데, 오늘까지 이 모양, 요 꼴이네요. 사실은 푼수가 지금, 동창들 하고 노닥거릴 만큼 만사가 편하지도, 심사가 한가하지도 못합니다. 농촌에 살면서 마음이라도 편해야지, 해서 간도 쓸개도 다 빼놓고 살지만 경제적으로 힘겨운 것은 어쩔 수가 없네요. 그래서 그런지 언제부턴가는 축의금이나 조의금이 부담스럽고, 술값과 낙지 값이 아깝게 느껴집디다. 때문에 쌉싸름한 심정이었는데, 갈수록 이 세상을 어떻게 살아야 분수에 맞게 사는 것인지, 장푼수는 통~ 모르겠습니다. 어렵게 사는 베트남 처가에는 할 도리를 다 못하면서, 분수를 모르고 푼수처럼 그렇게 산다고, 각시와 노모가 투정을 부리기 전에 이제는 정신을 차려야겠습니다. 그리고 동창들이 장푼수를 많이 생각해서 그리는 모양인데, 분수는 그냥 푼수처럼 살고 싶거든요. 왜냐고 묻고 싶거든, 뒤를 한번 돌아보시렵니까.

'그 속에서 놀던 때가 그립∼'지 않던가요?

소가 웃을 일! _ 우리 고향 2

지금 장분수는 눈코를 뜰 새가 없어서 덤벙거리고 있다.

날이면 날마다 바쁘기로 치면, 차분하게 눈곱 뗄 여유가 없는지라, 꼴이 꼴도 아니겠지만 늘 해가 뜨고 또 밤이 오듯, 그날이 다 그날 같은 오늘이라 생각하는 탓에 마음만은 항시 태평하다. 그러지 아니하고는 진즉에 살아남지 못했을 터였고. 물론이다. 곰비임비, 몸이 열 개라도 부족할 개판 같아진 농촌생활이라 콩 튀듯 팥 튀듯 해봤자 될 일도 없다는, 그리고 '사소한 것에 목숨을 걸지 마라'는 '모든 것은 다 사소하다'는 때문에 똥고집으로 버틸 수 있는, 우리들의 친구 장분수는 늘 만사형통이었다. 해서 '푼수'소리를 듣고 살지만 말이다. 하여튼 장분수는 지금 뭐

마려운 똥강아지처럼 건몸이 달아있다. 암소가 죽겠다고 울고 불고 난리니, 장분수 역시 죽을 맛이다. 산통을 견디지 못하는 암소가 거품을 물고 끙끙 앓다가, 애고~ 대고~ 악을 쓰는 통에 신새벽부터 진땀을 빼고 있었다. 워낙에 갑작스러운 일이라, 촌 놈으로 지금껏 산전수전 다 치른 장분수도 덜커덕 겁부터 먹었다. 송아지 한두 번 받아본 것도 아닌데, 뭔 호들갑이냐고 어머니는 나 몰라라다. 그 까닭을 모르지 않지만 지금 누구를 탓하고 자시고 할 처지가 아닌데, 어머니까지 코대답이니 환장할 노릇 아니겠는가. 그래저래 요즘까지 소들 때문에 여러 가지로 힘겹다. 그건 그렇고 오늘은 또 마을에 대사가 있는 날이다. 우선은 안내방송부터 해야겠기에……

〈후후~ 아~아~, 오늘도 날씨는 겁나게 좋네요. 밤새 안녕들 허셨지라우. 이장, 장분숩니다. 에~ 다 아시다시피 혼주가 대절한 버스는 마을회관 앞에서 열시 정각에 출발헙니다이. 조반 일찌거니 자시고 늦지 안케 나오서요 덜~. 그래야 예식장에 딱 마쳐서 도착헌답니다. 알어들으셨지요. 지금 제가 긴 말을 헐 수가 업서서……. 참, 한철이는 얼릉 우사로 좀 올라오소 이~. 우리 소가 새끼를 날 모양인디, 시방 급허구만.〉

마이크를 내려놓고, 각시를 깨운다. 뱅충맞게도 '미인은 잠꾸러기!'라 말을 해놓고 장분수는 두고두고 후회하는 중이다. 베트남 사람들 습관이 그런지 모르겠지만, 어찌나 잠이 많은지 처음엔 어머니가 몹시 못마땅해 했다. 늙은 시어머니가 다 차려놓은 밥상머리에 나앉는 것조차 힘겨워했으니, 말 그대로 말이 아니었다. 알다시피 시골노인네들 새벽잠 없고, 아침부터 부지런 떠는 것 알 사람은 다 알겠기에, 물설고 낯선 이국땅에 시집와 고생하는 각시를 달래고자 해본 말이었다. 아무튼 다 좋은데, 그리고 미인이고 아니고를 떠나서, 잠들면 엎어가도 모를 지경이고 아침잠이 많으니 본인인들 어찌 아니 불편하겠는가. 더군다나 농촌에서 말이다. 하여간 각시를 힘들게 깨우고, 어렵게 일어나는 각시를 확인하고 나온다. 오늘은 다른 날보다 더 이른 시간이라는 거 알면 화가 더 나겠지만 어쩔 것인가. 마음만 한없이 짠할 뿐인 것을. 잠 때문에 부부생활도 맘대로 못한다고 스스로 투덜거리는 각시……

신발도 제대로 꾀지 못하고 장분수는 우사로 다시 들어선다.

불안해하는 암소의 온몸은 땀이 비 오듯 하고, 양수가 터졌는지 외음부에는 끈적끈적한 점액이 흘러내리고 있다. 이걸 어쩐다. 죽겠다고, 죽을 것 같다고 섰다 누웠다하기를 몇 차례, 이젠 기운이 좌~악 빠지는지, 그 순한 눈에 눈물이 그렁그렁한 암소를 바라보자니 애간장이 녹을 지경이고. 난산이다. 우선 침착해야 한다. 손을 소독하고 질 안에 넣어본다. 다행히 아직 자궁경

관은 열려있는 상태다. 시간이 더 초과되어 자궁이 수축되면 정상분만은 어렵다. 그렇다고 무리하게 새끼를 묶어 견인하면 어미가 위험하다. 뿐인가, 새끼를 포기하고 어미라도 살리려면 제왕절개술이라도 해야 할 판이다. 허나 당장은 방법이 없다. 어미를 잘 다독여 진정시키고, 제발 둘 다 무탈하기만을 바라는 간절함뿐. 장분수의 능력은 거기까지가 전부다. 초산이라 걱정이 없지 않아서 미리 준비도 했었다. 옛날처럼 소가 일을 하지 않고 비육되어진 탓에 스스로 분만을 하지 못하는 경우가 많다. 하여 미리 운동도 시키고 사료도 조절을 한다고 했었다. 뿐만 아니라, 사람들 욕심으로 소를 사육하면서 아직은 어린 것에 인공수정을 하는, 말대로 송아지가 송아지를 낳게 하는 부끄러운 짓거리부터, 동물사료를 처먹여서 소를 미치게 하는 등등 탈이 좀 많은가. 해서 이제는 소 때문에 사람들이 죽고살고 하게 생겼으니 말이다. 어쨌거나 임신기간도 품종에 따라 약간 차이는 있지만 280일부터 285일 정도라서 요즘 들어 더 관심을 두었다. 태아가 큰 젖소보다는, 한우는 자연분만이 많지만 혹시 몰라, 암소를 최대한 안정시켜주고 분만할 자리에 미리 볏짚도 충분히 깔았고, 또 혹시 몰라, 읍내 동물병원장한테도 벌써 부탁을 했었다. 헌데 예정일보다 사나흘이 빠르고, 진통도 예사스럽지 않은 것이다. 예정된 그 빈틈을 이용해서 학회에 다녀오겠다던 원장은 지금 전화까지 불통이고, 이런 제기랄……

"어이 분수, 소가 어쨌다고?"

나한철이 우사로 들어서면서 그런다. 얼씨구! '푼수~' 이런 판국에도 분수가 푼수로 들리는 것은 어쩔 수 없나보다. "내 분수를 지키며 살아야 한다"고 아버지가 작명한 것인데, 그래서 팔자가 그러한지 알 수 없지만, 아버지는 돌아가셨는데도 장분수 본인은 아직도 분수와 푼수가 헷갈린다. 그건 그렇고, 어머니도 어느 틈에 나왔는지 지켜보고 서있다. "얼뱅이 같은 놈. 지금도 소가 똥값이고, 앞으로는 더 무방비일 것인데, 빚만 창창해서 어쩔 심사냐?"는 딱 그 표정이다. 촌놈들 고생도 고생이지만 농사든 소든, 가방 끈 길고 잘난 사람들한테 한두 번 속았어야지. 그때마다 멍들고 깨져서 사시장철 허우적거리는 아들을 바라보기가 아팠던 탓이리라. 어머니라고 소 믿고 농사가 지겨워서 그러겠는가. 평생 그것들과 함께 했는데. 그러게, 어머니 의견대로 벌써 정리를 했더라면 미국 소고기가 지랄이고, 미친소가 난동을 부린들 무슨 소용이겠어. 장분수도 보짱 좋게, 잠 많은 각시 손잡고, 두 다리 쫙 뻗고 잠이라도 실컷 잤을 터인데, 요즘은 후회스럽기도 하다. 하지만 지금 이 중차대한 시각에 나라정치를 논할 처지가 아니다. 장분수는 친구 나한철을 돌아보며, 더 가까이 오라 손짓을 한다. 기왕지사 귀농을 했으면,

친구도 우선 몸으로 때우는 것부터 배워야 한다. 그래야 소를 기르든 양을 치든, 농사를 짓든, 하우스를 하든지 직접 내 눈으로 보고, 손으로 만져봐야 해낼 수 있을 터이다.

"초산에다, 난산이여. 시방부터 고생을 쪼까 허겄당께는."

"힘들 것 같으면 수의사를 부르지 그래."

나한철이 다가왔다가 한걸음 물러서며 그랬다. 소가 힘들어하는, 산통을 견디는 모습을 처음 볼 것이니 겁도 나겠지. 암소한테는 미안하지만 친구는 차라리 좋은 경험을 할 것이다. 순산해서, 송아지가 건강하면 친구에게 살림밑천의 일소로 길러보게 할 참이다. 값이 폭락하여 있는 소도 처분할 판이고, 사료 값도 나오지 않는다고 너도나도 축사를 비우는 꼴이니, 나한철의 생각은 어떠할지 모르지만, 계산을 떠나 장분수는 그러할 계획이었다. 해서 어머니 반대를 무릅쓰고 소를 다 팔지 않았고, 종모우의 혈통을 선별하는 등 혼자서 신경을 많이 쓴다고 썼던 것이다. 솔직히 욕심을 덜 내면, 그러니까 옛날방식으로, 비싼 사료걱정 없이 산과 들에 지천인 풀을 뜯어 먹이면 될 것이고, 천천히 일소로 키워 논밭 갈면서 새끼도 내면, 죄 없는 소를 두고 사람들끼리 지랄발광은 하지 않을 터였다. 소뿐이겠는가, 어느 해는 많아서 탈이고 또 어느 해는 부족해서 탈나는 농산물 수급 문제로 농민들은 빚만 늘고 목숨까지 내놓는 현실은 또 어쩐다니? 그러나저러나 나한철의 사정도 딱했다. 옛정보다는 차라리 멀리하고 살았으면 싶은 친구였는데, 느닷없이 무작정 찾아와 장분수를 혼란스럽게 했다. 하여튼지 가족을 도시에 두고, 아직은 젊은 놈이 오죽했으면 낙향했을까만, 막말로 달랑 거시기 두 쪽만 달고 내려와 시골에서 뭘 하겠다는 것인지 까칠할 뿐이었다. '내 것 없이 남의 것 먹자니 말도 많다.' 식으로 돕는 것도 한계가 있다. 이웃들 말마따나 속은 한없이 좋은데 실속은 하나도 없는, 그저 소처럼 일만하는 장푼수 아닌가 말이다. 때문에 어머니는 죽고 싶어도 마음대로 죽을 수가 없다고 한탄할 지경이며, 이젠 먹고살만하니까 고생 그만하고 서울로 올라오라는 동생들 성화까지도 무시할 만큼 못미더운 장남이 되고 말았다. '내 코가 석자'인줄도 모르고 밖으로만 나대는 통에 어머니는 물론이고 지금은 각시조차도 불평이다. '소가 웃을 일이다'고. 그러고선 왜 자꾸만 오만잡일을 만들고 혼자 힘들어하며, 그런 마음으로 베트남 처가식구들을 조금만 더 도와주면 고맙다는 말이나 듣지 않겠냐고 따진다. 이유를 불문하고 구질구질하기가 짝이 없다. 시골인심도 옛날 말이지, 노인네들뿐인 마을에서 뭐가 풍족할 것이며, 또 뭐가 있다 손치자, 곳간에서 금괴가 녹아나고 쌀과 보리가 썩어도 도시로 나간 자식들 허락 없이는 손을 쓸 수 없으니, 무슨 민심타령인가 말이다. 그러거나 말거나 어쩌든지, 친구 나한철이 한 철이든 두 철든, 잘 버텨주길 바라는 마음이다. 친구가 시골에서도 뿌리를 내리지 못하는 불상사가 없어야겠기에, 이것저것을 도와주겠다고 고심참담 저 발버둥이니, 장분수 그 똥고집을 누가 더 말리겠는가.

천만다행이다.

길고 긴 진통기가 지나고 산도가 열리면서 외음부 밖으로 엷은 암적색의 물자루가 빠져나왔다. 이 물자루는 새끼를 가장 바깥에서 싸고 있는 요막으로 진통과 함께 자궁경관을 확장시키면서 밖으로 밀려나오며 터졌다. 어미가 또다시 찢어질듯 한 진통을 견디며 움직이자, 옆으로 누웠던 자궁 속 송아지는 정상위치로 돌아왔다. 또한 다행인 것이다. 일진일퇴의 진통에 따라 황백색의 양막이 터지면서 다량의 양수가 흘러나왔다. 장분수는 한숨을 크게 내쉬며, 다시 질 안으로 손을 넣어 송아지를 살핀다. 앞다리와 코끝이 잡히기는 하나 골반이완 상태가 양호하지 않다. 어미가 최대로 용을 쓰지만 머리전체와 가슴부분이 쉽게 빠져나올 것 같지 않다. 경험이 많은 장분수다. 만출기 때 송아지 다리를 묶어 경운기나 트랙터로 무리하게 잡아당기면 실패할 수도 있다. 그러니까 송아지 앞다리가 외음부 밖으로 노출되었을 때, 양발을 따로따로 묶고, 코나 입이 보이는지 확인하면서 어미가 죽을힘을 쓸 때, 동시에 힘을 주어 잡아당겨야 한다. 물론 이때도 다급하게 서둘러서는 안 된다. 송아지는 자궁 속에서 시간이 조금 지연되더라도 탯줄이 끊어지지 않은 상태에서는 괜찮기 때문에 조급한 마음에 무리해서는 좋을 게 없다는 뜻이다.

"엄니가 여그 좀 잡어줘요. 한철이랑 심 한번 써볼랑께라우."

장분수는 어머니 손에 어미 소꼬리를 잡아주며 뒤를 부탁한다. 마지못해 다가서는 것 같지만 긴장된 표정을 어머니도 어쩌지 못한다. 지금 벌어진 꼴이 심상찮은 것이다. 여느 때 같으면 금쪽같은 우리 소, 내 새끼! 하면서 암소가 어떻게 잘못될까봐 흑흑거렸을 어머니가 아닌가 말이다. 그렇다고 지금 누가 누구를 탓할 것이며, 또 누구를 무엇을 원망하겠는가. '소한테 물렸다'고나 해야지.

"이거사, 시방 뭔 쌩고생이여. 그냥 쭈~욱 나불고 말지."

어머니가 어미 소를 어루만지며 달랬다. 안쓰러워서 그랬을 것이다. 암소가 말을 알아듣기라도 한 것처럼 엉거주춤 몸을 움직이며, 다시 힘쓸 준비를 한다. 진통이 너무 지연되면 자궁 내 송아지가 정상이 아닐 수 있고, 간혹 어미의 생리상 진통이 시작되어 분만이 늦게 이루어지는 경우도 있지만 지금 상황은 다 양호하지 않다. 어머니가 돌아보며 고개를 끄덕인다. 장분수와 나한철이 한 가닥씩 나눠 쥔 밧줄에 더 힘을 주며 물러선다.

'쇠뿔에 계란을 세우기!'처럼, 송아지는 정말 어렵게 태어났다. 하지만 한눈에도 부실하다. 천덕꾸러기가 더 애쓰게 한다더니, 딱 그 꼴이다. 송아지를 거꾸로 들고 몸을 아래쪽으로 훑으며 양수를 최대한 제거해야 한다. 양수를 많이 먹지는 않았는지 나오는 시늉만 한다. 혹시 몰라 짚으로 콧구멍을 자극하여 재채기를 유도해본다. 그러자 곧 기침을 하면서 나머지 양수를 쏟아낸다. 한우가 대접받던 시절에는 주인이 입으로 송아지 콧구멍을 빨아 양수를 제거하기도 했었다. 사람들 욕심이 변덕스러운 탓으로 요즘 소들은 수정부터 분만까지, 그리고 제 명대로 먹고, 살고, 죽기까지 스스로 할 수 있는 게 아무것도 없다. 하여튼 이제 어미가 송아지를 핥아주면서 호흡을 촉진하고, 새끼 몸에 묻어있는 양수를 핥아먹어야 어미도 젖이 풍부하게 된다. 헌데 송아지가 비틀거리며 겨우 일어섰는데도, '소 닭 보듯'하는 어미다. 뿐만 아니라 사납게 발길질이다. 초산인 경우 난폭하여 자기가 분만한 새끼도 알아보지 못하는 어미가 있다는 얘기를 가끔 들어보긴 했지만 장분수는 처음 경험한다. 제기랄! 사람들 못된 짓거리를 벌써 소도 배웠다는 것인지……. 다시 어미를 어르고 달래 송아지 냄새를 맡게 하고 몸을 핥게 해보지만 소용없다. 뿐인가, 분만 후 초유를 최대로 빨리 먹어야 병치레도 많지 않고, 면역항체도 생겨서 건강한 것이다. 그런데 송아지는 스스로 젖을 빨 힘도 없어 보이는데.

"싹수가 노란거시, 틀렸다."

척보면 알겠다는 듯 어머니가 그러면서 분만우사를 나간다. 경험에서 나온 말이니, 무시할 수 없다. 차라리 잘된 일이라고 쉽게 털고 나갔지만, 어머니 그 마음을 알기에 말대답을 피했다. 하지만 송아지는 아직 살아있다. 장분수도 기운이 빠지기는 마찬가지다. 그러나 뒷정리부터 해야 한다. 딱하게도 송아지가 부실하지만 아직은 숨을 쉬고 있고, 어미 또한 별탈이 없으니 그나마 다행 아닌가. 정성과 노력이 더 필요해서 그러겠지만 얼마든지 살려낼 수도 있고, 또 부실하게 태어난 것이 오히려 건강한 소로 성장할 수도 있었다. 물덤벙술덤벙, 새벽부터 난리블루스를 쳤지만 보람은 꽝~ 인 것을! 정성이 부족한 탓이지, 뭐겠는가. 장분수는 반성하듯 이제야 긴 숨을 내쉰다. 그래, 세상살이 어리무던해야지 어찌 내 성질대로만 살 수가 있겠어.

"아빠, 식사하세요."

장분수 딸이다. 등교준비로 바빴을 텐데, 할머니가 내보냈을 터였다.

"아저씨, 안녕하세요?"

"그래~ 하나가 많이 예뻐지는구나."

나한철이 반갑게 인사를 받고, 칭찬을 했다. 그런데 아이는

50

부끄러운 듯 뒷걸음질이다. 순간 장분수도 마음이 짠해진다. 둘도 아니고, 하나밖에 없는 딸이다. 쉬는 토요일이 아닌지 학교에 갈 차림이다. 너석은 이제 막 중학생이 되었는데, 많이 힘들어한다. 어릴 때는 무관심이더니, 그럴 수밖에 없는 것이 마을에 또래 아이들이 없을 뿐만 아니라, 콩나물시루에 검은콩이 드문드문 섞이듯 이미 시골학교에는 다문화가정의 상징이 나타나기 시작해서 아이들은 아이들끼리, 선생은 선생대로 막연하게나마 서로가 조심스럽게 한 고개를 넘는 눈치였다. 하지만 지금은 딸도 거울 앞에서 머뭇거리는 시간이 길어졌고, 친구들의 쑥덕거림에도 신경 쓰이는 모양이다. 뿐인가 자신의 피부색부터, 어쩐지 어색한 말투는 많이 노력을 하는데도 여전히 어설프고, 엄마에 대한 궁금증이라든가, 농촌생활의 불합리함까지 까탈을 부리면 한도 끝도 없을 태세다. 피부색에 대한 편견은 어른들도 다 감내하기 힘겨운 숙제였는데, 아직도 한참이나 멀게만 느껴지는 제도개선이나 문화갈등을 아이들이 어떻게 다 감당해낼지 생각을 하면 부지하세월이 아득하기만 한 것이다. 그래도 이만하기 다행인 것은, 전에도 말했듯이 각시가 한국말을 구사하는데 조금도 지장이 없고, 나름은 준비된 국제결혼이었기에 군郡내는 물론이고 도道에서도 모범사례 가정으로 알려졌다. 해서 비슷한 처지의 가족들이 찾아오기도 하고, 또 장분수 부부가 찾

아가기도 하여 자신들이 사는 이야기를 해주기도 하고 듣기도
한다. 그러나 장분수 부부도 산다는 것이 아득하기만 한 걸! 때
문에 그런 만남 후엔 마음만 더 아프다. 농촌총각으로 겨우겨우
늦장가 들어서, 겨우 얻은 딸인지라 장분수는 눈에 넣기도 아까
운데, 말 많고 탈 많은 세상은 또 그러하지 않을 뿐 아니라, 딸
장하나와 같은 아이들은 여기저기서 늘어나는데, 그들을 위한
대책이나 대안도 아직은 없다. 있다고 해도 어설프고 말뿐이니,
‘소도 웃을 일’이고…….

　“하나는 학교 가는갑네이. 착허구만. 우리 손자는 죽어도 학
교가기 실타는디, 어째사 쓸지 모르것당께. 깝깝해서 내가 저절
로 주거불것구만.”

　“갑짜기 시골로 내려왔으니 안그러것써요. 애를 너무 다그치
지 말어요. 식전이면 들어가십시다. 아침 자시게요.”

　“쇠앙치 받니라고 아침이 늦었능갑구만. 난 진작 묵었고, 이
거시나 전해줄랑가. 내 심사가 편해야 서울을 가던, 잔치집을
가던지 허제.”

　이웃에 사는 후배 어머니다. 안내방송을 듣고 내려온 모양인
데, 당신은 결혼식장에 못가겠다는 뜻이다. 농촌에 홀로 사는
노인이 많은 것은 벌써 오래전 문제였고, 조손가정이 늘고 있
는 것도 또 하나의 문제다. 그나마 요즘은 군청에서 가끔 방문

해 이것저것 살피고, 마을회관 운영비도 보조해주며, 큰 빨래도 세탁해서 배달해주는 등 애를 쓴다고 쓰고 있다. 그래도 턱없이 부족하나, 이런저런 연금을 받는 노인들도 더러 있어서 "옛날에 비하면 겁나게 좋아진 시상인께로 어쩌던지 건강이 젤 이여라우. 그래야 자석들한테도 덜 무시당헌다"며, 좋아 하면서도 당신들 스스로를 단속도 꼭 한다. 고롱고롱하지 말고 살겠다는 노인들한테 요사이 또 다른 짐이 생겼다. 후배 박기만 같은 철딱서니 없는 녀석들 때문이다. 세상살이가 팍팍하다고, 서로가 뜻이 맞지 않는다고 갈라서는 부부가 또 왜 그리 많은지. 하여간 다 사정이야 있겠지만, 이혼하면서 고등학교 2학년 아들 하나를 간수하지 못하고 노모한테 내려 보내는 꼴이 말이여 뭐여. 박기만, 이 녀석은 부모로부터 그토록 수없이 받기만 했고, 호의호식하며 살더니, 이제 갚기는커녕 오히려 덤터기니 말이다. 애당초 만무방이었거나 도리깨아들 같았으면 덜 섭섭했을 것이고, 정말로 싸가지 없는 후배였으면 걱정도 안했을 텐데, 공부도 잘했고, 좋은 학교에 좋은 직장까지, 그리고 훌륭한 집안의 여자와 결혼, 아무튼 빠질 것이라고는 눈을 씻고 찾아보려 해도 없었는데, 저 모양이다. 소만도 못한 녀석, 아니지 소도 지금은 처지가 저러할 판이니…….

각설하고, 우선 식사부터 해야 한다. 그리고 보니까 몹시 시장하다. 자고로 촌놈은 밥통이 허전하면 힘을 못쓰는 법이다. 오늘 하루도 뭘 먼저 해야 할지, 잡일부터 마을일까지 이것저것 할 일이 많고 또 많은 것이다. 송아지 때문에 몸살을 하는 동안 휴대전화도 수없이 울었는지 부재중 수신번호가 여러 개다. 당장 숨넘어갈 일이면 또 기별이 있을 터. 장분수는 부득불 싫다는 나한철을 앞세우고 거실 식탁에 앉았다. 먼저 식사를 할 것이지, 어머니와 각시도 부엌방에서 이제야 소반을 끌어당긴다.

"저것~ 저러케 냅두고 올라가버리면 어쩔 거시여?"

"헐수없네요. 엄니가 때마처 젖병을 좀 물려주셔라우. 지금은 저래도, 괜찮을 거 같아요. 엄니 믿고 가는데, 어쩌거써요"

어머니가 밥을 깨물면서 송아지를 걱정하는 것처럼 말을 꺼냈지만, 장분수도 어쩔 수 없다는 듯 대답을 하고 밥을 꿀꺽 삼킨다. 서로에게 더 쏟아내고 싶은 말이 많으나 어머니도 아들도 더는 꺼내놓지 못한다.

"하나아빠, 송아지도 저러코, 엄니도 성질이 많이 났습니다. 농사준비는 내일 해도 됩니다. 그러나 학교는 안 됩니다. 하나 학교에서 아빠도 오고 엄마도 함께 꼭 오라고 했다는디, 그러니까 오늘은 가지 말어요."

"어째서 당신까지 그렁가! 내 몸둥아리는 한 개뿐인디, 어쩌라고. 막말로 어떠케 동네어른들만 보내것능가이. 이장 책임도 있는 거신디. 미안허구만."

"나는 모룹니다. 하나아빠 맘대로 하랑께요."

오후에 있을 결혼식 때문이다. 어머니가 며느리한테 무슨 말을 했는지, 이미 결정된 걸 가지고 또 저런다. 어머니는 속상해서 '속도 뱉도 없이 저러는 꼴을 내가 더 못 보것다. 에미가 아범을 못 가게 꽉~ 틀어잡든가' 그랬겠지만, 평소와 너무 다른 시어머니를 알 수 없다는 듯, 각시는 말을 하면서도 아리송한 표정이다. 그럴 것이었다. 그 이야기를 꺼내자면 길다. 일테면 선배부친이 동네사람들을 속여먹고 밤 봇짐을 싸 고향을 떠나버린 사건 때문이다. 여기저기 이웃마을에서까지 피해자가 나타났지만 속수무책이었고, 연줄 연줄로 꼬여 서로를 탓하는 통에 동네가 졸지에 쑥대밭이었다. 아귀찬 사람들도 당하는데, 장분수 부모라고 빠질 턱이 없어서, 그해 추곡수매 대금을 고스란히 다 털리고, 보증을 섰던 조합대출금까지 대납해야 했으니, 벌써 오래전 일이지만 어머니의 분을 다 내려놓기는 아직도 이른 모양이었다. 농촌살림, 한 번 휘청하면 회복이 불가능한 거 뻔한 위치였다. 뿐인가 친구들은 좋은 학교를 가겠다고 광주나 목포로 떠나는데, 그리고 동생들처럼 공부에 재미를 느끼지 못한 탓도 있었지만, 그래저래 장분수는 읍내 농업고등학교라도 갈 수 있었던 것은 천만다행이었다. 어쨌거나 그 충격은 크고 길었는데, 도망친 그들은 서울에서 잘 먹고 잘 산다는, 그 집 자식들은 다 잘됐다는 등등의 소문은 이따금 바람결에 떠돌았고, 해서 심심풀이 땅콩처럼 이날 이때까지 마을사람들의 주전부리 대상이었달까. 특히나 오늘 결혼하는 막내아들은 판사가 되었고, 이미 고인이 된 부친의 과오를 갈무리할 양으로 호암교수회관 웨딩홀로, 그 집의 장남인 선배가 고향사람들을 초대한 것이다. 그랬으니 갑론을박, 말이 많지 아니하겠는가. 결론은 쉽게 나왔다. 갈 사람도 없고, 가지 않으면 그만이었다. 간단히 "그러냐, 할 수 없지 뭐!", 그러할 선배였으면 애초에 말을 꺼내지도 않았을 터였다. 이랬거나 저랬거나 수년이 지난 일이었다. 어머니는 몰라도 장분수는 다 잊어버리고 살았다. 아니, 푼수처럼 살다보니까 그보다 더한 일이 얼마든지 많았다고나 할까. 그리고 선배 역시도 그런 결정을 하기까지 쉽지 않았을 터. 고향을 지키고 있다는 이유로, 타향살이 하는 친구들이며 선후배들의 이런저런 부탁이야 흔한 일이었고, 부탁이 없더라도 힘껏 살펴야 마땅한 일이라 생각하고 행하는 장분수 아니던가. 해서 그랬는지, 선배는 근동에 가까운 친척이 있는데도 장분수에게 신신당부를 했다. 이번 기회에 고향어르신들을 꼭 모시고 싶다고. 요즘이야 번거롭고 농촌에 사람이 많지 않아서 혼사 때 버스를 대절하는 경우도 뜸해졌지만, 음식 푸짐하게 장만해서 버스에 싣고 나들이하듯, 이집 저집 잔치에 많이 다녔었다. 뿐인가, 그 바쁜 와중에도 일손 놓고 머리띠와 어깨띠 질근 메고 "우리 소, 돼지는 다 죽는다~", "쌀이 무슨 죄냐?", "농촌을 살려내라!!"고 서울광장이나 여의도까지 한두 번 올라갔어야지. 헌데 이번 경우는 달랐다. 우선은 장분수 어머니부터 쌍수를 들어 반대였다.

버스안 분위기는 어성버성했다.

'농부는 하루 쉬면 백날을 굶는다'고 대접은커녕 주는 것도 못 받아먹는 농사꾼이지만 할 일이 많은 때가 요즘이다. 그렇게 그토록 '미친소' 때문에 곧 난리가 몰아칠 것 같더니만, 역시 '쌀 직불금'도 마찬가지로 용두사미였다. 그것을 생각하면 다 둘러엎고 당장에 떠나고 싶은 심정일 뿐이고, 억울할 뿐이고, 장분수도 할 말이 많아 미칠 지경이지만, 평상심을 잃지 않았다. 왜? 그래봐야 날뛴 놈만 손해였거든, 지금까지 내내. 덕분에 올해도 역시 고래실논을 갈기 시작했고, 모판 손질도 해야 하며, 이것저것 할 일이 좀 많은가 말이다. 하여 버스에 빈 좌석이 많을 수밖에. 것도 대개가 아주머니들이다. 아랫동네와 이웃마을 어르신 몇몇 분이 동참해주지 않았더라면 장분수 체면이 말이 아닐 뻔했겠고, 혼주 기분 맞추자고 일면식도 없는 사람을 동원할 수도 없을 터, 그나마 다행인 것이다. 해서 마이크를 잡고, 정말 고맙고 감사하다는 인사를 마치자, 여기저기서 술렁거린다.

"야튼, 우리 이장이 최고랑께. 그 사람덜이 자네 그 맘을 알랑가?"

"알다마다요. 저런 맘을 몰라주면 인자는 벼락맞을 거시요."

"이장이 하도 부탁해싸서 요러케 나서부렀지, 택도 없을 일이어라우."

"저 사람이 업쓰면 우리 동네는 빈껍데기요."

"그거야, 동네 똥개새끼덜도 다 알 거시고, 혹시 모릉께 서울 가서도 우리 이장님 꼴마리를 단단히 틀어잡고 댕겨야 헌당께는."

"이날저날, 만날을 순한 소처럼 일만 허는 우리 이장님한테 박수 한 번 칩시다."

"조타~ 조하, 그냥 노래도 한 곡조 뽑아불어."

"함평떡, 오늘은 꾸욱 차머이. 오랜만에 그 원수덜 만났다고 머리끄대기는 잡지마란 마리여. 쓰잘데기업시."

"저런 오살헐 주댕이도 있당가이."

"다 늘근 율동떡 끄댕이 자버서 뭣 헐 거시고, 또 그런다고 뭐가 달라질랍디여. 그나마도 잘 살어서 이러케라도 보자고헌께 다행이제."

"……."

58

할 말이 많고도 많을 터였다. 그 사건으로 직접이든 간접이든 사연들이 많아서 그러할 거고, 기왕에 나섰으니 즐거운 마음으로 하루 품을 사야 덜 피곤할 것이었다. 그건 그렇고, 칭찬인지 아니면 핀잔인지 알 수 없지만, 장분수는 우선 동네어른들께 송구할 따름이다. 분수껏 산다고 살았지만 늘 부족할 따름이었다. 뿐인가, 솔직히 이제 그만 고향을 떠야겠다는 마음, 한두 번 먹지 않았다면 진짜로 푼수 아니었겠는가. 헌데도 사는 것이 막막한 것을 어이할까나! 하여튼지 전에 비하면 도로사정이 엄청나게 좋아져서, 먹고 마시고 떠들고 놀다 한숨붙이고 눈을 뜨면 서울이라고들 했는데, 그 느낌은 그때그때 달랐다. 어느 집 예식이나, 어떤 행사시간을 맞추기 위해 새벽부터 허덕이다보면 웃음과 고단함도 가지각색이었고, 괜한 오해와 다툼, 그리고 실수만발 등등, 이집 저집 별의별 일들이 많았었다. 했는데 선배는 마치 자신이 그런 경험을 한 것처럼 느긋하게 출발할 수 있도록, 어른들을 위한 이런저런 배려까지, 신경을 많이 썼기에 장분수도 허방하게 받아넘길 수 없었다. 버스가 출발하여 읍내를 지나고, 나들목을 막 벗어났다. 나비가 명물이 된 고장답게 사방이 나비천지다. 지금은 산자락이나 노변, 가로등이나 입간판에 나비그림이나 나비조형물의 그것들이 그 꿈을 대신하고 있지만, 함평천지 군민들 꿈은 올해도 진짜 나비의 꿈을 기대할 것 아니겠는가. 돼지꿈이든 나비꿈이든 꿈도 꿈 나름이겠지만, '금강산도 식후경'이라고 지금 당장은 어른들한테 심심풀이 땅콩이나 술이 필요할 것이다. 장분수가 앞좌석부터 잔을 돌리기 시작했는데, 방정맞은 휴대전화가 또다시 운다.

"……, 면장님이 어쩐 일로요? ……, 예. ……, 그러시지요. 아까 출발했습니다 ……."

봉투를 대신 전해달라는 전화다. 하도 간곡해서 딱 잡아뗄 수도 없다. 역시 사람은 잘되고 볼 일이다. 여느 결혼식과는 다른 것이, 직접 참석하지 못하는 것을, 마치 죽을죄라도 진 것처럼 법석들이다. 그러하지 않아도 될 사람들까지 야단이었으니 말이다. 며칠 전부터 여기저기서 대신 받아놓은 봉투로 주머니가 빵빵하지만, 지금처럼 주둥이로만 부탁한 사람들은 십중팔구가 '뒷간 갈 적 맘 다르고 올 적 맘 다르다'고 장분수를 애먹이곤 했다. 사정이 있어 못가거나 오지 못하면 그만이지, 소똥이 묻은 쌈짓돈까지 우려먹으러드는지, 한두 번도 아니고 소 같은 장분수는 매번 이렇게 속았다. 그래저래 받지 못하는 경조사비 등등, 고향에 내려온 선후배들이 고맙고 감사해서 벗바리로 쓴 밥값이며 술값만 아꼈어도 베트남 처가에 몇 번은 더 다녀왔을 터인데…….

"차암 엄니도. 송아지 덕분에 우리 모자지간 원수지것네요."

또 휴대전화가 울어서 받았더니 어머니다. 이젠 그만 없어졌으면 싶은 것 중 하나인 물건이다. 이래저래 바빠 죽을 지경인데, 그깟 것이 사람을 재촉하고 혼을 다 빼먹는다. 체질적으로 다 맞지 않아서 당장 구정물통에 던져버리고 싶은데, 소통이니 뭐니 하면서 나보다는 상대를 위해서 지녀야 한다기에 들고 다니지만 장분수는 촐싹거리는 휴대전화가 정말 징그럽다. 살로 갈만한 소식은 별로 없고, 쓸데없는 연락이 태반인 까닭은 푼수처럼 사는 때문일까. 어쨌거나 송아지가 말썽인 모양이다. 어머니가 저토록 역정을 낼 정도면 상태가 심각하다는 뜻. 아무리 소가 똥값이라도 성치 않은 것들을 방치하고 집을 나섰으니 욕 먹어도 싸다. 웬만하면 괜찮을 성 싶었는데, 엎친 데 덮친다고 되는 일도 없고 꼴도 말이 아니다. 때문에 어머니도 평소 같지 않게 화풀이도 말투도 거칠었을 것이고. 천하에 없을 효자를 두었다고 부러워하는 통에 어머니는 내놓고 말을 할 수 없었지만, 실속이 없는 반거충이 자식을 바라보고 살기가 안타까웠으리라. 못나서 송구할 따름이고, 죄송할 뿐이고……

"이장님, 곧 도착하니까, 그만 일어나야쓰것는디오."

운전기사가 마이크를 후후~ 불면서 장분수를 깨웠다. 옥에 티랄까. 푼수가 꼴값 한다고 술까지 약해서 흠이라면 흠이었는데, 이 잔 저 잔 다 받아 마셨던 것이다. 결코 고단해서도 아니 마음이 아파서 마신 것만은 아니었는데, 덕분에 세상모르고 잘 잔 느낌, 나쁘지 않았다. 14시 20분이다. 시간은 넉넉하다. 휴대전화를 열어보니 부재중 수신번호가 여러 개다. 다 무시하고 두 번이나 찍힌 집 전화번호를 선택한다. 그 사이에 또 무슨 일이 있었던 모양인데, 어머니도 각시도 전화를 받지 않는다. 차창 밖은, 말 그대로 '서울은 만원이다'다. 올 때마다 느끼지만 감당하기 힘든 분위기다. 어머니가 달려와 전화를 받는지 숨찬 목소리다. 송아지가 결국 그 구실을 할 수 없고, 어미 소도 상태가 좋지 않은 모양이다. 어머니는 이것을 어쩔 참이냐고, 마치 당신의 불찰인양 기운이 없다. 아까는 모질고 독하게 그러더니 어머니는 벌써 저런다. 다 내 탓인데, 저토록 아파하는 어머니를 어찌 위로해야 하나. 장분수는 우선 부탁부터 한다. 분만 후 어미에게는 사료를 제한급여 해야 하는데, 인정 때문에, 새끼 낳느라 고생했다고 사료를 몽땅 주게 된다. 경험이 많은 어머니도 그걸 모르지 않지만 상황이 좀 그래서, 다시 다짐하듯 말하고 전화폴더를 닫는다. 그리고는 꺼진 휴대전화에 대고, '엄니, 하여간에 죄송해요. 못난 놈 땜에…….'

"어르신들, 수고하셨습니다. 그간 안녕하셨지요?"

버스가 도착하기를 기다리고 있던 선배가 올라와 거듭거듭 감사인사를 했다. 그것으로는 부족했던지 앞에서부터 일일이 손을 잡아드리며, 다시 머리를 숙였다. 하여튼 보기는 좋았다. 어머니도 올라왔더라면 그 아픔들을 조금은 털어버렸을 텐데, 장분수는 아쉽다. 더군다나 어릴 때 더펄거리고, 초라니 같았던 모습의 선배는 찾을 수 없었다. '세상에 변하지 않는 것은 없고, 모든 것은 다 변한다'는 말을 장분수는 실감하며, 그리고 세월의 흐름은 누구에게나 한결같지 아니했음을 이제야 느낄 수밖에 없다. 선배가 다가왔다. 상경한다고 신경을 써서 차려입었는데 선배 앞에 서니, 더 후줄근한 꼴이다.

"어~ 장분수, 하나도 변하지 않았네. 정말 고마워. 모친은?"

푼수처럼, 장분수는 그냥 실실 웃는 것으로 대답을 대신한다. 관악산 자락에 자리한 예식장은 여느 것과 별반 다르지 않았다. 기대가 너무 컸던 탓일까. 저기가 다 서울대학교라고 알려주지 않았다면 더 실망을 했으리라. 그렇더라도 역시 사람은 잘되고 볼 일이다. 마치 향우회와 동문회를 방불케 했다. 선후배며, 오래전에 고향을 떠난 사람들이며, 고향에서 힘깨나 쓰고 말을 좀 한다는 사람들, 경사나 애사에 통 얼굴을 나타내지 않았던 친구들까지, 그야말로 인산인해. 얼이 빠진 장분수다. 그동안 알게 모르게 도움을 받은 때문인지, 촌놈이라고 그러는지 다들 반갑다고 한마디씩 한다. 그저 입바른 말일지라도 장분수는 그냥 좋았다. 식장 안으로 들어가 훌륭한 사람들 잔치분위기도 느껴보고, 유명한 정치인 주례사도 들어보고 싶은데, 틈이 없다. 혼주와 신랑에게 눈도장을 찍었으니 그만 됐다는 친구들은 장분수를 둘러서서, 저녁에 한잔 찐하게 빨고 내일 내려가라 다짐부터 하고. 후배는 자기 집에서 꼭 자고가라 하며. 어떤 친구는, 어쩌면 그렇게 옛날하고 똑같으냐며 웃고. 푼수야, 아직도 그 여자랑 잘 사냐? 참, 너도 쫄딱 망했다며? 왜, 분수가 어쩌다가? 너 정말로 이제는 고향을 뜰래, 소문이 자자해. 이제사 어쩔라고? 잘 생각해라. 푼수가 뭐가 어째서, 그만 고생하고 올라와. 동생 준수도 잘 살잖아? 동생이 밥까지 먹여 준다든. 밥이 문제냐, 그만큼 잘한 형이 어딨다고. 그나저나 장분수까지 올라오면 우리들 고향은 어쩌냐? 그러게 있을 때 잘하지. 야, 너도 이장이라고 선배 아버지처럼 싹쓰리해서 밤봇짐 쌀 생각이냐? 푼수가 그럴리 있겠어, 등등. 경사스러운 날 푼수 때문에 싸움 나겠기에, 장분수는 또 소처럼 웃고 만다. 그리고 '짜식들, 얼레발'은 하면서 엉거주춤 물러난다.

"분수형님, 타인에게 나의 유능함을 나타내 보이려는 욕심이 적은 사람일수록 얼굴에 평온함이 가득하다네요."

"시방, 누 얼굴이 그러타고 그러냐?"

"형님을 보고 있으니까, 그런 말이 생각나데요. 형님, 현실은 참 역설적이다 싶어요. 사람들은 대개 자신이 옳다는 것을 증명해보일 필요가 없는 사람, 그리고 타인의 가치를 깎아 자신의 것으로 만들 필요가 없는 사람, 이를테면 형님같이 속 깊은 사람에게 더 끌리기 마련인가 봐요."

"왜 그래? 아까 내 꼬라지가 그러케 한심하든, 그래서 준수도 나타나지 않은거고?"

"형님, 준수는 일이 있어서 나오지 못했어요. 형님이랑 우리 집에서 저녁에 만나기로 했거든요."

"난 아직도 뭐가 뭔지 모르것는디, 어쩌끄나."

동생 친구다. 그들이 장분수를 서울로 끌어올리려고 애쓰고 있다. 딸 하나와 각시, 어머니까지도 그 일을 모르고 있는데, 정작 장분수 본인이 가장 두려운 것이다. 이제는 어머니를 편히 모시자고, 동생들이 시작한 일인데, 어머니가 큰아들 장분수와 떨어지지 않겠다기에, 일이 더 커진 꼴이다. 동생들 마음 충분히 이해하고 또 고맙다. 하지만 노인네가 서울생활을 어찌 견디겠는가. 감옥살이라고 놀라기까지 하는데. 그래저래 심란할 뿐이고, 이럴 수도 저럴 수도 없는 심정, 장분수도 에라 모르겠다~ 다. 요즘 같아서는 다 내려놓고 농촌에서 벗어나고 싶다. 더는 되는 일도 없고, 되지도 않을 것 같은 농촌에서 더 어쩔 방법이 없는 것이다. 해서 당장 벗어난다고 뭐 특별한 것도 없겠지만, 형 마음이 흔들리고 있음을 알고 동생들이 저렇게 서둘고 있는데…….

"장 이장, 한참을 찾았구만."

읍내 동물병원장이다. 우선 송아지가 궁금해서 찾은 모양인데, 장분수는 할 말이 없다. 그것이 서둘러 나왔을 뿐인데, 지켜주지 못했다. 한마디로 소 보다 못한 사람들 탓이지 뭐겠는가. 순한 소도 화나면 무섭듯, 이제 장분수와 원장은 시골에 방치해둔 어미 소를 걱정해야 할 판인데, 식장 쪽에서 손짓이 바쁘다. 그 사이를 참지 못하고 또 누가 찾는 모양이다. 꼭 필요한 사람은 아닌데, 곁에 없으면 어쩐지 허전하달까. 장분수는 그런 사람이다. 시골에 있어도 그만이고 없어도 탈이 없을 처지인 것을 본인이 더 잘 안다. 해서 분수에 맞게 살았든 푼수처럼 살았든 여한이 없다. 넘치기보다는 차라리 부족했기에 버틸 수 있었다고나 할까. 했는데 지금은 이도저도 다 자신이 없다.

"자네가 한번만 더 설득을 해봐."

장분수는 또 실실 웃으며 한걸음 더 물러난다. 혼주는 동네 어른들과 고향 선후배들을 따로 모셔 더 대접하겠다고 저 난리다. 그만해도 훌륭했고 그러는 마음 충분히 알겠는데, 뭘 더 하려는지! 그리고 꼭 오늘만 날이 아닐 것인데 너무 저러니까 안타깝다. 그랬다. 웬만하면 그러고도 싶었다. 다 놓아버리고 하루저녁 흥청망청했다고 벼락 맞을 일도 아니겠으나, 아직은 촌놈인 것이다. 농사일도 일이지만 소 같은 장분수가 소 때문에 서둘러 내려갈 생각인데, 시골어른들 마음이 동하겠는가. 것도 모르고 선배는 어른들 손을 잡고 부산을 떨고 있으니, 장분수 친구들은 답답한 모양이다. 선배는 아직도 시골을 알려면 멀었다는 듯, 장분수를 좀 안다는 누군가가 그런다.

"푼수 니가 서울로 온다고? 소도 웃어야!"

쌀이 지팡이라는데~ _ 우리 고향 3

이앙기가 또 말썽이다. 주인도 더는 못해먹겠다고 앵돌아섰다. 둘 다 어지간하게 그간이 고단했었던 모양이다. 봄 가뭄이 심해서 지지리 애먹다가, 어찌어찌 겨우 빗물 잡아 막바지 모심기를 막 시작한 것이다. 헌데 이앙기가 털커덕 멈춰서고 말았다. 그것도 하필이면 내 논에서 말이다. 새벽부터 점심 전까지 다른 집 논에서는 모내기를 잘도 했었다. 물론이다. 서너 차례의 잔 고장도 있었다. 하지만 휴대전화로 기술자한테 묻고 따지고 해서 잘 넘겼다. 했는데, 정작이 서둘러야 할 판에 꼴이 이러니 복장이 터지는 것이다. 해마다 논 물 때문에 생고생이어서 끄덕하면 파내마내 했던 천둥지기라 더욱 그렇다. 그 좋다던 문

전옥답이며 고래실논 다 팔아먹으면서도 여태껏 붙잡아 둘 수 있었던 사연이야 구구절절하다. '굽은 나무가 선산을 지킨다'고 이제는 그나마 효자노릇을 하고 있는 논이다. 내 기계를 가지고도 내 맘대로 하지 못하는, 때문에 누구 말처럼 뱅충맞은 장푼수를 어느 누가 탓하겠는가. 그러나저러나 새참을 내오기 전에 저 잡것은 다시 일없이 굴러가야 하는데, 아무리 손을 써도 시동은 걸리지 않았다. 그간 눈치코치로 배웠던, 웬만한 응급조치는 다 써먹은 터여서 더는 방법도 없었다. 당장은 전문가의 기술이 필요했다. '메뚜기도 오뉴월 한철'이라고, 올 모네기도 지금 이 순간이 막바지니 더 말해야 입만 아프다. 읍내 농기계센터 후배는 몸이 열두 개라도 부족할 처지라며, 목소리가 벌써 짜증스러웠다. 그냥, 마냥 하여간에 조금만 더 기다리라는데, 수가 있겠는가. 에헤~라! 빌어먹을!! 논두렁에 벌러덩 나자빠지니, 미치고 환장하게도 파란하늘이 쏟아질 듯 내려온다. 그야말로 오랫동안 올려다보지 못한 하늘이다. 바빠서도 그랬겠지만, '하늘을 우러러 한 점 부끄럼이 없기를' 바라서도 아니었으리라. 하여튼 오후의 말개진 햇살아래 지친 몸을 내려놓으니, 정말이지 만사가 다 싫다. 그러나 어쩌겠는가. 몸도 몸이지만 마음이 더 짠한 농번기에 말이다. '쌀직불제'로 한바탕 회오리가 일 것 같더니 말뿐이었고, 설 건드려 차라리 촌놈들만 골탕을 먹었다. 이래저래 혜살꾼들한테 재탕에 삼탕까지 판판히 당하는 촌놈들 신세, 생각할수록 어처구니가 없을 뿐이다. 벌써부터 이래서는 안 될 터인데, 지금 장분수는 패잔병처럼 마냥 귀찮고 의욕도 없다. '오뉴월에는 발 등에 오줌 싸기도 바쁘다'는데 말이다.

농사일도 나날이 재미가 없다. 트랙터나 경운기, 파종기와 이앙기 등등으로 농사를 할 수 없는 전답은 경작을 포기할 처지고, 아니면 농기계가 들락거릴 수 있도록 길을 만들어서라도 기계농사를 해야 할 판으로, 지금 농촌에는 일손이 턱없이 부족하다. 아니 일꾼이 없다. 때문에 농기계와 기계주인, 일테면 장분수만 시도 때도 없이 지랄나게 바쁘고 뼈가 녹아날 지경인 것이다. 대농들이야 자기네 기계로 제때에 농사를 짓겠지만, 농기계가 없는 대부분의 소농들과 동네 노인들이 부탁하는 농사를 뿌리칠 수도 없다. 해서 농번기에는 서로 먼저 농기계를 쓰겠다고 양보 없이 서두르는 통에, 그 순서를 짜기도 머리가 아프다. 그만큼 민심도 각박하고 탈도 많아진 것이다. 애쓰고도 욕먹기 일쑤요, 조금 섭섭하다고 큰소리를 질러보지만 서로가 '누워서 침 뱉기' 식이다. 또 기계는 좀 비싸야지!, 그리고 노인들이 장만할 처지도 아니고, 손바닥만 한 논밭뙈기 때문에 융자받아 농기계 사놓고 농사지을 사람도 많지 않았다. 그래서 젊다는 이유와 이장이라는 구실로 분수 넘치게 빚져가며, 이것저것 끌어들인 농기계 값만도 허리가 휠만큼 창창하다. 푼수처럼 말이다. 하여튼지 농촌살이 재미없는 것, 어제오늘 일이 아니었는데도 요즘은 더더욱 간절하다. 무지하게 팍팍할 뿐만 아니라, 고향을 지킬수록 박복해지고 모양은 더 개망신이니 어쩌겠는가 그 말이다.

'집 나가면 개고생'이라는데, 그것도 아닌 모양이었다. 그때는 무슨 바람이 불었는지, 아니면 간이 부었던지, 지금 생각해도 기가 찰 일이지만 무작정 통일호 밤 열차를 탈 수 있었다. 십수 년도 훨씬 지난 일이다. 공부를 잘했던 동생들은 광주와 서울에서 고등학교와 대학을 다녔기에 방학 때 잠시 내려와 집에 머무는 것도 어색하다했었고, 졸업 후에도 역시 마찬가지였지만, 장분수는 태어나서 처음 부모 몰래 집을 나선 터였다. 그것도 논에서 쟁기질을 하다 말고, 집을 나가는 통 큰 짓을 했었다. 그때도 요즘처럼 어지간하게 밥맛도 없었고, 밥맛이 없으니 당연하게 기운이 빠진 터였으리라. 하여 아버지와 어머니는 물론이고 동네가 발칵 뒤집어졌단다. 어쨌거나 달포가 지난 어느 날 동생이 찾아왔다. 놀랍기도 하고 반갑기도 해서 장분수는 덜컥 눈물부터 뺄 뻔했다. 그냥저냥 서울생활은 견딜만했고, 재미도 쏠쏠해서 작정하고 더 숨어있겠다 마음을 먹었던 차였다. 일정한 거처도 없었고, 딱히 갈 곳도 없는 촌놈인지라 당연히 동가

식서가숙하는 처지로 장분수를 찾아내기가 쉽지 않았을 거였다. 해서 그렇게 찾아온 것도 놀라웠지만, 당시 동생은 베트남에 파견근무를 하고 있던 때였다. 그런데 느닷없이 나타나서는 "오빠, 잘 놀았으면 그만 내려가요" 했다. 놀라기는커녕 너무 차분하게 그러니까, 오히려 장분수가 더 놀랄 수밖에. 무슨 일이냐고 물어도 동생은 묵묵부답, 무작정 내려가자는 거였다. 너희들처럼 많이 배우지도 못했고, 똑똑하지도 못해서 농사짓고 살았지만 앞날이 너무 캄캄해서 올라왔다 했더니, 동생이 눈물을 흘리면서, "오빠, 미안해요. 우리가 다 잘 못했어요" 그랬다. 장분수는 가슴이 아팠다. 다 내 탓인데, 동생들이 뭔 잘못을 했겠는가? 하여간에 그러고저러고 해서 동생들을 더는 외면할 수 없었다. 그렇게 저렇게 장분수는 고향으로 맥없이 내려오고 말았다. 그것이 계기였는지, 그해 가을 어느 날, 장분수는 베트남 신부와 결혼해 농촌 노총각 신세를 면했다.

"요것은 또 머언 뻘지꺼리랑가~이!"

어머니가 놀라는 것도 당연했다. 논다랑이 서너 바닥은 이미 모심기가 끝났어야 할 시간이다. 헌데 일꾼이 논두렁에 저러고 나자빠져 있으니……. 고개를 올라오면서 이앙기가 멈춰 있기에 혹시라도 내 아들이 배고파서 저런가 싶었다. 해서 거기서부터 무리하게 뛰다시피 한 어머니다. 한숨을 몰아 내쉬며, 소쿠리에 담아 이고 들고 온 새참을 내려놓았다. 아들은 그때서야 게으른 소처럼 일어나 앉았다. 평소의 행실이 아니다. 불만이 있어도 겉으로는 표내지 않았고, 더구나 어머니 앞에서는 죽었으면 죽었지 저러지 못할 아들인데, 기운도 없고 표정도 어둡다. 그러는 아들 앞에서 어머니도 더는 어쩌지 못한다. 모내기가 끝나 벌써 파르스름해진 넓고 넓은 함평천지 들녘을 내려다보며, 장분수가 입을 연다.

"하나엄마는 어쩌고, 엄니가 여그까지 올라와요?"

"써글~! 요러다가 빌어묵것다. 저 징한 거시 또 부애가심이구면."

숨차고 화난 걸로 치면, 다 늙어빠진 아들한테라도 냅다 퍼붓고 싶은 심정이었으리라. 하지만 어머니는 논 가운데에 서 있는 이앙기를 향해 내뱉고 만다. 고장이 하도 잦아서 욕을 더 처먹어도 싼 물건이긴 한데, 어머니는 당신의 부실한 관절 때문에 힘들고 숨차서 겨우 그러고 말았을 것이다. 아들은 할 일을 다 못했을 뿐 아니라, 요즘은 통 밥맛도 없었다. 뭐니 뭐니 해도 촌놈은 밥이 힘인데 말이다. 하여튼지 아들은 관절통으로 절절매는 어머니를, 어머니는 고단해 하는 아들이 가엾어서 주고받았던 대화였는데, 마치 선문답 같다.

장분수는 아까 점심을 먹고 논으로 나오면서 새참은 내오지 말라했다. 혹 늦어지면 각시한테 막걸리나 반 병 갖다 달라고 했었다. 헌데 어머니가 고집을 부린, 아니 새참을 내온 이유는 많았을 것이다. 우선은 며느리를 봄볕에 내보내지 않을 욕심이겠고, 요사이 하도 아들이 힘들어해서 가슴이 아팠던 것이며, 도통 내주장이 없어 이리저리 휘둘리는 아들이 또 무슨 엉뚱한 짓거리를 하는 것은 아닐까 싶었으며, 얼마를 더 살게 될지 모르지만 다랑이 논(아버지가 베트남전쟁에 나가 번 돈으로 사 모았던, 목숨보다 소중하게 여기는 천둥지기)에 모내는 것을 당신 눈으로 한번이라도 더 보고 싶었을 것이다.

"그렁께 우리껏부터 숭구랑께~, 내 말은 지지리도 안 듣고는……."

"엄니도 참, 오늘 못하면 낼 숭구면 되지라우."

"그노므 분수지키고 채면차리다가, 우리농사는 아조 작파를 허지 그라냐."

"아부지 말마따나 분수도 지켜야 허고, 우리껏도 중하지라우. 어차피 늦은 거, 하루 더 늦었다고 나락농사 망할납디요."

"차말로 모르것당께, 그 맘속에 뭐시 드러안겼는지?"

"엄니, 심드신디 그만 내려가게라우. 참은 더 있다가 알아서 먹을랑께요."

"묵등가, 탈탈 굼등가 알어서 허고……."

76

반편이 같은 짓도 웬만해야 하고, 푼더분해도 유분수였다. 어제오늘 일도 아니고, 말한다고 들어먹을 아들도 아니었다. 어머니는 그런 아들이 도통 마음에 차지 않아서, 지금은 당장 죽을 수도 없다고 애통해 했었지만 어찌 아들의 깊은 속을 모르겠는가. 아들도 나름 다시는 그러지 않겠다고 다짐했었지만, 번번이 후회를 하게 되니 죄송할 따름이다. 알다시피 타고 난 팔자가 그런 걸 어쩌겠는가만, 그늘막이 없는 논두렁이라 뙤약볕이 어머니한테는 부담스러울 것 같았다. 막걸리를 한 사발 따라 벌컥 마시고 소쿠리를 덮는다. 그리고 어머니를 논둑 저쪽까지 모셔나간다. 어머니도 못이기는 척 밀려난다. 어찌 어머니 마음을 모르겠는가. 천하에 없을 효자! 장분수가 아니면 몰라도 말이다.

집 나간 장분수가 돌아온 그날이다.

분수네 다랑이 논에서 모심기가 한창이었다. 왁자했던 시절만큼은 못해도, 그래도 아직은 모내기가 흥겹고 즐거워야 했는데, 그 풍경이 썰렁할 수밖에. '든 자리는 없어도 난 자리는 있다'고 아무리 푼수 짓을 해도, 장분수가 있을 때와 없을 때의 분위기는 영 딴판이었다. 푼수처럼 이렇게 맥없이 들어올 거였으면 애시당초 집을 나가지 말든가. 하여튼지 제 발로 기어들어왔으니, 무슨 말이 더 필요해? 그냥 후다닥 벗어던지고 논으로 뛰어드는 것밖에. 모 내는 사람들은 열서너쯤 되었다. 그나마 남자는 넷이고, 나머지는 어머니 또래 아주머니들이다. 일할 사람이 부족해 품삯으로는 놉을 얻을 수 없으니, 대개가 어머니 품앗이다. 누군가 못줄 중간에서 "농사짓기가 갈수록 심들어서 어쩌까?" 그러자, 그 옆에서 "쓸만헌 처녀총각덜은 시골에서 다 내빼불고 늘근이덜뿐인디, 요러케 지랄허다가 더 못허먼 다 굴머죽등가 허것제이~" 하고 한숨을 내쉰다. 장분수는 푼수처럼 몸들 봐 모르겠다. 아버지와 친척 할아버지가 논두렁 양쪽에서 못줄을 잡아맨 작대기를 잡고 있다. '모내기에는 고양이 손도 빌린다'고, 일손이 아쉬워 이웃동네에서 귀 어두운 할아버지까지 나오시게 했을 것이다. 다 푼수 탓이다. 죄 값으로 쌍방울이 워낭소리가 나도록, 못자리에서 모를 쪄 놓은 모춤(모를 뽑아 묶은 다발)을 지게로 져다가, 이 논 저 논에 부려놓는다. 모낼 사람들이 논에 들어서기 전 이미 끝냈어야 할 일이었다. 하지만 일꾼 푼수가 없었으니, 참전후유증으로 내내 고생하는 아버지가 감당할 수 없었으리라. 허리 구부리고 모심는 일은 여자들이 주로 했다. 품삯을 받는 경우에 남자는 하루에 오천 원, 여자는 사천 원인데(도시주변 일꾼이나 품삯 일꾼들은 더 받겠지만) 일손을 구할 수 없으니, 이 집이나 저 집이나 품앗이로 해결해야 한다. 장분수가 집에 있었으면 너덧 사람은 더 품앗이를 했을 텐데, 하기는 '이가 없으면 잇몸이 대신 한다'고 농촌일은 다 그렇고 그렇게 해냈다. 그나저나 아버지가 지청구라도 한마디 내뱉어야 하는데, '자아~' 하고 못줄을 옮겨놓고 이쪽저쪽으로 다니면서 모장이에 여념이 없다. 힘겨운 탓도 있겠지만 변변치 못한 장남의 행위가 더 아프기에, 당신도 그 헛고집을 꺾지 않을 태세다. 아버지 역시, 기왕에 집나갔으면 성공해서 돌아올 것이지. 그런 마음도 없지 않았을 것이다. 하여간 어렸을 때부터 귀에 딱지가 앉도록 반복했던, "자기 분수를 알고 살아야 사람인 거여……." 그것 때문에라도 아직은 용서할 수 없다는 표정이었다.

다음 다랑이 논으로 못줄을 옮겨갈 쯤, 할 수 없어 장분수가 "아부지는 그냥 못줄이나 잡으시랑께요" 하면서 모심는 일꾼들 줄에 끼어든다. 아버지도 이때다 싶은지 '그럼 그러등가' 한다. 그래서 보리까끄라기 같았던 논바닥 분위기가 이제야 보드랍다. 누군가가 잽싸게 "아따 깝깝해서 죽꺼드마는, 일꾼이 왔응께 인자부터는 모가 그냥 절로절로 숭거져불것네이" 한다. 또 누군가 "까딱허다가 우리동네 영농후계자를 쪼차낼 뻔 했당께는" 하고 한숨을 내쉰다. 이번엔 친구어머니가 "아니여, 속창알이 빠진 다른 놈덜은 몰라도, 이 집 큰아들은 꼭 돌아올 줄 알았당께에~" 하면서 장분수를 향해 고개를 끄덕인다. 아랫마을 아저씨가 "이왕지사 서울갔응께 각시 될 여자라도 하나 달고 오지 그랬냐?" 그러자, 아버지 친구가 "촌구석 가시네덜도 다 떠나는 마당에 어떤 서울여자가 촌으로 시집을 오것써" 하며 혀를 차자, 그 부인이 "누가 들으면 연애헐라고 집나간 줄 알것네요" 하면서 핀잔이다. "그래도 서울물이 조키는 조은 모냥이여. 그새에 얼굴이 겁나게 희어져갔고 인물이 확 달라져 보이구마은" 등등 이야기는 꼬리에 꼬리를 물고, 서로 한마디라도 더 보태려 경쟁이다. 아버지 채면 때문이겠지만 잠시 동안이라도 그 입들이 근질거려 어떻게 참았을까 싶었다.

'자아~' 소리는 맞은편 못줄을 잡고 있는 사람이 알아들으면 된다. 이쪽은 모를 다 심었으니 못줄을 옮기자는 신호다. 그러나 '자~아!' 하는 외침은 본래의 그것 말고도 모심는 사람들을 격려하거나 재촉하는 구령이기도 하다. 아버지가 이번에는 저쪽에서 모를 미처 심기도 전에 '자아~' 소리를 냈다. 내 아들 흥그만들 보고 빨리 모나 심자는 의도 같았는데, 육자배기 가락처럼 카랑카랑하면서도 목소리에 안도감이 묻어 있었다. 또 한 번은 모심는 여자들이 그 줄의 절반쯤을 심었을 때에 '자~아' 했다. 친구 어머니가 그 의도를 알고는 "분수 아부지가 조아서 자꾸 자 자아~만 허는데, 그런다고 모가 빨리 숭거진답디여" 한다. 그 틈에 다들 허리를 한 번씩 쫙~ 펴고 깔깔깔 웃는다. 그렇게라도 해야 고단함을 덜 수 있을 것이다. 새벽부터 들판에 나와서 아홉시 반쯤에 새참을 먹고, 또 허리가 휘도록 허기가 질쯤 어머니와 이웃집아주머니들이 점심을 내온다. 논 옆 나무그늘에 둘러앉아 그야말로 맛나게 점심을 먹는다. 모심기할 때는 보통 하루 다섯 끼를 먹으니 밥 힘으로 열네 시간쯤의 중노동을 견뎌내는 폭이다. 새참 때도 밥이며 반찬이야 걸지만 점심에는 동네잔치라도 하듯, 일을 하지 않는 동네 어르신들이나 아이들까지 불러내고, 이웃 논이나 밭에서 일하는 사람들에게도 소리소리 질러서 불러다 함께 먹었다. 고깃국에 쌀밥은 물론이고 감자볶음, 생선조림, 황석어젓 무침, 시원하고 새콤한 미역물김치국 등등해서 오랜만에 솜씨자랑도 할 겸 푸짐하게 아낌없이 내온다. 어머니가 정성을 들여 담근 막걸리도 빠질 수 없었다.

저쪽 논둑에서는 암소가 건너다보고 있다. 그 꼴이 또 일품이다. 마치, 푼수가 돌아오지 않았으면 나는 어쩌나 싶은 모습이랄까. 초봄부터 논 밭 갈이에 그야말로 고생고생 많이도 했을 텐데, 오늘은 모심는 날이라 배 깔고 앉아 푹 쉬고 있다. 쟁기질을 해서, 일테면 보리를 심었던 논 갈아엎은 다음에는 물 대고, 써레질해서 모를 심도록 하기까지, 늙은 암소와 노총각 장푼수는 그야말로 녹초가 되었다. 날이면 날마다 새벽에 나가서 해뜰

어질 때까지, 소처럼 순하지 못하면 해낼 수 없었고, 어지간해서 티적거릴 줄 모르는, 푼수 아니었으면 할 수 없다고 불평하는 현실이니, 농촌생활이 변할 수밖에 없었을 것이다. 그쯤에서 이집 저집 농기계가 많아졌지만, 장분수네 다랑이 논은 아직도 소를 부려야 했다. 때문에 경운기에 로타리 달아서 바닥을 고르면 편할 텐데, 논둑도 좁고 논바닥도 넓지 않아서 그럴 수가 없었다. 그래서 하루빨리 쪼가리 논들을 합배미로 만들어야 한다고 성화였다.

그건 그렇고, 지금 아버지가 가진 논의 절반에는 일반 벼를 심고, 나머지는 신품종인 삼강 벼를 심는다. 같은 넓이의 논에서 일반 벼가 두 가마니 생산된다면, 삼강 벼는 세 가미니가 나온다. 그러나 공출(농협수매)하면, 일반 벼나 신품종이나 같은 값을 쳐주지만 시장에 내다 팔면 일반미는 훨씬 더 받는다. 해서 번거롭지만 두 종류의 모를 심는다. 일반 벼는 비료를 주거나 농약을 치거나 하는 일이 더 많았고, 개량종은 병충해에 강하게 만들어서 공력을 덜 들여도 잘 자란다. 하지만 신품종으로 지은 밥은 찰기가 없어서 밥맛이 없다고들 했다. 농사꾼에게는 무엇보다 소출 많은 것이 장땡이지! 뭐겠는가. 언제부터 우리가 밥맛을 따졌다고? 흰쌀밥을 배터지게 먹어보고 싶은 사람이 많고도 많았었는데……. 그렇다. 촌놈들은 밥맛? 그러면 퍼떡 기억나는 쌀이 있을 것이다. 벼 키가 유난히 작았고, 쌀은 길쭉했으며, 밥은 푸실푸실했던 쌀, 통일벼(당시 최고지도자의 키를 연상하게 했다는) 말이다. 무지하게 배고팠던 시절, 식량의 자급자족은 말 그대로 국가적인 숙원사업이었겠고, 작물시험장이나 육종학연구실 연구진들에 의해 획기적인 안전다수확 벼 품종개발에 성공한다. 기존의 자포니카품종(짧고 둥근형의 쌀, 우리나라 전역에서 재배)에 인디카품종(안남미라고 하는 길쭉한 모양의 쌀로 동남아를 비롯한 대부분 지역에서 재배)을 교배한 통일벼는 도열병 및 줄무늬잎마름병에 강하고 내비성(비료가 끼치는 해를 견디어내는 성질)과 내도복성(비바람에 넘어지지 아니하고 견디어내는 성질) 등의 장점을 가지고 있어서 수확량이 많았다. 당시 전국평균 쌀 수량의 50%가 증가될 만큼 기적의 볍씨라 불리기도 했다. 그러나 1972년 큰 냉해가 닥쳐, 하필이면 통일벼가 내냉성이 약했다. 해서 농사를 크게 망쳤다. 뿐만 아니라 통일벼는 아밀로스함량이 적어 밥맛이 일반 벼 품종에 비해 많이 떨어졌다. 그런 이유로 기대한 만큼 확대나 보급이 되지는 못했겠지만, 그 시절을 생각하면 괜히 씁쓸해지지 아니한가? 하여간에 아버지는 모든 논에 개량 벼인 신품종을 심으려고 면사무소에 더 신청을 했으나 볍씨가 모자랐는지, 만약을 위해서 꼭 그만큼씩만 줘서 그랬는지 알 수 없지만, 올해도 신품종은 반만 심는 모양이다.

점심 숟가락을 놓자마자 곧바로 또 모심기는 시작되었다. '자아~' 하는 아버지의 걸걸한 음성이 오전과 다름없이 논두렁을 넘어 퍼졌다. 경기도나 도시부근에서 모심는 사람들 대부분은 노란색의 긴 장화를 신고 논에 들어가는 모습이 텔레비전 화면에 나온다. 여기는 장화신은 사람이 몇 명밖에 보이지 않았다. 그 전에는 논에 거머리가 많아서 그걸 막느라고 남자들도 헌 스타킹을 착용했다. 이제는 농약 탓인지 거머리도 없다. 거머리? 하면, 장분수는 아직도 진저리가 처진다. 그 시절 촌놈들 태반이 그랬겠지만, 모내기한다고 학교에 가지 못하고 아버지 뒤를 따라다니며 모장이를 하던 때였다. 물론 허풍도 좀 보태졌을 것이다. 피를 얼마나 실컷 빨았는지 거머리가 마치 미꾸라지만큼 크더란다. 그것도 사타구니까지 거머리가 새까맣게 달라붙어 피를 빨라먹는데도 그걸 몰랐다고, 저런 푼수 같은 놈이 없다고 누군가 놀려서, 장피하기도 했지만 우선 겁나고 무섭기도 해서, 논바닥에 냅다 나뒹굴어버리고 말았다. 그렇게 오늘날의 푼수!, 동네북처럼 장푼수가 됐었던 일은, 지금도 너무 선명하다. 그랬다 치고, 푼수는 일을 해도 늘 두세 몫을 해야 한다. 대열에 끼어 내 몫의 모를 잽싸게 심고, 여기저기에 모다발을 고르게 나눠놓는 등 일꾼들이 모심는데, 불편하지 않도록 도와야 했기 때문이다. 점심 뒤끝이라 힘이 더 드는지 "아이구, 내 허리여! 불러도 대답이 읎어." "오매, 내 허리도 죽었능갑당께." "아따따, 나는 캌 죽어나자빠지게 생겼는디~" 했다. 몇 사람은 웃었고, 몇 사람은 무반응이며, 나머지는 엄살이 아닌 현실의 팍팍한 외침에 불과하다는 듯 그저 묵묵히 모를 꼽는다.

여기 골짜기 논들은 천수답이라 때맞춰 빗물을 잡아두지 못하면 농사를 망친다. 어디서 물을 끌어다 댈 데도 없기에 농사 짓는 건, 하늘에 목을 매고 사는 거나 마찬가지다. 그래도 다행인지 하늘의 뜻인지, 안달복달하면서도 아직까지는 농사를 작파한 적은 없었다. 하여튼 푼수네 논, 저 아래쪽 들녘은 이모작을 했던 곳으로 이제야 보리를 심었던 논을 경운기로 갈아엎고 있다. 그래도 그곳까지는 양수기를 동원해서라도 저수지 물 받아 모를 낼 수 있으니 느긋한 경우다. 그리고 이전보다야 여러 가지로 많이 좋아졌다. 지게로 등골이 휘게 등짐을 지다가, 리어카가 나왔고, 경운기가 나오니까 이제부터는 농사를 질만 하겠구나 했었다. 뿐인가 농약도 전에는 짐작으로 멍청하게 그냥 치기만 했는데, 농촌지도소에서 이럴 땐 이 약을 뿌려라, 지금은 뭘 얼마큼 사용하라고 다 알려주니까 얼마나 좋았겠는가. 벼 품종개발도 지속되어 소출도 늘긴 많이 늘었다. 그런데 농사라는 것은 잘 돼도 큰일이고, 못되면 더 큰일이었다. 촌놈들은 죽도록 일해야 제 품삯도 건지지 못한다고 목청을 높이다가도, 결국은 꼬리를 내리고 만다. 잘하면 본전이요, 그게 아니면 맹탕인 농사를 한두 번 거둬치우고 싶었어야 말이지. "쌀값이 비싸면 도시사람덜 살기가 어렵고, 또 싸면 시골사람덜이 살기 심들어지는디" 하며 쓸쓸히 웃는 아버지 덕분에, 장분수도 꾸욱 참고 참았던 것이다. 하지만 독한 마음먹고 겁도 없이 집을 나갔던 장분수는 정말 푼수처럼 다시 돌아왔고, 그렇게 저렇게 긴 초여름 날 하루가 저물었다. 해가 서산마루를 넘어갔는데도 아침나절과 마찬가지로 허리를 굽힌 채로 모를 심고 있는 모습이 너울처럼 아른거린다.

휴대전화가 초라니 방정을 떨 듯 운다.
논둑에 누워 있던 장분수가 벌떡 일어나 앉으며, 목에 걸린 휴대폰 폴더를 연다.
"성님, 미안해서 어쩐다요. 여그도 시방 난리여라우. 어쨌다고 이노므 기계덜이 오늘싸 한꺼번에 다 엿맥이는지~ 나도 환장하것네요이."
"바쁠수록 돌아가라고 하던디, 너머 서둘러싸서 그렁거 아니고?"
"쓰으벌, 나도 모르거써라우."

86

후배다. 목 빠지게 기다렸던, 오토바이 탄 기술자는 나타나지 않고 전화질이었다. 화를 낼 수도 없고 해서, 그냥 얼버무렸지만 아무리 속 좋은 장분수일지라도 애간장이 녹는다. '마른논에 물 잦듯 한다'고 논물이 더 줄기 전에 한시바삐 모내기를 끝내야 하는데, 이 지랄방정이다. 힘들게 물 잡아 모내기를 시작했지만 논에 물은 충분하지 않았다. 여태껏 금방 온다고, 곧 오겠다던 후배는 함흥차사 꼴이더니, 이제는 기약이 없단다. 이런 환장할~ 또다시 올려다본 하늘은 더 없이 높고 넓은데. 휴~ 한숨을 내쉰 장분수는 막걸리 병을 입에 물고 흔든다. 그래, '비가 오나 눈이 오나 바람이 부나~'다, 죽기 아니면 까부라지기고…….

"병나발을 다 불고, 뭔 일이야?"

"저것 땜에 하도 속이 상해서."

친구 나한철이 다가오면서 묻자, 장분수는 나 몰라라 서있는 그 애물단지 같은 이앙기를 향해 턱을 내밀면서 술병을 내려놓는다.

"얼른 기술자를 부르지, 그러고 있으면 어쩌게?"

"그놈도 똥오줌 못 가리는 모냥이여. 바쁘기도 하겠지만…….""

"참 답답하구먼, 기술자가 거기뿐이냐?"

"……."

후배와 자별해서가 아니라 누구든 요즘엔 그러리라 생각하는 장분수다. 내 욕심 채우자고 막무가내 억지 쓰는 것, 못할 짓 거리 아니던가. 천년만년 살 것도 아니면서 말이다. 뭐가 얼마나 더 대단하기에, 있으면 또 얼마나 있고, 잘나가면 또 얼마나 더 잘나가겠다고 남을 보게게 해. 그래봐야 지난 한평생인 것을! 때문에 어머니가 늘 아들을 못 믿어하고, 푼수 소리까지 듣고 살지만 장분수는 지금껏 내내 그러고 살았으며, 또 팔자려니 그렇게 살겠다고 똥고집이었다. 나한철은 지금 답답해할 이유가 있다. 모심기를 빨리 끝내고 작은 비닐하우스 한 동을 짓기로 했는데, 감감 무소식이어서 여기까지 올라온 모양이다. 전번에 말했듯 친구는 귀농을 했다. 헌데 아무런 준비도 없이 혼자 내려왔다. 해서 한 철이라도 잘 지낼 수 있을까 했었는데, 용케도 겨울을 넘고 봄을 지나 초여름을 견딜 준비를 하고 있다. 촌놈으로 살아가자면 좀 더 투미스럽고 어글어글해야 한다. 하지만 아직도 무엇인지 확신이 없고 여전히 흔들림도 남아있다. 그러나 이쯤에서는 무엇이라도 해야 한다. 지질할 만큼 놀 수도 없고, 마냥 남 일이나 돕는 것도 그랬다. 해서 하우스에 쌈 채소를 길러보라고 조언을 한 것이다. 어련하겠는가만, 장분수는 친구를 위해 텃밭도 내주고 비닐이며 파이프와 지지대 등 자재도 마련해주고 솜씨도 일러줘야 할 것이다.

"후배한테 가보기는 했고?"

"내가 간다고 뭔 수가 있것냐. 바쁘니까 그러것지."

"가보지도 않고 어찌 그리도 사람 맘을 잘 아냐! 그리고 어쩌면 그토록 태평할 수 있는 거야? 매사에 만사가!"

"그런 말 말어. 나 꼴린대로 살라면 촌에서 못살아야. 급해봐야 나만 손해고."

"……."

나한철이 한 걸음 물러선다. 어처구니가 없다는 표정이고, 장푼수! 말이 더 필요 없다. 푼수가 따로 없어. 넌 정말 멍청한 놈이야. 너 같은 놈을 믿고 뭘 어쩌겠다고 내가 지금 이러고 있는지~ 그리고 싶은데, 참느라 마른침을 꿀꺽 삼킨다. 어찌 그보다 더한 말은 못하겠는가. 그냥 바라보고 있자니 속이 터질 것 같은데 말이다. 지난겨울에 돌아가셨던, 은사님께서 부탁했다던 일도 그랬다. "이날 이때까지 내 농사처럼 잘 해왔으니까, 분수 자네는 지금처럼만 하게나" 했는데, 느닷없는 〈쌀직불금〉 바람이 불어오자, 은사님 둘째아들, 그것도 친구라는 놈이 나타나서 뒤통수치고 설레발치는 통에 장분수는 고스란히 당했다. 물론 은사님이 계셨더라면 그럴 이유도 없었겠지만, 하여튼 '믿는 도끼에 발등 찍힌다'고 그런 멍텅구리 같은 짓거리를 한두 번 당했어야 말이지. 그랬다. 뒤통수를 치는 놈이 백 번 나쁜

놈이지만 번연히 당하는 푼수도 문제였다. 다 사람 나름이겠지, 그 옛날의 모습을 찾아볼 수 없는 농촌의 그런 꼴사나움들 때문에 나한철은 아직도 마음을 다잡지 못하는 느낌이랄까. 기울기를 서쪽으로 잡기 시작한 멀뚱한 태양을 바라보며 나한철이 한숨을 내쉬듯 입을 연다.

"농사철인데도 사방이 이렇게 적막하니……!"

"농사가 재미도 없고, 촌에 사람도 없응께, 촌놈들은 살수록 오그랑장사여."

"나, 그만 내려갈란다. 천천히 하고 오든가."

"걱정 말어. 하우스 그것 야밤에라도 잠깐이면 푸다닥 해치울 수 있응께."

돌아서는 나한철의 뒷모습이, 지금 우리 농촌현실만큼이나 서글퍼 보인다. 어깨가 축 늘어지고, 후회가 이만저만 아닌 것이다. 저래서는 촌놈으로 살 수가 없는데, 어쩌나 싶다. 친구를 어쩔 수가 없어서 돕겠다했었는데, 지금이라도 어서 도시로 돌아갔으면 싶은 것이 솔직한 심정이다. 당장 '내 코가 석 자'고 '내 발등에 불'인데, 장분수는 오뉴월의 쇠불알처럼 마냥 늘어진다. 하여간에 이래저래 마음이 아프고 속이 상했다. 이런, 빌어먹을! 장분수는 또다시 나자빠진다. 이젠 햇볕도 오사리잡놈처럼 따갑다. 어머니가 새참을 내오면서 덮어온 신문지를 쫙 펼처 얼굴에 덮었는데, 〈'쌀직불금'이 뭐길래······〉란 헤드라인 글자가 눈에 번쩍 들어온다. 빌어 처먹을~ 다 헛소리라 여겼고, 썩어 나자빠질~ 쌀이 남아돌아 벌어진 일이었고, 지랄하겠다고 ~ 농촌을 무시한 탓에 터진 꼴이었기에, 눈여겨 읽어볼 겨를이 없었던 작년 어느 때 헌신문지다.

쌀소득 보전직불금제(쌀직불제)를 공무원과 의사, 변호사 등 고소득층 전문직들이 부당 신청해 수령했다는 사실이 드러나면서 정치권과 공직사회에 일파만파의 파장을 던지고 있다. 이는 경작을 하고도 직불금을 받지 못한 농심을 곧바로 자극하면서 ··· (중략) 쌀직불제 자체는 쌀 개방에 따른 농가소득감소를 보전해주자는 좋은 취지로 도입됐다. 그러나 운용상의 사각지대를 노린 사람들로 인해 국민혈세가 실경작자가 아닌 엉뚱한 곳으로 누수되면서 비판여론을 피하기 어려운 ··· (중략), 왜 이렇게 논란의 중심에 서게 됐는지, ······ 등을 10문10답을 통해 알아본다.

어떤 취지로 도입됐나? 쌀직불제는 지난 2005년 7월 세계무역기구(WTO) 쌀 재협상에 따른 시장개방에 대비하기 위해 추곡수매제를 폐지하면서 공공비축제와 함께 도입됐다. 근거법률은 '쌀소득보전기금의설치및운용에관한법률'로써 논 농업에 종사하는 농업인의 쌀 소득 및 경영안정을 꾀하는 게 목적 ··· (생략,

더 알면 머리만 복잡해서).

잘못 지급된 금액규모는? 감사원 감사결과를 보면 2006년산 쌀직불금 수령자 99만800여 명 중 17만3947명이 실제 농사를 짓지 않으면서 직불금을 받았다. 부당 신청해 지급된 직불금은 1683억 원 … (생략, 더 봐야 뭐가 뭔지 모르겠고).

어떤 사람이 어떤 절차로 받을 수 있나? 직불금은 휴경하는 경우를 포함해 대상농지에서 실제 논 농업에 종사하는 농업인이면 지급받을 수 있도록 돼 있다. (중략, 이하는 소작인 장분수도 자유롭지 못함) … 지급절차는 농업인이 매년 2월말까지 직불금을 신청하면 3~9월 중에 확인조사 등을 거쳐 지급대상자를 확정하는 방식으로 이뤄진다. 이 과정에서 마을이장 등 대표로부터 '농지이용 및 경작현황 확인서'에 도장을 받는 등 간단한 절차만 밟도록 돼 있다.

어떤 경우가 부당수령인가? 현행법은 신청자의 편의를 위해 지주가 살고 있는 주소지의 관할 읍면동에 신청하도록 … (생략, 이제야 따져서 뭐하겠는가).

법 시행 후 농지취득한 사람의 규모는? … (생략, 숫자놀음 해봐야 머리만 아픔).

양도소득세감면과 어떤 관계있나? 농림수산식품부와 감사원도 인정한 부분으로, 투자를 목적으로 농지를 소유하고 있는 고소득층이 1백만 원 안팎의 쌀직불금을 받기위해 나선 게 아니라, 농지를 소유만 하고 농사를 짓지 않으면 농지를 팔 때 양도세가 중과되거나 1년 내에 처분명령을 받게 되는 점을 피하기 위해 직불금수령에 나선다는 의미 … (생략, 촌놈은 당장 먹고살기도 막막한데, 세테크니 땅테크가 다 뭔가).

부당수령 근본원인은? 애초부터 자격요건 및 지급상한 설정을 하지 않았고, 농지원부 관리 및 운용체계도 부실했기 때문 … (생략, 촌놈들은 한두 번 속았어야지, 탁상행정 그것 때문에). … 직불금 수령자 가운데 17~28%에 달하는 비농업인이 존재하는 것으로 추정되는가 하면, 정작 농민 가운데 13~24%는 직불금을 받지 못하는 것으로 나타났다.

다른 문제점은? 직불금 지급대상 면적은 감소하는데, 직불금 신청자는 매년 늘어나고 있는 것으로 조사됐다. (중략) 1998년부터 2000년까지 논 농업에 이용된 농지에서 농업에 종사하고 있으면 누구나 직불금을 받을 수 있도록 법구조가 설계된 결과로 풀이된다.

정부의 보완대책은? 앞으로는 부부의 농업 외 연간소득이 3,500만 원을 넘으면 농지를 보유하고 농사를 실제 짓는다 해도 직불금을 신청할 수 없게 된다. (생략, 뛰는 놈 위에 나는 놈 있는 법. 졸속이 있는 한 법은 악용되기 때문).

부정행위는 차단할 수 있나? 위반해도 형사처벌 등 강력한 제
재수단이 없어 재발을 우려하는 목소리 "농지를 임차해 경작하
는 사람이 마을사람이거나 이웃인데, 마을대표나 이웃농가가
임차인을 통해 확인서를 써줄 수밖에 없을 것"이고 "토지소유주
와 소작인이 짜고 직불금을 신청하면 단속할 방법이 있겠느냐"
고 지적하지만…….

"하이고~ 이 일을 어쩐당가이!"

"……."

"일은 안허고, 신문지랑 더퍼쓰고 자능가?"

"일 못헌께 잠이라도 자야지라우."

"저노므꺼슨 지랄허고 끄덕허면 고장이여!"

"그렁께 말이어라우."

이웃집 사는 후배 어머니다. 역시 일이 궁금했을 텐데, 이앙
기가 고장이 나서 이러지도 저러지도 못하고 자빠져 있더라는
소식을 어머니한테 들었던 모양이다. 걱정도 되고 한편으로는
미안하기도 해서 올라왔지만 어처구니가 없다는 표정이다. 근
동에서 부잣집소리를 듣게 했던 전답을 야금야금 곶감 빼먹듯
팔아서 아들 손에 다 건너 주고, 그야말로 코딱지만 한 논이 장
분수네 논다랑이 아래쪽에 붙어있다. '논밭 팔아 가 잘되는 자
식들 없더라'는 말을 후배 역시 극복하지 못하고 말았다. 하여

94

간에 그냥 묵힐 수도 없고, 노인네가 뭘 어쩌겠는가. 그리고 또 만만한 장분수가 아닌가. 내 농사하면서 꼽사리로 모내기부터 추수까지 다해준 것도 벌써 몇 해가 되었다. 공치사 듣자는 것도 아니고, 뭘 받아먹자고 또 바라서도 아니다. 피우지도 못하는 쓴 담배 한 값, 좋아하지도 않는 소주 한 병도 사들고 오지 않았으면서 괘씸한 소리나 하고 다니는 후배 녀석을 생각하면 당장 그만두고 싶다가도, 내 어머니를 봐서라도 해마다 그럴 수가 없었다.

"아니, 요새 맘 상하는 일이라도 있능가? 자네엄니도 그러코, 각시도 걱정이 태산이드마은. 착실헌 자네가 뭐시 어쨌다고 그렁가?"

"일은 뭔 일이요. 그냥 재미도 없고 심든께 그러것지라우."

"자네가치로 착실헌 사람이 이 시상에 어딨다고, 자네엄니는 걱정도 팔자랑께. 나가튼 박복헌 년을 앞에다 두고, 꼭 그런 부애나는 말을 해사 쓰것능가?"

"편히 안거서, 막걸리나 한 사발 드시고 내려가셔라우."

"내 맘도 심난하고 얼척이 업씬께, 그래야 쓰것네."

장분수는 여태껏 들고 있던 그 신문지를 내던진다. 젠장~ 지금, 이걸 이 잡듯 읽어서 뭐하겠다는 거야. 개 풀 뜯어 먹는 소리를. 얼~수, 절~수우 장단까지 맞춰가며. 지랄 할! 용두사미도 아니고, 괜한 촌놈들 가슴이 멍들고, 마음만 할퀴게 하고 말거였으면 애당초 떠들지나 말지. 그랬다. 농촌을 깔보고, 쌀을 무시한 처사가 아니고 무엇이겠는가. 이래저래 농사짓지 않으면, 기필코 그 전답은 곧 기능을 상실할 것이다. 기능이 상실된 전답을 복원하려면 피눈물을 쏟아내야 한다. 뿐인가 쌀이 부족하다고 수입하면, 누가 마냥 쌀을 헐값에 팔 것이며, 누구한테 기대할 수 있겠는가. 그렇다고 누구처럼 고기와 밀가루만 먹고도 우리가 살아남을 수 있는가 말이다. 한 치 앞을 내다보지 못하고 저러다 정말, 크게 후회하지 않을까 장분수는 두렵기만 한데, 모두들 태평세월이다. 촌놈 속앓이 한다고 달라질 것도 없는데, 공연한 방정인가. 할 일도 참 없다 싶었던지, 장분수가 새참 소쿠리를 끌어당긴다. 정말이지, 살다보니까 이런 경우도 있다싶었다. '논두렁에 발자국소리가 잦아야 벼가 잘 자란다'는데, 모심다 말고 한나절을 논둑에 나자빠져 있었는데도 사람꼴을 못 보겠고, '쌀농사는 여든 여덟 번 땀을 흘려야 한다'는데……, 올 농사는 시작도 전에 엎어버린 느낌이라고나 할까.

"그런다고 여직 참도 안 묵었능가? 겁나게 시장하것는디."

후배 어머니가 장분수 손에 든 막걸리 병을 빼앗아 놓고 얼른 숟가락부터 챙겨준다. 어머니들 마음이야 한결 같은데, 못난 자식들은 늘 '게걸음 친다'는 말이 새삼스럽다. 장분수 본인도 한

심스럽기 짝이 없지만, 후배 놈을 생각하면 그냥 기가 막힐 뿐
이다.

"그냥 쭈욱 드셔요. 작년 이맘 때는 엄니가 짜장면을 시켜줘
서 잘 먹었는디, 오늘은 요것뿐이네요이."

"그랬등가? 이 막걸리가 어째서, 자네엄니 솜씨는 아직도 쓸
만하당께. 사람은 주거니 받거니 그러고 그럼서 살아야 사는 거
신디, 인자는 자네엄니한테나 자네한테나 그럴 면목도 없응께
그냥 다 이해하소이. 웬수가튼 자슥덜이랑께. 남편 복읎는 년
은 자슥 복도 읎다등마은 내가 따악 그 꼬라지여."

"기만이한테, 또 일 생겼어요?"

"지 새끼는 여그 데려다놓고, 하도 깜깜 무소식이라 요새는
또 그거시 불안하당께. 이래도 걱정, 저래도 걱정이니, 내 팔자
가 참말로 개지랄이여."

후배 어머니는 겨우 막걸리 두 잔으로, 끝없이 이어질 한숨
소리를 다독이고 일어선다. 이런저런 화를 다스리려 한두 잔씩
드시는 걸 모르지 않았기에 권하길 참 잘했다. 덕분에 장분수도
한결 마음이 편해진다. 이렇게라도 잠시잠깐 위로를 받고 싶어
하는 노인네들이 시골에는 많은데, 지금도 분수처럼 갈팡질팡
마음을 잡지 못하니 말이다. 아까 어머니한테 했던 것처럼 후배
어머니에게도 저쪽 논둑 끝까지 배웅하고 돌아온다.

장분수가 더는 어찌할 수 없는지, 휴대전화 폴더를 연다.

"성님, 오늘은 틀린 모냥이요."

"어째서?"

"뭐시 어째서 것소. 쓰발, 나도 참 답답하요. 광주대리점에 주문한 부속이 낼이나 온다는디, 정 바쁘면 다른 센타를 불러보등가요."

"그럼 진작에……, 아~니여, 알었어."

전화에다, 요런 싸가지 없는……, 욕이라도 내뱉어야 시원할 것 같은데, 장분수는 꾸~욱 참고 만다. '누운 돼지가 앉은 돼지 나무란다'고 후배가 뭔 죄가 있겠는가. 저도 먹고 살겠다고 할 만큼 했을 터, 무슨 말이 필요하겠는가 말이다. 우선 내가 참으면 그만이었다. 대거리 했댔자 혈압만 오르겠고, 그보다 더한 것까지도 용케 건디고, 속아주고, 또 속고 이용당하면서도 잘 살아왔는데, 무슨 영화를 더 누리겠다고 이제야 몽니졌는가 말이다. 애옥살이지만 살았던 대로 살 수만 있으면 다행이지 싶다. 하늘이 더 없이 높고 파랗다. 거머리에 놀라 논바닥에서 벌러덩했던 때도 그러했고, 집나갔다 돌아왔던 그날 아버지가 '자아~' 했을 때 올려다본 하늘도 지금처럼 넓고 푸르렀다. 산천은 유구한데, 장분수는 버릇처럼 하늘을 올려다보며, 신세타령을 하고 있으니~.

터벅터벅 사랫길을 내려오는 발걸음이 무겁다. 장푼수, 당장 피죽바람이 불어 닥칠 것도 아니겠는데, 기운을 차려야 하지 않겠는가. 할 일을 다 하지 못해서가 아니라, 오늘도 역시 하찮은 구실을 만들면서 다시 고향을 떠날 궁리를 할 수밖에 없었다는 사실이 부끄러운 것이다. 그래 떠날 때 떠나더라도 빨리 내려가서 오늘밤엔 친구를 위해 비닐하우스나 만들자. 고장 난 이앙기 덕분에 오후 내내 잘 쉬었으면 그만인 것이고, 또 언제 그렇게 한가하게 누워서 그 옛날들을 돌아볼 수 있겠는가. 푼수처럼 말이다.

보리떡도 떡은 떡? _ 우리 고향 4

장분수는 오늘 보리타작중이다. 어제도 웬만했으면 참석했을 것이고, 아까 점심이라도 같이하자 했을 때, 어지간만 했어도 잠깐 읍내로 나왔을 터였다. 휴대폰 들고 있는 시간도 아깝다 설레발치는 것이, 정말로 바쁘긴 뭐 빠지게 바쁜 모양이다. 거시기한 놈들이 우물 판다고 결론은 간단했다. 우리들 친구 장분수를 만나는 것이 목적이겠으나, 보리타작이란 말 자체가 함께 온 동창들 귀에도 쏘옥 빨려들어올 만큼 오랜만이었으며, 순간적으로 삭신이 오싹하기까지 했다. 그러해서 겸사겸사 함평천지 들녘의 농로로 들어설 판이다. 어린 시절 각자의 보리타작 풍경이 떠올랐던 터였고, 그 속에서 놀던 때가 나름 그리웠으리라. 초등학교 동창회를 구실로 어제는 광주에서 밤늦도록 술 마시고 노래하며 놀았을 것이고, 여기저기로 몰려가 토끼잠을 잤겠고, 해장국으로 아침에 쓰린 속 달랬을 것이며, 그리고 각지각처로 헤어졌을 터였는데, 회장단은 기어코 고향까지 내려온 모양이다. 장분수는 그러지 말라고, 그럴 필요 없다고 했었다. 촌놈 때문에 괜한 고생하는 것 같았고, 본의 아니게 근대는 것 같아 미안해진다. 다 촌놈들이었지만 모두가 도회지로 나가고, 오로지 장분수만 농사꾼이고, 아직까지 고향을 떠나지 못하는 푼수로 살고 있다. 그래서 고생한다고, 우리 고향을 지켜줘서 고맙다고, 위로나 격려차 방문했을 리 만무사리고, '6월 농부가 8월 신선 된다'는 말도 옛말이 되었다. 철이 철인만큼 바쁘기로 치면, 그야말로 망망하고 골골하며 황망하기까지 할 지경인데, 동창회라니 우라질……! 농촌 현실을 몰라도 너무 모르는 철없는 짓거리라고 해야 하나 싶었다가도, 뿐인가 푼수라고 무시하는 거 이골이 났지만도, 하여튼지 아닌 것은 아니었다. 그랬다, 세상물정 모르는 푼수만 빠지면 될 일이었다. 그리고 한번 빠졌다고 애통하고 절통해 할 동창도 없을 것이고, 모교가 폐교로 결정된 마당에 너도 나도 더는 할 말이 없을 터. 아니다, 그 생각을 하면 피가 다시 거꾸로 치솟는다. 중지를 모으자고 사정할 때는 "푼수야, 너나 잘 사세용!" 그러더니, 지금 와서 뭘 어쩌겠다고? '죽은 자식 불알 만지기' 아닌가 말이다. 그래, 이젠 푼수 짓 그만하자. 내 어머니와 식구도 온전히 건사하지 못했다. 팔자소관이려니 하고 사는 어머니는 당신 자식이니까 어쩔 도리가 없겠지만, 이역만리로 시집보낸 베트남의 장인과 장모는 사위가 푼수처럼 살고 있다면 좋아하겠어. 그러면서도 허울뿐인 이장은 뭐고, 개살구 같은 영농후계자는 또 뭐람. 하여간에 이래저래 등짐처럼 짊어진 빚만 아우성 없이 늘어나는 판이니……, 그러게 이제는 지치고 만사가 다 싫다. 그동안 할 만큼 했고, 한다고 했었다. 물론이다. 부라퀴처럼 살아도 부족하겠는데, 지금껏 저 잘난 맛에 얼간망둥이처럼 살았으니 더 따질 이유도 없겠지만……! 누가 듣기를 하나 묻기를 하나, 혼자 구시렁거리다 장분수는 경적소리에 고개를 든다. 흰색승용차가 저쪽 농로에 멈춰서, 점멸등을 켜놓고 뿌우아앙~ 거린다. 동창들이다. 콤바인 소음도 만만치 않아서 그들이 다가오기 전까지 모른 척, 밸부림할 수도 있지만 되알지지 못한 장분수가 먼저 꼬리를 내린다. 기계를 잠시 멈추면 일손이 얼마만큼 차질이 생길지 알 턱이 없겠고, 고향까지 내려오게 해놓고 본체만체한다고 섭섭해 할 것이니 방법이 없다. 허나 타작 중이던 보리이랑은 갈무리해야 한다. 다음 고랑으로 콤바인을 옮겨 시동을 끄고, 맥고모자를 벗어 탈탈 먼지를 털어내며 기계에서 내려온다.

오늘도 동살을 등지고 나와서 여기저기로 옮겨 다니며 내내 보
리논에서 굴렀지만 오늘 약속된 타작은 아직도 한참 더 남았다.
그래도 잠시 쉬어가도록 하자. 아무리 바쁘다고 무쇠가 녹아날
지경에 이르면 기계든지 일꾼이든지 별 수가 있겠는가. 어디 탈
나지 않고 버티려면 잠시 쉬는 수밖에.

"장분수, 오랜만이다."

"미안허다야. 근디 멀라고 여그까지……."

그러면서 장분수는, 걸레쪼가리나 진배없는 면장갑을 벗고
내민 손바닥이, 그것도 남방셔츠 앞섶에 쓱쓱 문질러 내밀었는
데도 손마디와 손금에 땟물자국이 선명해서 내밀었던 손을 멋
적게 거둔다. 그러자 동창회장이 다가서며, 뒤로 숨긴 손을 기
어코 끄집어다 잡았다. 단지 손이 더러워서 그랬는데, 회장은
그간의 자기 불찰을 이해해 달라는 표정이랄까. 친구들끼리 뭘
오해하고 이해를 하고 말 것이나 있겠는가. 목숨이 걸린 일도
아니었고, 애정이 부족해서 삐걱거리는 부부 사이도 아닌, 폐교
문제로 잠시 이견이 있었을 뿐이다. 좀 어색해진 그 틈을 눈치
빠른 총무가 끼어든다.

"푼수 니가 겁나게 바쁜당께 헐수있것냐, 우덜이 와야제."

"다 잘들 살지야?"

"사는 거 다 그렇지 뭐. 아무리 바빠도 밥은 먹고 해라. 다 먹

고 살자고 보리타작도 하는 거 아니냐?"

부회장을 맡고 있는 여자동창이다. 말이라도 고맙다. 헌데 요즘은 밥이 콧구멍으로 들어가는지 마는지도 모를 지경인데 어쩌겠는가. 한동안 보리쌀을 천대시하다가, 하기는 '쌀이 웬수다'하는 판이니 뭘 더 탓할 필요도 없지만, 하여튼 도시사람들이 웰빙식으로 보리밥을 찾아서 근래에 다시 이모작 농사를 하고 있다. 그래봐야 맞지도 않을 수지타산이지만, 그리고 세상 돌아가는 이치로 치자면 다 때려치우고 싶다가도, 모질지 못한 농사꾼이라 더 포기할 수 없어서 씨를 뿌려 거두고는 있지만 즐거움은커녕 억지춘양이니 얼마나 더 버티게 될지 알 수도 없다.

"우덜 코흘릴 쩍에는, 요때가 참~ 드럽게도 바빴는디. 그나저나 오다봉께, 들판에 일하는 사람이 몇 안 보인다?"

"벌써부터 그래써야. 들에 나올 사람도 없고, 나 같은 푼수하고 농기계들만 죽을 맛이다. 좆도 아닌 농사진다고."

"뭐~! 좆도 아니라고야?"

"만만한 홍어 좆만도 못헌디, 농사가."

"!……."

장분수 답지 않은 언사에 친구들이 놀랐다. 웬만해서는 싫은 소리나 독한 말을 하지 않았던, 오직 했으면 푼수소리를 들었을까만, 뜻밖의 말투와 느닷없는 태도였다. 하지만 장분수는 말을 하면서 타작해 농로에 꺼내놓은 보리자루를 눕히고, 목에 걸친 땀수건을 당겨 먼지를 털어내며 친구들에게 자리를 만들어 권한다. 앉거나 선 그들 머리 위로는 묵은해에 개통한 광주에서 무안공항을 연결하는 고속도로가 뻗어있다. 씽씽 지나는 차량소음보다는 우선 땡볕을 피할 수 있어 그나마 다행이랄까! 지금이야 될 대로 되라지만, 공사가 시작될 쯤에는 내 논, 내 땅이 아닌데도 내 몸을 찢어놓는 것처럼 장분수는 아팠었다. 정말 푼수처럼 말이다. 촌놈이 열불나게 떠들어봐야 제 입만 더러워질 뿐이었고, 제멋대로 돌아가는 세상을 탓하고 싶지도 않았다. 그렇다고 개발되고 발전하기 위한 변화를 마냥 무시하겠다는 것도 아니었다. 하지만 꼭 저런 방법밖에 없었을까 싶었고, 농사를 무시하는 처사가 아니고서는 함평천지 들판 중앙으로 육갑한다고 고속도로를 낼 수 없었으리라 생각하니, 세상만사가 다 정이 딱 떨어지는 걸 어쩌겠는가.

"보리타작하는 거 보겠다고 왔더니, 달랑 저것뿐이냐?"

"……."

총무가 콤바인을 향해 그랬다. 일찍 도시로 떠난 친구라 그 시절의 고향풍경이 그립기도 했을라나? 통통통~ 발동기소리와 털털털~ 탈곡기가 요란스럽게 돌아가는 분주함을 기대했었을까, 이렇게 말이다. 먼지가 폭폭한 보릿단을 탈곡기 아가리에 한 아름씩 싸잡아 밀어 넣으면, 우당탕탕~ 돌고 돌아서 마당으로 쏟아진 보릿대는 갈퀴로 거둬내고, 낟알은 고무래나 당글게로 긁어모아 삼태기로 가마니에 퍼 담던 모습들을. 어른이고 아이 할 것 없이 땀과 먼지와 보리까끄라기로 뒤범벅이 된 꼬질꼬질함과 고단함을. 마당가에 보릿짚을 차곡차곡 쌓아올리면 어느 틈엔가 집채만 한 높이에 놀라서 동네아이들은 소리치고, 그 위에서 장난치다 미끄러져 떨어지면 아저씨는 혼내면서도 다시 엉덩이를 밀어 올려주었던 그때를 어찌 잊어버릴 수 있겠는가. 뿐이겠어, 잊을 수 없는 것들이. 고개 숙인 나락을 타작해내면 잠시 눈을 팔 틈도 없이 논에 퇴비와 비료를 내고 흩뿌려 이랑을 만들고 보리씨앗을 파종했다. 지금이야 트랙터로 갈고 덮고 하겠지만, 고달팠던 시절의 보리농사는 이렇게 시작되었다. 남쪽에선 주로 논보리 농사를 했는데, 혹독한 겨울은 더 깊어져 눈이 쌓였는데도 푸르른 싹이 돋아났고, 그것을 뜯어다 보릿국이며 보리범벅으로 빈 입을 달래다보면 긴 겨울이 지나갔다. 봄가뭄으로 먼지바람 날리는 이랑의 보릿잎이 으깨지도록 밟고 밟아야 보리밥이라도 많이 먹을 수 있다고 아버지들은 우리를 겁박하여 논으로 불러냈고, '게으른 머슴 밭고랑 세듯 한다'고 마음이 콩밭이었을 아이들 해찰을 달래기도 하고 윽박지르기도 하면서 어머니들은 그 보릿고개를 넘어갔으리라. 훌쩍 자란 파란보리가 바람결에 출렁출렁 흔들리고, 햇살이 나른해지는 해질녘이면 잘 여문 보리이삭 몇 가닥씩 뜯어 군불에 그을려서 손바닥으로 비벼 먹었던 풋보리 맛을 잊을 수 없겠고, '보리 못된 것이 일찍 팬다' 싶었는데, 어느덧 '보리는 망종이 환갑이다'고 누렇게 익어서 타작을 해야 했다. 그 시절의 기억들을 얼마만큼 끄집어낼 수 있을지 알 수 없으나, 비록 가화미담은 아닐지라도 한번쯤은 꼭 되돌아보고 싶었던 것이다. 코 흘리게, 조무래기들까지도 꽁보리밥 먹듯 학교를 빠지는 바람에 수가 없어서 농번기방학을 했을 터였다. 그래저래 학교가기 싫은 아이들은 이래도저래도 농땡이겠지만 농번기방학 때마다 하루하루가 얼마나 힘들었으면, 친구들이 다니니까 그냥 따라다녔던 녀석들까지도 어서 빨리 학교에 가고 싶다고 했겠는가. 뿐만 아니라 유행이 훨씬 지났을 란도셀 책가방이지만 어느 구석에 처박혔는지 느닷없이 찾느라 부산을 떨 수밖에. '보리 고개에 죽는다'는 말이 무섭기도 했겠지만, 하여튼지 보리 베기를 시작할 때면 어째서 그리도 하루해가 길었을꼬. 끝이 보이지 않는 보리논에 새벽부터 불려나왔으니 막막할 따름이었고, 나락은 포기가 있어 베기라도 쉽지만 보리는 낫질하기가 한마디로 지랄이었다. 그렇게 벤 보리는 이틀이나 사흘쯤 뒤집고 말려서, 묶어서, 논둑에 지게로 져내서, 리어카로 운반해 마당에 보릿단을 쌓기까지 그것만으로도 어른 아이 할 것 없이 녹초가 되었다. 우리 동네에 하나뿐이었던 탈곡기가 순번에 따라 돌면서 타작을 하면, 아이들은 누가 시키지 않아도 친구네로 쫓아가 보릿대를 발로 짓밟아 거대한 무덤처럼 쌓아올려야 했고, 정작 자기 집 차례가 되면 지쳐서 그 보릿짚 속에 잠들기도 했었다. 하지만 지금은 콤바인 하나와 장분수가 그 많고 많았던 애환과 애절함을 다 대신하고 있는데, 오랜만에 고향을 찾아온 총무는 궁금한 것이 더 많은 모양이다.

"너, 지금도 보리밥 안 먹냐?"

"푼수까지 유행따라서 살아야 쓰것냐."

피눈물 나게 배고팠던 시절엔 꽁보리밥도 허천나겠고, 뿐인가 먹고 입고 쓸, 모든 것이 부족했던 그때를 아직은 돌아보고 싶지 않은 나이지만 촌놈들도 모이면 별수가 없었다. 요즘에 유행이라는 그 보리밥이 아무리 좋을지라도, 거칠고 깔깔하고 달지 못한 보리밥은 보드랍고 구수한 쌀밥을 따를 수가 없었다. 어찌 흰쌀밥과 꽁보리밥을 비교하겠고, 양파와 고구마가 골백번 변신을 했다고 그 근본을 벗어날 수 있겠는가 말이다. 그러니까 지지난 겨울 어느 날일 것이다. 그 의지와 끈기를, 우리들은 한마디로 대단하다고 밖에 할 수 없는, 사무관으로 승진한 우리들의 친구가 중학교 동창들을 과천으로 불렀고, 저녁식사를 예약한 곳이 관악산 자락의 풍경화 같은, 꽤나 유명하다는 보리밥 전문집이었다. 왜 하필 보리밥집이냐 했더니, 기대해도 괜찮다고 누군가 그랬지만 장분수는 당연지사 처음 가는 곳이고, 보리밥이 그렇게 대접받고 있는 것도 처음 보았다. 하여튼 그날 주인공은, 시골에서 중학교를 졸업하고 상경해 그야말로 말단으로 시작한 공직생활을 드디어 꽃피우게 된 친구가 아니라, 흑산도에서 주문배달 해왔다는 홍어와 파리에 출장 갔다가 구입했다는 고급와인도 아닌, 느닷없는 그 보리밥이 화제였다. 무생채부터 대여섯 가지의 나물에 보리쌀(7)과 백미(3)가 섞인 밥을 고추장과 참기름을 넣고 쓱쓱 비벼, 상추를 비롯한 쌈채소에 싸먹는, 도시주변에서 흔히 볼 수 있다는 식단이었다. 친구들도 이제는 건강을 챙길 때가 됐다는 분위기로 대다수가 좋아해 맛나게 먹고 있는데, 저쪽에서 "푼수야, 보리농사 잘해서 보리쌀 나한테도 좀 보내도~" 그랬다. 얼씨구……, 그 보리밥이 징그럽고 싫어서 도망쳤던 가시내다. 그리고 굶어죽어도 서울에서 죽겠다고 떠나면서 푼수 가슴을 멍들게 했었던 그 가시나가 꺼낸 말이다. 해서 앞에 앉은 머슴아가, "야, 염치가 물구나무 섰능갑다. 너 땜에 몽달귀신이 될 뻔했던 우리 푼수여야." 그러자 그 가시내 왈, "영계백숙 가튼 각시랑 잘 살면 된 거시지, 머슬 더 바란다냐. 베트남 여자면 어쩌고 러시아면 어째서 이쁘기만 하드만" 했다. "이~ 가스나야, 그래도 토종이 좋은 거시여." 또 누군가 그랬지만 장분수는 못들은 척 넘겼다. 다 웃자고 하는 말이지만 그 사연을 기억하는 친구들은 더 즐거울 수밖에. 그렇지 않아도 서울 나들이 때마다 심사가 뒤틀려 되도록 상경을 기피하곤 했는데, 장분수는 느닷없는 보리밥타령을 앞에 놓고 더 생각이 많아질 수밖에 없었다. '촌놈은 똥배 부른 것만 친다'고 배부르고 든든하기로 치면, 고깃국에 이밥만한 게 없다며, 그렇게 먹고 여태껏 살아온 푼수였다. 뿐이겠는가, '촌년이 늦바람나면 속곳 밑에 단추 단다'고 언제부터 친구들이 보리밥 홍보대사가 되었는지 알 수도 없겠고, 그 징그럽던 보리밥이 저런 대접을 받을 수 있다니, 촌놈 장푼수는 어처구니가 없고 잔망스럽기까지 했다. 거기다, 웬만큼 해서는 오르지 못한다는 그 자리까지 올라선 친구가 어찌 자랑스럽지 않겠는가만, 그때 장푼수는 그랬었다. "너는 서울로 가서 시작해라이. 난, 농고 졸업허고 함평천지 들판을 다 가라서 어퍼불랑께야." 그렇게 했던 약속이건만, 그 약속을 아직 지키지 못한 때문에 푼수는 그 보리밥이 싫었던 것이다.

그런 장분수가 지금은 많이 지치고 힘겨워 보였다.

'보리밭 사이 길로 걸어가면~' 여자동창이 흥얼거리며 깔고 앉았던 보릿자루에서 일어섰다. 역시 옛 생각이 날 터였다. 태산보다 높다던 보릿고개를 다 넘기지 못하고 우리들 곁을 떠나 갔던 언니들과 오빠들이 떠올랐을까? 누구 소행인지 알 수 없 으나, 여기저기 뭉개진 밀밭 사건으로 동네방네 소문은 봄바람 처럼 술렁거렸는데, '새침떼기 과부가 보리밭으로 간다'는 말을 견디지 못하고 이사를 갔었던 친구네 엄마를 생각했던 걸까? 기 억할지 모르겠는데, 중학교 1학년 때 학교개구멍으로 빠져나온 까까머리 몇 놈에게, 언덕배기 보리밭에서 번데기 같은 거시기 를 꺼내 그 이상야릇한 기분을 맛보게 한, 일테면 '딸따리'를 배 우게 한 장본인은 총무, 저 친구였다. 뿐만 아니라, 배고픈 것도 죽을 맛인데, 오뉴월이 얼마나 팍팍했으면 초봄에 혼인했던 이 웃집 형과 형수가 밤 봇짐을 싸고 말았겠는가! 그래도 보리방학 과 보리밟기, 보리문둥이와 보리개떡과 꽁보리밥 등등 애련한 사연들이 많기도 많았던 그 시절이 무시로 그립기도 했으리라.

"어제 동창들한테 욕 많이 먹었다. 니가 말했던 것처럼 조금 만 더 노력했더라면 우리들 모교를 지킬 수 있었다고 한바탕 난 리였어. 그래서 너만 한 놈이 없다고 만장일치로 장분수 너를 동창회장으로 선출했고……."

"나를~? 내가 어째서!"

장분수가 불에 덴 것처럼 놀랐다. 그러고는 말도 설명도 더 필요 없다는 듯, 친구들을 뒤로 하고 농로에서 논둑으로 내려섰다. 보리를 심지 않았던 논이라, 곧 모내기를 하려고 질퍼덕하게 물을 가둔 논 가운데로 뛰어들고 싶은 심정을 겨우 이겨냈다. 뿐이겠는가. 쟁기질하기 싫은 황소처럼 날뛰면서 막무가내로 행짜를 부려야 할 판인데, 젠장칠~ 어쩌겠다고 지금, 느닷없는 한시 한 수가 떠오르는지!

새로 거른 막걸리 젖빛처럼 뿌옇고, 큰 사발에 보리
밥 높기가 한 자로세.
밥 먹자 도리깨 잡고 마당에 나서니, 검게 탄 두 어
깨 햇볕 받아 번쩍이네.
―중략―
그 기색 살펴보니 즐겁기 짝이 없어, 마음이 몸의 노
예 되지 않았네.
낙원이 먼 곳에 있는 게 아닌데, 무엇하러 벼슬길에
헤매고 있으리요.

오래전 일이다. 선생님이라기보다는 동네 아저씨 같은 모습의 농업고등학교 은사가 좋아했다던, 그러면서 달달 외우게 했었던, 정다산의 '보리타작'이다. 정말이지 푼수처럼 어쩌자고 아직까지 저걸 기억하는지, 답답할 노릇이지 뭔가. 기왕 나왔으니 연유라도 듣자. 대개가 약간은 맹하면서 순진하기 짝이 없고, 공부 욕심보다는 부모마음을 더 먼저 챙기는 놈들이 모여든 교실에, 지금 막 보리논에서 고랑을 치우다 온 차림의 선생님은, 들어서자마자 칠판에 정성껏 한자를 써 내렸다. 내 이름 석 자나 겨우 쓸까말까 할 판인데, 한자로 기를 팍 죽이는 심보도 심보려니와, 그리고는 "나는, 요거 땜에 여직껏 살았고, 또 살고 이쓰며, 요거슬 갈칠라고 나는 여러분들 앞에 또 섰응게……"로 시작된 수업은 그야말로 환장할 지경, 그러니까 절망적이거나 아니면 환상일 수밖에 없는 수업분위기였다. "요~ 한시가 듣기 실흔 녀석덜은 놓고 댕기기 심들거신께 알어서 덜 허고."로 첫 수업은 끝났다. 그래도 한 때는 그 '보리타작'이 희망이고 위안이었는데, 이제는 '막걸리'도 '낙원'도 다 싫은 걸까? 친구들은 고등학교를 광주나 목포로 가겠다고, 여건이 되지못해도 어쨌든지 인문계학교를 원하는데, 장분수는 일찌감치 읍내 농고를 찍어둔 터였다. 그나마도 진학하지 못하는 친구들을 생각해서 실그러질 수도 술덤벙물덤벙할 수도 없었다. 그리고 보면, 앞이 어둡고 망막한 것도 다 장분수의 천성이었을 것이다. 벌써부터 시들해졌고 언제 없어질지 알 수 없었던 실업계학교 중에서도 하필이면 농고를 선택했었으나, 후회할 이유는 없었다. 뿐인가, 아스라이 펼쳐진 보리논에서는 파란 싹이 돋아나 장관이고, 그야말로 '저 푸른 초원 위에 그림 같은 집을 짓고~' 살고 싶었던 그 꿈을, 머리에 피도 마르지 않았을 적부터 꿨으니, 싹수가 노랗다고 할 수밖에 없으려나? 하여튼지 장분수는 어머니가 여린 보리 싹을 뽑아다 된장을 풀어 끓여준 보릿국이며, 보리개떡도 누구보다 잘 먹었고, 볕이 눈부시게 좋은 날에, 누렇게 익어가는 보리가 하늘 하늘거리는 모습을 바라보면 왠지 모르게 가슴이 꽈악~ 차오르는 것만 같았었는데, 총무가 또 끼어든다.

"푼수야, 너 너무 뜨는 거 아니냐? 요번에 방송도 타고, 처가에도 다녀올 수 있게 되었다며, 늦었지만 축하헌다."

"누구 덕에 나팔 분다더니, 호강하게 생겼다. 면목 없게."

"너, 결혼 잘한 거야. 그런 각시는 또 없을 거시다."

"……."

ㅇㅇㅇ협회에서 모범 다문화가정으로 선정해 모국방문의 기회를 준 것이다. 장분수 각시의 노력과 선행과 봉사에 비하면 표창이 오히려 늦었다 면서도 다들 정말로 좋아하며 축하해주었다. 어느 정도는 준비된, 그러니까 장분수는 베트남에서 파견근무를 했던 여동생을 통해서 '응옌티 민 하'를 소개받았다. 그리고 꽤 많은 시간을 심사숙고(노총각을 면하느냐 마느냐도 문제지만, 지금이야 흔한 일이 되었지만 꿈에나 있을까 말까한 외국인여성과의 혼인문제보다, 농촌에서 계속 살 것인가 말 것인가의 문제가 더 다급했던 때)해서 편지를 주고받다가 결혼까

지 이르게 되었다. 하지만 어찌 어려움이 없지 않았겠는가. 먼저 언급한바 있지만 '민하'는 한국어가 수준급 이상이었다. 해서 군청은 물론이고 도청의 다문화센터에서도 할 일이 많아졌다. 또한 찾아다니면서까지 결혼이주여성들에게 많은 도움을 줄 수 있었다. 사정이야 다양하겠지만 어쨌든지 다문화가정을 잘 꾸리려면 우선 말이 통해야 한다고 강조하면서 발 벗고 나섰다. 뿐이겠는가, '민하'는 성격도 시원 상큼해서, 잘 살아보겠다는 마음도 정말 예뻤다. 더운 나라 사람들과는 너무 성격이 다른, 빨리빨리도 부족해서 급하기가 불같은 시어머니와 동네북처럼 여기저기서 가만 내버려두지 않는 푼수 같은 신랑을 이해해보겠다고 발버둥 하는 모습이 마냥 고맙고 사랑스러운데, 푼수는 말할 것도 없겠고, 주변 사람들이라고 좋아하지 아니하겠는가? 물론이다. 사는 것이 생각만큼 쉽지 않아서 그러겠지만, 콧물 질질 흘리면서, 꽁보리밥 먹으며 보리떡도 나눠먹었던, 같은 땅에서 나고 컸던 머슴아와 가시내가 결혼했으면 알캉달캉 잘들 살 것이지, 벌써 갈라선 년놈들이야 어떨지 모르겠고, 지금도 사네마네 하고 있는 놈년들한테는 부럽기라도 하려나? 그런 장분수 부부가. 그러거나 말거나 푼수노릇도 이젠 그만하겠노라고 장분수도 여러 번 선언했었다. 했는데, 당신이 죽기 전에는 우리 동네를 떠날 수 없다던 어머니보다 더 완강한 복병이 나타난 것이다. 그동안 내내 어머니를 핑계로 농촌에서 견딜 수 있었던 것도 사실이고, 한때 노총각 딱지도 떼지 못하는 장남이 짠해서 고향을 떠나자고 악담을 했던 어머니 때문에 고단하기도 했었다. 하지만 이젠 알아서 하라고 방관하는 어머니보다 장분수 스스로가 변화를 바라고 있었다. 거기다 하나뿐인 딸 장하나 교육을 위해서라고 구실을 붙여보는데도 소용없었다. 그 복병은 다름 아닌 장분수 각시였다. 지금은 각시가 앞장서서 도시로 나가기 싫단다. 애당초 농촌총각이었기에 결혼을 했지 도시에 살 생각이었으면 한국까지 오지도 않았을 거란다. 딸 교육에 관해서도, 공부 잘해서 본인이 원하면 그때 가서 고등학교는 목포나 광주로 보내고, 더 잘하면 대학은 서울로 보내주면 그만인 것을, 뭐가 그리도 급하냐고, 문제될 게 하나 없다며 각시는 따졌다. 뿐만 아니라, 성장하면서 발전하고 변화하는 게 삶의 목적일 수도 있지만, 지금 대한민국은 사람도 나라도 너무 다급해서 자칫 그 근본을 다 망각할까봐 불안하다는 것이다. 그러니까 빨리빨리 변하고 있는 대한민국을 걱정하는 것부터, 시도 때도 없이 흔들리는 푼수 같은 신랑에게 충고도 빼먹지 아니하더니, 급기야는 우리농촌이 살아남으려면 말뿐 아니라 몸으로 더 움직이는 이장이 되어야 한다고 다그치기까지 하니, 되는 집은 며느리도 잘 들어온다고 동네방네가 시끄러울 지경이다.

"아따~ 타작허다가 말고, 이장은 거그서 머슬 헌당가이?"

"인자 쪼까바께 안남았는디, 여그까지 멀라고 나오신당가요."

옆 마을에 사는 후배어머니다. 타작이 궁금해서라기보다 애쓴다는 말이라도 전하고 싶어 나왔을 터였다. 하루빨리 보리타작해내고 물 잡아서 모를 심으려면, 그야말로 '한시반시가 바쁘고, 숨 쉴 사이 없다'는 말을 실감하면서도 당신은 아무 것도 할 수가 없으니 답답했을 터. 오로지 장분수만 바라보는 처지고 해서 천근만근 무거운 걸음을 했을 것이다. 뿐이겠는가. 봄부터 시작된 가뭄으로 목이 바짝바짝 마를 지경인데, 누군지 모르지만 양복을 짝~ 빼입고 나타나서 일하는 사람 불러내놓고 뭔 방정일까 싶어서, 후배어머니는 시선이 곱지 못하다. 때문에 앞집 살았었던 총무가 나서지 않을 수 없다.

"아주머니, 안녕허세요?"

"옴마, 누구까? 아~, 함평떡네 큰아들이랑가. 그 코찔찌리……!"

"여전히 건강하시네요."

"나사 아직까장은 짱짱허제. 함평떡도 그때게 서울로 안가쓰면……?"

아차~ 싶었지만 이미 쏟아진 물이다. 살로 가지 못할 말을 꺼냈다 싶었기에 후배어머니는 그냥 돌아섰다. 얼떨결에라도 들지 말아야 할 말이어서 총무도 얼이 빠지기는 마찬가지다. 성질대로 먹살잡이를 하겠어, 쫓아가 따지기를 하겠는가. 따지고 보면 틀린 말도 아닌데 말이다. 지금도 마찬가지지만 그 시절, 대책도 비전도 없이 무작정 대식구가 다 시골에 살 수는 없었다. 해서 자식들 대개는 농촌을 떠날 수밖에 없었고, 그렇게 해서 우리들이 살았던 그 농촌은 멍들기 시작했을까? 하여간 누구처럼 잘 풀려 출세하고, 잘 먹고 잘 살면 다행이겠는데, 어디 세상살이가 그렇게 만만해야 말이지! 또 만만한 것이 고향에 있던 코딱지 같은 전답이더라고, '소도 언덕이 있어야 비빈다'며, 죄 없는 부모마음 염장질 해서, 그 전답을 팔아간 촌놈들은 그나마 그것으로라도 잘 살 일이지⋯⋯. 농사 질 땅 팔아먹고 울화병이 난 아버지가 돌아가자마자 결국은 오막살이까지 다 정리해서, 서울은 죽어도 싫다는 어머니를 데려갔었으니, 시골 노인네들이 도시를 두려워할 수밖에. 그래저래 우리 동네는 노인들만 남았고 젊은 사람들은 그렇게 저렇게 다 떠났었다. 어디 우리 고향뿐일까만 사연들이야 거의 비슷하겠는데, 우선은 총무의 아린마음을 달래야겠기에 부회장이 분위기를 바꿨다. 그야말로 오랜만에 꺼내놓은 코찔찔이, 푼수, 칠푼이, 코보짱, 땅꼬마, 메주, 대갈장군, 코부리, 맹추, 뺀질이, 곰탱이, 개똥이, 펀펀이 등등으로 한바탕 웃었다. 먹을 것도 부족한 그 시절에는 왜 그렇게 누런 콧물을 흘리는 놈들이 많았는지! 영양이 부족한 탓이라고 달렸으면 좋았으련만 어른들은 허구한 날 지청구였다. 요즘 아이들은 별명도 예쁜 걸 쓴다는데, 모욕적인 것은 뺐는데도 여전히 상처였을 것 같아 마냥 웃을 수도 곱씹을 수도 없다. 그 틈에 회장이 다시 동창회장 문제를 꺼내자, 장분수가 더 다급하게 말을 막는다.

"으메, 푼수는 회장깜이 절대로 아닝께 그만 올라가야. 회장 아니라도 나~ 헐 일이 겁나게 만흔 사람이여야."

"너무 그러지 마라. 너답게 그냥 넘어가⋯⋯!"

획~ 돌아서려는 장분수를 달래듯 부회장이 그러고 있는데, 제기랄~ 장분수는 흙탕물이 찰방찰방한 논바닥에 벌러덩 나자빠지고 만다. 그것도 순식간에 말이다. 달려들어 부축할 수도 없고, 그렇다고 울 수도 웃을 수도 없는 꼴. 이걸 어쩌나, 푼수는 거꾸로 처박혀 일어나지를 않네. 그러게 '물은 트는 대로 흐른다'는데, 어째 푼수답지 않게 내내 뻗대더니 꼴이 말이 아니다. 그랬지, 푼수가 더 쪽팔릴게 뭐가 있겠어. 무시 한두 번 당해~. 동창회장이 논둑으로 내려서려 하자, 장분수가 벌떡 일어나 '물 건너온 범' 같은 모습으로 콤바인을 향했다. 친구들이 바라보고 있지만 뒤도 돌아보지 않는 단호함이 이전과는 뭔가 달라도 사뭇 다르다. 어쨌든 초등학교 동창회가 잘되면 얼마나 잘

될 것이며, 엉망이면 또 뭐가 그리도 진창이겠는가. 세상살이가 대강은 그러하듯 어차피 잘나가는 몇 사람들에 의해서 움직여지고, 지지리 반대하는 쪽도 그냥 내버려두면 그럭저럭 따라가기 마련이었다. 일테면 '굿 본 거위 죽는다'고 폐교문제로 선후배들 틈에 끼어들었다가 장분수는 괜한 피를 보고 만 꼴이었다.

그러니까 면소재지의 중앙초등학교를 시작으로 동, 서, 남, 북에 초등학교가 필요에 따라 생겼을 것이고, 그것도 부족해서 오전반과 오후반으로 수업을 했겠고, 때마침 국도가 확장되면서 남동쪽 중앙쯤에 남동초등학교가 생겨나기까지, 그야말로 농촌이 시끌벅적했던 시절을 생각하면, 오늘날 아이들이 없어서 오래된 학교부터 문을 닫아야 하는 상황을 어찌 이해할 수 있을까! 이해를 하고 말고 할 것도 없겠다. 잘 살아보겠다고, 잘 살기 위해서 떠나는 젊은이들을 잡지 못했던 아픔 아니었겠는가. 그것도 너무 빠른 속도로 문제가 현실로 다가오자 우왕좌왕 할 수밖에. 역사와 전통을 내세워 이미 폐교나 다름없는 중앙초등학교를 살리자는 의견과 현재학생 수로 보나 학교시설과 환경면이나 접근성을 비롯한 면소재지 중심역할을 하는 남동초등학교가 대세라는 의견으로 힘겨루기를 하는 중이었다. 당연히 그러리라고 생각했던 1회 졸업생 장분수를 비롯한 후배들과 학부모들은 그 대세를 무엇으로도 막을 수 없으리라 여겼다. 하지만 대세도 때로는 거슬러질 수 있듯이, 기왕에 새로 시작하는 것 현대식 건물에 나비생태체험학교를 만들자는, 돈 있고 힘 좀 쓴다는 지역선배들의 우격다짐을 감당할 수는 없었다. 전통유지도 이제는 불분명했을 뿐만 아니라, 재활용 차원도 아닌 멀쩡한 남동초교 건물은 어쩔 것이고, 황폐한 그곳에 중앙초교를 신축해서 뭘 어쩌겠다는 것이며, 지금도 틈만 있으면 도시로 떠나겠다고 몇 남지 않은 젊은이들까지 벼르고 있는데 말이다. 뿐인가, 중앙으로 가느니 차라리 읍으로 나가겠다며 남동초교 아이들이 술렁이니, 면에 겨우 하나 남게 되는 학교가 언제까지 버티게 될지도 알 수 없는 일이었다. 그래저래 농사가 별 볼일이 없어지니, 자식농사가 중요할 수밖에. 잘 가르치기 위해서는 하여튼지 도시가 최고요, 농사짓고 소 먹이고 돼지와 닭과 오리를 길러도 결국은 도로아미타불? 잊어버릴 만하면 구제역에 조류독감이 나타나서 쓸어가고, 또 잠깐 빤하나 싶다가도 양파, 대파, 무, 배추까지 한 해 걸러서 너무 많거나 부족해 파동이다 뭐다… 도대체 뭘 믿을 수가 있어야 말이지! 어쨌거나 공부 잘 하게 해서 명문대학에 들어갔다 나오면 그 자식이나마 신분상승의 기회를 잡는데, '개천에 태어나도 제 하기 탓'이란 말도 이제는 공염불이라니까, 돈 없고 빽 없는 촌놈들은 오로지 그것뿐이라고 생각하는 처지인지라, 촌놈들 살기가 더 답답하지 아니하겠는가. 그건 그렇고, 장분수가 하늘을 올려다본다. 아까부터 먹장구름이 꿈틀거리더니 당장이라도 한바탕 쏟아질 것 같다. 후배어머니가 다녀간 것도 몰려드는 먹구름 때문이었으리라. 해서 마음이 급해진다. 보리타작 끝낸 논은 소나기 빗물이라도 가두겠지만, 보리를 거두지 못한 논에 물꼬는 막을 수 없는 노릇이겠는데, 젠장~ 마음만 급하다. 이젠 소용없다고, 푼수노릇 그만 하겠다고 탈탈 털었는데도 동창회장이 논둑을 따라 들어오고 있다. 참 별일이다 싶다가도, 내가 너무 박절하게 해서 저러나 싶어, 콤바인으로 올라가려다 말고 장분수가 친구를 향해 돌아섰다.

"나, 고향으로 내려오고 싶은데, 좀 도와주라."

"머~, 광석이 니가 왜?"

어라, 이런 뚱딴지같은……. 고향으로 오고 싶은데 용기가 없단다. 퇴직하고 내려와 쉬고 싶은데 마땅히 갈 곳이 없단다. 누구처럼 귀농을 하겠다는 게 아니라 건강이 좋지 않아서 내려오겠다는데, 더 무슨 말이 필요하겠는가. 이러해서 고향이 필요하다 했겠지 아마도. 뿐이겠어, 그래서 고향을 떠나더라도 손바닥만큼의 땅이라도 필요할 때가 있을 터, 집터든 논밭이든 꼭 남겨두라 했던 거였나? 그래야 돌아오기가 수월할 것이니. 하기는 미물도 종당에는 태어난 곳을 향한다는데, 고향이 그립지 아니할 사람도 있으려나? 그래저래 해서 고향은 지켜져야 하고, 지켜지게 되는 모양이었다. 동창회장 광석은 어떻게 어디가 탈이 났는지 알 수 없으나, 이제는 살만하겠고 대학교수로서도 능력껏 업적을 쌓아올릴 일만 남은 줄 알았는데, 음메~, 뭐가 어쨌다고! 그야말로 금광석처럼 빛났던 친구라 당연히 훌륭하게 잘 살 거라는 믿음을 내내 저버리지 않았다. 초등학교 때부터 우리 학교를 빛나게 할 인물로 점지될 정도였으니까, 공부는 타고났던 것 같았고, 중학교를 마치고 가족이 광주로 이사를 간 이후 한동안 소식을 알 수 없었다. 역시 친구는 서울의 명문대학을 졸업하고 그 대학의 교수가 됐다는 소식이 전해지기까지 우리들의 기대를 벗어나지 않았던 친구다. 그 보리밥집에서 만났을 때도 아무렇지 아니했고, 아니지 친구는 방금까지도 괜찮았는데 느닷없이 저러니, 뇌꼴스럽게 굴었던 자신 때문에 뭔가가 잘못된 것처럼 장분수는 당혹스러울 뿐이다.

"아니, 어디가 으째서?"

"당분간 좀 쉬면 좋아진다니까, 너무 걱정 말고."

장분수가 다시 하늘을 올려다본다. 먹구름이 더 빠르게 몰려든다. 보리타작 끝내고 모네기를 하려면 당장이라도 비가 흠뻑 쏟아져야 하고, 아직 보리를 다 거두지 못한 논에서는 곧 쏟아질 것 같은 이 비가 원수와도 같을 텐데……

"니 맘 알었다. 그보다 쏘내기는 우선 피하랬다고야, 어서 올라가그라."

"고맙다. 너처럼 살면 나도 좀 좋아질라나?"

회장이 돌아섰다. 먼지가 풀풀 날리는 논둑을 걸어 나가는데도 걸음이 무거워 보인다. 언젠가 딱 한번 가출했다 돌아왔을 때, 푼수 걸음걸이가 저랬었을까? 그때만 해도 농촌이, 배가 고팠을지라도 촌스러웠는데, 그래서 푼수는 돌아올 수 있었는데, 저 친구는 뭘 믿고 저런 마음을 먹었을까? 물론이다, 그때와 지금의 농촌은 많이 다르다. 우선 쌀이 남아돌고 보리밥을 건강식으로 찾을 만큼. 해서 먹고 입고 쓰는 것, 도시나 시골이나 다를 게 없다. 덕분에 촌놈들 생활은 더 고단할 수밖에 없다. 눈도 입맛도 도시물에 푹 빠져 있는데, 생활은 점점 각박해지고 마음은 한없이 심란하니. 뿐인가, 어떤 촌놈은 정신 빠져서 놀고먹으며 농어민지원금을 눈 먼 돈으로 착각해 펑펑 뿌리고 다니니, 농어촌이 망가질 수밖에 없다고 비난하는 친구한테는 '너나 잘 하세요.' 그러고 싶다가도 나설 수 없으니 말이다. 그렇게 세상이 변화하듯 고향산천도 변하기 마련인데, 그리고 너 혼자 지킬 수 없으면 같이 변할 수 있어야 한다는데, 푼수는 또다시 뭐가 뭔지 도대체 알 수가 없다.

"장푼수, 수고해라~."

총무가 손짓을 하고는, 그것으로는 부족했던지 목이 터져라 외치고 승용차에 먼저 올랐다. 회장이 논둑에서 농로로 막 올라서고 있다. 친구들이 잠시 하늘을 올려다보고는, 또 잠시 장분수를 향해 손을 흔들다 떠난다. 차가 농로에서 빠져나가자, 장분수도 콤바인에 오른다. 당장은 할 일을 해야 하기에 친구들을 눈으로 배웅할 수밖에. 금의환향은 아니지만 그래도 미리 귀농을 준비했었다는 친구에게는 기필코 그 귀농을 말리고 싶었는데, 또 한 친구가 내려오고 싶단다. 고향이 좋아 오겠다는데, 누가, 무엇 때문에 막을 수 있겠는가만, 내려오는 친구들 가슴으로 다가 설 고향은 옛 모습이 아닐 텐데 어이할꼬. 내리는 비를 막을 수도 없겠고, 속 타는 가뭄이지만 당장은 탓할 수도 없다. 하여튼 지금은 비가 내려야 모내기도 할 수 있고, 조금만 참아주면 보리타작은 다 끝낼 수 있겠는데, 어쩔까나! 그러거나 말거나 지금 함평천 저 너머에서부터 소나기구름이 몰려오고, 친구들을 태운 승용차는 그 비를 피해 내달리고 있는데, 우리들의 친구 장분수에겐 단비가 될지 궂은비가 될지, 그 누가 알려주려나? 장분수가 긴 숨을 몰아 내쉬면서, 카세트테이프를 밀어 넣는다.
　'비가 오나~ 눈이 오나~ 바람이 부나~.'

곯아도 젓국이 좋고… _ 우리 고향 5

승용차는 지금 막 서서울요금소를 빠져나왔습니다.

어머니가 조금 진정이 되나봅니다. 뒷좌석 중앙에 걸터앉아 자꾸만 이리저리 돌아보고 불안해하더니, 이제야 엉거주춤한 자세를 바르게 하고는 긴 숨을 내쉬네요. 그간의 서울생활이 어지간히 스트레스였던 모양입니다. 다시는 죽었으면 죽었지 더는 병원도 싫고 서울에도 오지 않겠답니다. 그사이 죽지 않고 이렇게 맞버틸 수 있었던 것을, 당신이 생각해도 참으로 신통방통했다며 체머리를 다시 흔드시데요. 마치 치도곤이라도 당했던 것처럼 저러니, 귀가 얇은 사람이라면 오해하기 딱 아니겠어요. 푼수처럼 말귀가 어두운 것도 다행이지 싶다가도, '자식 낳아 장모 준다'더니 혹시라도 그랬을 동생도 아니었겠고, '고운 며느리 없다'는 말처럼 고부간이란 어쩔 수 없다, 그랬을 제수도 아니었을 텐데, 지지리도 못난 푼수는 이렇게 마음이 오락가락입니다. 사람 마음이, 아니 푼수 같은 마음이 참 간사스럽지 뭡니까. 어머니는 늘 편안하다 했었고, 다 좋다며 내내 걱정마라 그랬거든요. 뿐입니까, 아까 사당동 동생 집에서 출발할 때도 "어멈아, 아범아 고맙고, 수고했어." 또 손자손녀 손을 잡으며, "집도 좁은디 느그덜이 고상했다"며 안쓰러워했던 어머니이었습니다. 했는데 한숨을 내쉬며 저러니까, 장분수는 동생 내외를 괜스레 의심하고 그러네요. 그럴 자격도 없으면서 말입니다. 푼수 같은 형 마음을 동생은 이해했으리라 믿을 겁니다. 하여간에 동생이 고맙고, 계수의 마음 씀에 다시 한 번 감사할 따름입니다. 자욱한 안개 때문인지 아침 햇살인데도 흐리터분합니다. 어제는 기다리고 기다렸던 단비였는데도 방방곡곡에서 방사능비다 어쩐다 해서 한바탕 야단법석이었고, 그제는 지독한 황사현상으로 사니 못사니 했었지만 함께 사는 세상에서 혼자만 잘살겠다고 공중으로 부양할 수도 없겠으니, 뭘 어쩌기나 하겠습니까! 그나마 오늘은 다행입니다. 지금 저것들은 출근하는 차량들이겠지요? 도대체 정신이 사나워서, 핸들을 잡은 양손바닥은 닦고 또 닦아도 촉촉합니다. 서해안고속도로는 상하행선 할 것 없이 속도가 겁이 날 지경입니다. 출근시간이 다급한 탓이겠지요. 사람들이 수도권으로 몰려드는 이유를 잠깐 사이지만 알 것 같네요. 장분수는 어차피 바쁠 것도 없습니다. 아닙니다. 촌 놈이니 할 일이야 태산이지만 모처럼 '땡'을 잡았으니, 유람삼아 천천히 내려가렵니다. 청운의 꿈을 품고 상경할 팔자는 애당초 아니었는지, 어제 올라오면서는 보지 못했던 풍경입니다. 하기는 야밤에 꽃은 뭔 꽃이겠어요. 개나리, 진달래, 벚꽃, 살구꽃이 지금 보니까 사방에 지천이네요. 어머니도 변변한 꽃구경 한 번 못했을 텐데, '자빠진 김에 쉬어 간다'고 잘된 일입니다. 항암치료까지 했으니 그간 많이 고단하셨을 겁니다. 하루도 못살 것 같다고 어머니는 입버릇처럼 그랬지만 그런 서울에서 근 1년을 견디셨으니 무슨 말이 더 필요하겠어요. 완치에 가까울 정도로 건강해졌다지만 위를 손톱만큼 남기고 다 잘라냈으니 노인네가 오죽했겠습니까. 사실은 걱정도 많이 했었습니다. 어머니를 다시는 시골에 모시지 못하는 거 아닌가 싶었거든요. 룸미러 속 어머니는 아직도 더 진정이 필요한지 몸을 자꾸 들썩입니다. 바깥쪽 차선으로 빠져나와 속도를 늦추며, 미안하지만 네비게이션도 죽였습니다. 설마, 내 집 못 찾아 가겠느냐는 느긋함으로 긴 숨을 내쉬며, 장분수가 그럽니다.

"엄니, 어디가 시원찮으면 말씀을 허서라우. 무담시 참지 말고요."

"나는 말짱허고 암시랑토 안헌께 걱정마러, 아범은."

말씀은 저러지만 불만도 많았고, 많이 섭섭했을 겁니다. 시골에서도 병원에 갈 수 있고, 암이 아니라 별별 죽을병도 다 치료할 수 있다고 펄펄 뛰셨는데, 동생들이 대형병원을 고집했답니다. 장분수 역시 겁나고 어째야 할지 몰라서 덤벙거리다가, 불효를 각오했고, 그토록 겁내는 어머니를 달래서 모르게 수술까지 강행했거든요. 시작은 이랬습니다. 친척 결혼식 때문에 상경했다가 며칠 쉬는 동안에 탈나서, 여동생이랑 병원에 갔었는데, 어머니 몸속에서 암 덩어리를 발견했다지 뭡니까. 거기다 말기에 가깝고 당장 수술을 해야 한다는데, 어쩌겠어요. 벼락도 그런 날벼락이 없을 듯 했습니다. 다 장남이 못난 탓이었습니다. 푼수 같은 소리지만, 어머니가 그렇게 되리라고는 상상도 못했습니다. 실은 지금도 믿어지지 않습니다. 마치 야바위판에서 홀라당 털린 기분이랄까요. 논과 밭에, 우사와 하우스를 당신 잠자리보다 더 자주 들락거릴 만큼 늘 건강하고, 여기저기에 있는 정, 없는 정을 다 흘리고 다니는 푼수 같은 아들 뒤까지 늘 챙기는 드센 어머로만 알았습니다. 뿐입니까, 흔하게 할 수 있었던 위내시경 한번 해보지 않았고, 요즘은 시골 노인네들도 손가락만 저려도 보건소나 읍내 병원으로 내달리는 판인데, 그토록 무심했었던 겁니다. 사실은, 동네 똥개가 아프다 해도 밥 먹다말고 쫓아나가는 푼수였는데, 그 꼴이 난겁니다. 동생들한테 진탕 욕먹어도 싸고, 말로만 효자노릇을 다 했었으니 그래저래 푼수를 면할 수 없겠네요. 입이 열 개라도 할 말이 없는, 싸가지 없는 놈입니다. 그나마 다행이지요, 더 큰일이 있었더라면 정말이지 형제간에 사단이 날 뻔했기에, 장분수가 또 그럽니다.

"엄니, 인자부터는 어디가 쪼까만 아퍼도 숨기지 말어라우. 병은 키워야 아무짝에도 쓸모가 없고, 요번처럼 고생만 더 헌당께라우."

"알어쓰께 걱정 그만허고. 아무디나 들어가 쪼까 쉬었다 가면 쓰것는디."

요의를 느끼신 모양입니다. 화성 휴게소를 들릴까 하다 지나쳤더니 저리시네요. 육신이 온전하지 못하다는 증후겠지요. 흰소리가 아니라 어머니 몸피는 그야말로 딱 반쪽입니다. 보고 또 봐도 믿어지지가 않고, 어떻게 견딜 수 있었을까 싶을 만큼 엄청 마르셨습니다. 그 사이에 열 살은 더 잡수신 것처럼 그 모습이 아들을 몹시 아프게 하네요. 당분간 식생활 관리가 무엇보다 중요하다는데, 걱정이 앞섭니다. 아무리 잘한다고 했지만 베트남 며느리의 음식솜씨가 어머니 입맛을 흐뭇하게 하지는 못했거든요. 아들이 푼수 같아서 이런 사소한 것까지 불효를 하네요. 그렇다고 달리 방법도 없었습니다. 여동생이나 계수가 느닷없이 전업주부로 들어앉을 상황도 아닌 것 같았고, 서울에서 어떻게든 더 해보겠다했지만 어머니가 더는 싫다 그랬답니다. 답답한 아파트도 그랬지만 서울생활은 안팎으로 어디 한군데다 마음을 기댈 곳이 없더랍니다. 우리 어머니가 유별나서 그럴까요. 알 수가 없네요. 그래도 서로 모시겠다는 동생들이 있어서 얼마나 다행입니까. 뿐이겠어요, 요번에 동생들이 없었으면 푼수 같은 놈이 좌충우돌, 우왕좌왕하는 꼴은 정말이지 꼴도 아니었을 겁니다. 모든 자식들이 다 그러하지는 않겠지만 병든 부모 때문에 싸우게 되고, 재산이 많아도 그렇고, 없어도 탈인 세상에서 어떻게 살아야 잘사는 걸까 싶은데, 어머니가 그러시네요.

"그간에 나 없응께 아범은 아조 살판났것지 머?"

"예~! 내 맘대로 다 싸돌아 댕길 수 있었는디 안좋았거써요. 그런디, 하나엄마허고 하나는 안편허다고 헙디다. 엄니가 집에 안계신께는 빈집 같고, 밥맛이 없다 그러데요. 엄니가 해준 반찬이 먹고 싶다고 쩌번에 올라와서 그것들이 말 안 헙디어?"

"……."

조금만 더 내려가면 행담도 휴게소가 있나 봅니다. 가속페달을 지긋하게 밟았습니다. 어머니는 지금 아들의 굼뜬 행동을 꼬집고 있는 겁니다. 그리고 지난달엔 부실한 송아지 때문에 아들이 올라올 수 없어서, 손녀와 며느리만 병문안을 왔었기에 하는 말씀일 겁니다. 어머니는 워낙에 불같은 성미여서 숨기고 말고 할 것도 없이 직설적인데, 많이 참는 것 같고, 거침이 없어야 할 어머니가 눈치를 보는 것 같아서, 오히려 아들 마음은 떠름합니다. 아니 서글프다 해야 하나요? 서해대교를 건너오다 휴게소 나들목으로 내려와서…….

"엄니, 출발하면서 볼 일 다봤는디, 그리 급허등가요?"

"그렇께 마리여. 늘그면 주책바가지라더니 딱 그 꼬라지지 뭐시거써."

여자화장실 입구로 나와 잠시 주춤거리는 어머니를 향해 다가서서 그랬더니, 쑥스러워 하면서도 이제는 아무렇지 않다는 표정입니다. 이른 시간이라 그런지 분주하지 않아 다행이었습니다. 드디어 집으로 내려간다는 설렘인지 아침식사도 대충했기에 뭘 좀 먹고 가자는데도, 한사코 마다십니다. 장분수는 커피 한 잔을 뽑아들고 밖으로 나왔습니다. 부축해서 들어왔는데, 지금은 괜찮다며 앞장서네요. 어머니는 살짝만 건드려도 넘어져버릴 것처럼 쇠진해 보이는데 말입니다. 바다를 바라볼 수 있는 나무의자에 잠시 앉았습니다. 주변의 꽃이며, 바다며, 잘 정리된 경관을 둘러보았으면 뭐라 한 말씀해도 좋겠는데, 어머니는 반응이 없으시네요. 그렇지만 아까보다는 한결 편안한 모습입니다.

다시 출발하렵니다.

"엄니, 피곤하시면 좀 주무시등가요."

"밤늦게 와갔고 이러케 내려가는디, 아범이나 심들것제. 찬찬히 가~. 율동떡은 쫌 어쩌까, 만날 그 팔짜거찌?"

"망령이 나셨는데 좋아지것써요. 지금은 사람도 분간못해라우."

아들 대답이 싹수가 없어서 실망하신 걸까요. 어머니가 그냥 눈을 감으시네요. 후배 어머니 근황이 궁금하신 모양입니다. 동네에 불편한 어른들이 한두 분이겠습니까. 장분수가 동네 이장이기 전에 모두가 선후배들 부모님이고, 내 부모의 이웃사촌에 팔촌일 텐데, 그런 어른들을 외면할 수가 있겠어요. 눈에 빤히 보이는데요. 도시에서는 어쩌는지 모르겠습니다. 자식들과 살지 못하는 농어촌 노부모님들의 문제와 애환은 여러 가집니다. 어떤 똑똑한 친구는, 옛날하고 달라서 등 따습고 배부른데 뭐가 문제냐 그러지만 다 모르는 말씀입니다. 여기저기서 도와준 것으로 마을회관에 모여 날마다 놀고먹는다고 무식하게 따지지 말고, 전화라도 자주해서 부모님들 안부를 챙기는 것만으로도 효도일 겁니다. 그렇습니다. 몸이 불편한 65세 이상 어르신은 국민건강보험공단에 장기요양등급신청을 해서 등급 판정을 받으면 전문요양원이나 각종 보호시설에 의지할 수 있고, 국민기초수급권자는 장기요양서비스나 보호시설을 무료로 이용할 수 있습니다. 아시겠지만 나라에서 하는 일들이 맹물처럼 맹한 것도 얼마든지 많지만, 절차가 어찌나 복잡하고 까다롭고 요구조건들이 많다는 것 또한 경험했을 겁니다. 누구 말처럼 우리 사회도 많이 좋아졌습니다. 사회복지사가 실태조사도 나오고, 요양보호사나 간호사가 방문하여 간호나 목욕, 돌봄을 해주고, 주·야간보호시설도 이용할 수 있습니다. 물론 요건이 충족되어야 저런 혜택은 받을 수 있다는 것쯤은 아시겠지요. 어쨌든 장분수 주변의 어른들은 저런 사회보장제도가 있으나 마납니다. 세상을 탓하는 게 아니라, 요건에 미달하니 요양병원이나 요양원은 그림에 떡인 경웁니다. 농사도 짓지 못하는데 농토가 있다거나, 아무런 도움도 되지 않는 자식들인데도 부양가족이 있다는 이유 때문입니다. 그렇다고 법이나 규정을 무시하면서까지 도와달라는 건 아닙니다. 자식들이 노부모를 방치한 잘못이 크지만, 하여튼 사각지대에 있는 노인들을 누군가는 좀 더 살펴야 하지 않을까 싶어요. 그런 실태는 도시라고 별다르지 않겠지요? 그렇다고 마냥 세상을 탓해서야 될 말입니까. '첫술에 배부르랴'고, 기대를 해보는 수밖에요. 그래도 성공한 사회복지제도 중의 하나라고 하니 더 좋아지지 않겠어요.

날씨가 점점 화창해지고 있습니다. 어머니를 모셔 와야 한다니까, 서슴없이 승용차를 빌려줬습니다. 차라리 마누라를 빌려주고 말지 차는 못 빌려준다던 선배였는데, 고맙지 뭡니까. 역시 승차감은 탈탈거리는 포터에 비할 바 아니니 어머니도 좋으시겠지요. 지금은 서산 어디쯤 지나고 있는데, 어머니가 살며시 눈을 뜨며, 또 그러시네요.

"아범, 거그는 까끔 가봐껏제이?"

"만날 바쁜께 자주는 못댕겨써라우. 당신 자석덜은 다 잊어먹은 것처럼 나한테 그러니까 안 가볼 수도 없드랑께요. 요즘은 하나엄마도 그 요양병원에 봉사하러 가면, 일부러 찾아가서 인사도 허고 그런답디다."

"잘 허는 거시여. 다~ 복 받을 꺼시랑게."

잠을 청하시나 했더니, 아랫집 아주머니를 걱정하셨던 모양입니다. 비슷한 연배에 오십보백보인 세상을 살았으니 생각이 많으실 겁니다. 어머니는 사는 동안 내내 아주머니를 부러워했습니다. 두 동생은 그런대로 볼만한데, 장남은 푼수처럼 세상물정을 몰랐고, 아버지 역시 그냥저냥 사신 분이었습니다. 반면에 아주머니는 농사꾼이지만 머리회전이 뛰어나고 수단이 좋았던 남편과 3남2여의 오남매가 어쩌면 하나 같이 공부를 잘했던지 선망의 대상이었습니다. 역시 결과도 훌륭했습니다. 의사,

교수, 연구원, 외교관 등으로 진출하고 또 그에 어울리는 각시와 신랑을 만나더니, 약속이나 한 것처럼 선진국으로 파견이나 이민을 가데요. 물론 본인들 능력도 특출했지만, 오남매를 광주와 서울로 유학 보내서 뒷바라지하기가 쉬웠겠습니까. 그동안 무리를 했던지, 결국은 아저씨가 그 빚과 대출에, 사기꾼이고 도둑놈이라는 비난과 독촉을 견디지 못하고 유명을 달리하는 불행도 있었습니다. 조금만 더 견디셨으면 자식들과 그 영광을 함께 했을 텐데, 죽은 사람만 불쌍하다고 다들 그러십디다. 똑똑한 사람들은 다 그러는지 모르겠으나, 오남매는 다시 고향에 발걸음을 하지 않았고, 혼자된 아주머니를 잠시 서울로 모셔 갔는데, 이민을 가면서는 챙길 겨를이 없었던지, 그리고 지금까지도 챙길 마음이 없는지, 유일하게 사장님이 된 후배가 서울에 사는데도, 아주머니 상태는 말이 아닙니다. '열 자식이 한 부모 못 모신다'더니 딱 그 짝입니다. 그동안 고혈압에 당뇨까지 내내 약으로 버티셨답니다. 거기다 서울에서 내려온 이후 잠을 통 주무시지 못해 수면제까지 장기복용을 하셨던 모양입니다. 똑똑하고 잘난 자식이 많으면 뭐합니까. 그래서 잘된 자식 효자 없다고 했을까요? 마당에 쓰러져 있던 아주머니를 발견한 것도, 병원으로 모셔간 것도 장분수였습니다. 하여튼지 아주머니를 설득하는 데도 여러 날이 걸렸습니다. 후배 부탁도 있고 해서 애원도 하고, 막말까지 하면서 병원으로 모셔갔는데, 별로 희망적이지 못합니다. 정밀진단결과는, 뇌혈관성 치매였습니다. 그러니까 치매 전 단계인 섬망중세를 지나서 뇌혈관성 치매가 빠르게 진행 중이랍니다. 수면제 등의 과다한 약물중독과 탈기현상까지 겹쳐 다른 치매환자보다 뇌세포가 그만큼 빠르게 죽어간다 그러데요. 그리고 치매는 그 유형도 다르고, 성격의 변화 정도나 변화방향도 각기 다르기 때문에 환자에 따라 최선을 다해봐야 한답니다. 물론 어려운 과정도 많고 완치도 현실적으로는 불가능하지만 최선을 다하는 것이 도리가 아니겠느냐 그러네요. 그러면서 우선 치매가 불치병과 난치병이 아니라 치료도 가능한 병이라는 것을 환자보호자가 알고서, 고통스럽더라도 인내와 사랑으로 기다리며 보살필 수 있어야 한답니다. 해서 환자가 보호자를 믿을 수 있도록 하라는 등 주문이 많았습니다. 더 무슨 말이 필요하겠습니까. 당장은 보호자가 없는데, 이유는 알 수 없지만 후배도 상황이 전만 못하다 그러네요. 때문에 아주머니가 좋아질 수만 있다면 장푼수라도 도와드려야지요. 하지만 아주머니는 이것도 저것도 다 싫답니다. 입원치료도 싫고 요양원도 마다시니까 또 답답해집니다. 더는 병원에 갖다 줄 돈도 없고, 자식을 오남매나 두었는데, 무슨 요양원이냐고 역정까지 내십니다. 한번쯤 억지도 부리고 싶고, 자식들에게 약한 모습을 보이지 않으려 그러시나 했었습니다. 그러나 저러나 아주 머니는 그렇게 입소했었고, 후배가 가끔 내려와 비용을 지불하고 면회도 하는 모양입니다.

아주머니는 치매로 요양원에 계십니다. 여러 가지로 여건이 좋지 않을 거라는 선입견 때문이겠지만, 요양원은 오히려 깨끗하고 환경도 좋았습니다. 치매나 중풍노인의 뒷바라지를 국가와 사회가 책임지겠다는 노인장기요양보험제도가 시행되면서 달라진 바람직한 현상이랍니다. 덕분에 벌써부터 어떤 자식들은 요양원이나 각종 시설에 환자를 모시는 게 효도하는 거라 생각하게 되었고, 일부이겠지만 자식들한테 기대느니 차라리 시설을 원하는 부모도 있고, 시설이 아무리 좋다고 해도 집을 고집하는 부모들, 시설을 이용하고 싶어도 할 수 없는 환자들도 있겠지만, 어쨌거나 장분수는 이 제도의 취지가 성공하기를 바라는 마음입니다. 하여간 입소환자들 중에서도 아주머니는 상대적으로 더 좋아 보이지 않았습니다. 처음엔 우울증과 대인 기피증세가 심해 적응하기가 쉽지 않았답니다. 얼마 전에는 아주머니가 장분수를 알아보고 무척 화를 내시데요. 당신을 요양원에 가뒀다는 억울함과 섭섭함 때문인 것 같았습니다. 그러시더니, 마냥 눈물을 흘리시데요. 그것도 아이처럼 눈치를 보면서 소리도 없이 우시니까, 옆에 있던 사회복지사와 요양보호사가 밖으로 나갔습니다. 그런 모습을 지켜보자니까 답답할 뿐이지 뭡니까. 아주머니는 하루가 달랐습니다. 증상은 날이 갈수록 뚜렷해지고 있습니다. 정신이 들락날락하는 횟수도 잦고, 심술 같은 투정도 심해서 감당하기가 점점 부담스럽다 그러네요. 아주머니를 볼 때마다 '화무십일홍'을 떠올리는데, 사람 사는 거 정말 별거 아니구나 싶어요. 한 가정의 갈등과 불화는 여자로부터 시작된다고 들었습니다. 속 줍고, 속 없는, 간이 배 밖으로 나온 남편들이나 하는 헛소리로 알고 푼수처럼 살았습니다만, 그것도 아닌 모양입니다. 하기는 요즘, 꽉 잡혀 사는 남편들이 하나둘입니까. 아이들도 친가보다는 외가 쪽으로 훨씬 기울어 있는 거 느끼시지요? 그러고 보면 차라리 푼수가 마음 편합니다. 처가가 좀 멀어야지요. 하여간 그때는 너와 나 마찬가지였지만, 오남매가 성장할 때 먹고 입는 것 빼고는 별 문제가 없었습니다. 그런데 자식들이 시집을 가고, 장가를 들자 문제가 생기기 시작하데요. 일테면 고부간이나 올케와 시누이, 그리고 동서들끼리의 갈등 말입니다. 누가 잘하면 잘했다고 서로가 시기하고, 못하면 또 못했다고 서로를 흉보는 등의 그 쓸데없는 짓거리들이 어처구니가 없었습니다. 잘난 사람들이 많아서 그랬을까요? 이웃집에 살았던 푼수는 이해할 수 없었습니다. 사는 게 뭐가 그리도 대단한 것이라고 그 난리들일까요. 오죽했으면 이런 속

절없는 생각까지 했겠습니까. 명절 후에 이혼율이 급증한다거나 가정불화 등등 명절증후군이다 뭐다 해서 말도 많고 탈도 많으니까, 서로가 백 번 양보하는 마음으로 관습을 바꿔보자는 겁니다. 명절만이라도 부부가 서로의 본가에서 명절을 지내는 거지요. 남편도 친가로 가고, 부인도 자신이 태어난 친정에 가서 명절을 지내면 형제들이니까 덜 시끄러울 것 아니겠어요. 아니면 명절이고 제사고 다 없애버리는 겁니다. 관습 때문에 생활이 먼저 망가져야 되겠습니까? 결혼이나 가족제도가 존속하는 한, 이 세상 며느리들 갈등은 풀지 못하는 숙제라는데, 천년만년 살 것도 아니면서 왜 그리 복잡한가 말입니다. 내 딸은 시댁에 보내기 싫으면서, 며느리가 친정에 가는 것을, 우리 어머니들은 왜 그토록 싫어했을까요? 당신들도 어려운 시절이 있었을 텐데요. 하기는 요즘은 친정도 시댁도 싫고, 이것도 저것도 다 싫다는 판국인데, 푼수처럼 무슨 말을 더하겠습니까!

대천 휴게소로 들어왔습니다. 잠깐 쉬었다 가겠다니까 어머니가 차창 밖을 내다보며 그러시네요.

"아범이나 댕겨와. 머 시원헌거시랑 사묵고."

"바람이라도 쫌 쎌거신디, 엄니도."

괜찮다고 손사래 치며, 빨리 다녀오라고 해야 하는데, 역시 어머니는 기운이 없어 보입니다. 아들이 푼수처럼 오지랖만 넓다고 늘 걱정하면서도, 어머니는 동네 궂은일이 생기면 누구보다 먼저 들여다보아야 한다고 다그칩니다. 이제는 그만 하고 싶은 동네 이장도 어머니 성화에 넘겨주지 못하고 있습니다. 시난고난 사셨던 아버지를 보내시고도 상큼하게 잘 사신 어머니였는데, 이제는 지팡이라도 준비해야 할 것 같고, 그 쌈박한 모습을 볼 수 없을 것 같은 느낌 때문에 장분수는 지금 답답합니다. 아니 서글퍼진다 해야 하나요. 씀벅거리는 눈을 닦아내고 화장실에서 나와, 기계가 구워내는 호두과자 한 봉지를 사 들고 왔습니다. 지체하지 않았는데도, 어머니는 앞좌석시트를 양손으로 붙잡고 엉거주춤 앉아 아들을 기다리고 있었던 모양입니다.

"엄니, 따땃해라우. 이거 쪼까만 잡서바요."

"입이 쓰디쓴디, 멀라고 사오까이. 아범도 인자는 술 쪼까만 묵고, 내 몸땡이도 생각험시로 일도 쪼까 줄이고 편허게 살어야제. 시상에 황우장사 없응께, 알어서 해. 존 시상을 병원에서 보내사 쓰것등가. 우선은 내가 조심해야제. 그 큰 병원에 아픈사람덜 천지드랑께. 그 종합검진허는 거 빼묵지 마러. 늘그니는 낼 죽어도 일 업것지만, 생때가튼 사람덜 죽어나가는 거 징해서 못보것드랑게는."

"알았어요, 엄니."

다시 출발합니다. 어머니는 달랑 한 알만 꺼내들고, 봉지를 내밀면서 빨리 먹으라고 재촉하는 통에 시동을 걸어놓고 지체했습니다. 어머니도 놀라기는 마찬가지였나 봅니다. 당신 건강을 신경 쓰지 않았듯, 자식들한테도 좀처럼 하지 않았던 말인데 저러시네요. 장분수야 워낙에 만사태평이라서 스트레스를 모르고 살았지만, 어머니는 푼수 같은 아들 때문에 무던히 속을 끓였던 겁니다. 그랬기에 느닷없이 위를 그렇게 잘라내야만 했겠지요? 나 먹을 것도 부족한 판에 퍼내다 준다, 저는 쫄쫄히 굶고 다니면서도 술사고 밥값까지 낸다, 판판히 속고 당하면서 속 편하게 웃고 다닌다, 삭신이 녹아나게 일하고 살면서도 남 좋은 일만 시킨다, 내 식구는 뒷전이고 동네방네 다 돌아다니며 챙기면서도 욕먹는 아들, 장푼수를 어찌 믿고, 어머니가 태평스러울 수 있었겠어요. 그래서 그랬을 겁니다.

어머니는 수술 후 큰 고비를 넘어야 했습니다. 수술 전 사전 검사 결과가 우선 충격이었습니다. 심혈관계와 갑상선에 문제가 이미 있기에 위험한 수술을 할 수밖에 없답니다. 그래도 어쩝니까, 위암은 당장 급하기만 하다는데. 최악의 상황을 피해서 수술하기로 했습니다. 확률 반을 믿고 결정하기가 쉽지 않았지만 의사를 신뢰할 수밖에 방법이 없었습니다. 하여튼 수술은 잘됐다는데, 만약을 대비해서 어머니는 회복실 대신 중환자실에 계셔야 했습니다. 우려했던 대로 이틀이 지났는데도, 빈혈수치가 높고 혈압과 맥박이 정상으로 잡히지 않는답니다. 그 원인은 절개부위 어느 곳에서 지혈이 되지 않아 출혈이 계속되고 있다 그러네요. 하루를 더 지켜보더니 재수술을 해야 한다 그래요. 그때 어머니 상태는 이미 말이 아니었습니다. 오전 면회시간에 볼 때는 어머니가 많은 것을 포기한 듯해서 당황할 밖에요. 오후에는 그저 바라보는 것 자체가 마음 아프고, 가슴을 미어지게 하데요. 무섭도록 순간순간 어머니 모습은 변하는데, 정말이지 미치고 환장할 노릇이었습니다. 재수술을 해야 산다는데, 당장 이 순간도 어머니는 이겨내지 못할 것 같은데 어쩝니까? 자정까지만 더 지켜보자고 애원했습니다. 의사도 그러자고 하데요. 우리식구들은 중환자실 앞에서 동동거렸습니다. 그런 와중에 교통사고 환자가 들어와 응급수술을 하게 됩니다. 그 수술이 끝나야 어머니가 재수술을 받는데, 자정을 훨씬 넘었는데도 감감 무소식입니다. 그런데도 식구들은 다급하지 않으니 알 수 없는 마음인데, 중환자실 책임간호사가 나와서 출혈량이 조금씩 줄고 있으니 좀 더 기다려 보자 그래요. 우리 어머니가 좋아질 수만 있다면 뭘 못하겠어요. 겁나게 다급해지고 절박하니까, 어머니 목숨을 대신할 수만 있다면 정말로 당장 할복이라도 하겠는데, 담당의사가 나타나데요. 한 마디로 구세주 같았는데…….

어머니가 침묵을 거둬내듯 장분수를 향해 말을 꺼내시네요.

"아범, 학다리양반은 어쩌고 있쓰까이?"

"지난달에 그만 돌아가셨는디, 미처 말씀을 못 드렸네요."

"잘 가겠구먼, 그리도 폭폭허게 더 살아서 어찌까 했는디. 자석덜한테도 그만 욕보이고 가야제, 쓰것등가. 나도 그럴랑가 모룽게, 아범이 알어서 해. 천더꾸래기 맨들지 말고. 살만큼 살면 탈탈 털고 가야 헐거신디~."

지금 서천을 지나가고 있습니다. 어머니는 새삼스럽게 아버지 생각이 나서 저러시는 모양입니다. 그러셨겠지요, 정신이 들락날락 할 때 아버지 손길이 잠시잠깐 그립기도 하셨을 겁니다. 얼마 전 돌아가신 아저씨는 아버지와 어린 시절부터 동무였고, 베트남전쟁에도 함께 다녀왔던 유일한 벗이었답니다. 몇 해 전 아버지가 돌아가셨을 때, 아저씨가 무척이나 슬퍼했는데, 그 이유를 알 것도 같았습니다. 마치 당신이 살아야 할 세상을 미리 내다보셨던 것 같아요. 그 몇 해 전에 아주머니를 앞세우고 고단한 홀아비 살림을 하던 중이었습니다. 장분수도 아저씨를 지켜보면서, 나이 먹어 남자가 혼자 사는 게 얼마나 고단하고 골치가 아픈지 알게 되었거든요. 오죽했으면 어머니가, "느그 아부지가 세상을 잘 살었당께. 그러케 후홀~ 느닷업씨 떠나갈 때는 섭섭허드만." 그랬겠습니까.

천하에 싹수머리가 없는 말이지만 현실이 그러니까 털어놓겠습니다. 나이 많은 부모가 살아 있음으로 해서 자식들과 며느리들이 느끼는 부담감은 어쩔 수 없이 수월찮다고 하데요. 뿐만 아닙니다. 부모가 돌아가시면 그 제사를 모시는 것을 놓고도 아옹다옹하는 꼴을 보세요. 가관들입니다. 천벌을 받아 마땅한 소리 아닙니까? 그 자신들도 이미 부모입장이고 곧 늙게 될 텐데 말입니다. 인생사 부질없다는 것 살다보면 알게 된다는데, 장분수는 왜 이리도 머리가 복잡한가요. 인간세상이 불완전한 탓이겠지요? 자식을 사랑하는 부모 마음은 끝이 없는데, 부모를 다 섬기는 자식은 없는 것 같으니 어째야 좋습니까. 물론 이 세상의 모든 자식들이 다 그렇다는 것은 아닙니다. 어쨌거나 홀로 계신 아저씨가 안타깝거나 혹은 부담스러워서 그랬는지, 아저씨는 돌아가실 때까지 여러 아주머니들을 들이게 됩니다. 사남매가 모실 수 있는 상황도 아니고, 누군가 나선다 해도, 평생 농사만 했던 아저씨가 도시에서 살 수도 없었기에 그랬을 겁니다. 자식들이 교대로 주말마다 시골에 내려서서 식사준비와 뒷정리를 하는 것도 한계는 있지 않았겠어요. 처음엔 노후생활을 함께할 여자를 어렵게 찾아내 조촐한 식까지 올리고 해서 시작했는데, 두 해를 넘기지 못하고 병원신세지다 앞서 가셨고, 돈보고 들어왔다 한 달도 못 견디고 나가거나, 교포여성뿐 아니라 정신이 흐릿한 여성부터 사기꾼 같은 여자와 도둑년까지, 그야말로 흉도 많고 탈도 많았습니다. 넉넉하지 못한 처지에 시간과 돈을 많이 허비했지만 자식들도 보람이 없었고, 이래저래 면목이 없어진 아저씨도 무던히 속을 태웠습니다. 누구를 탓하고 말고 할 것도 없고, 서로에게 잇구멍이 없으면 불필요해 질 수밖에 없는 것이 세상살이라지만 참 요지경이었습니다. 거기다 또 엎치고 덮친다고 아저씨는 뇌출혈로 쓰러지고 말았습니다. 어째야 좋아요? 더는 답답하니까 그만하렵니다.

그 정도면 잘했던 형제들입니다. 속된 표현으로 삼강오륜이 물구나무를 선 세상이니 뭘 더 탓하겠어요. 하여간 '장병에 효자 없다' 했듯이 그 이기심은 어쩔 수가 없었나 봅니다. 언젠가 선배가 했던 말로 대신하렵니다. 부모를 공경하고 효도하는 것도 자기 세대가 마지막일 것이고, 자식들로부터 버림받게 될 세대도 자신들이 최초가 될 것이라고 하데요. 그럴듯한 말 같아서 그때는 이견을 내지 않았지만, 더 지켜보니까 말과 행동이 영 달랐습니다. 뼈 빠지게 일해서 키워 공부시키고 결혼시켜놓으니까, 다 자신이 잘나서 그런 것처럼 행동을 하는 겁니다. 지금 본인은 말짱하다고, 늙고 힘 빠진 부모는 이제 소용없다, 그런 인간말종의 짓거리는 없었지만 갈무리가 좀 아쉬웠던 겁니다. 하기는 그것조차도 무시하고 사는 후레자식들도 많은 세상이니 어쩝니까, 그나마 다행이지요. 하여튼 '부모 마음, 열에 하나만 알아줘도 효자'라는 말 조금도 틀리지 않았습니다.

"엄니, 새만금이 어뜨케 생겼능가 보고 가시께라우?"

"아범이 심 안드까? 벨 헐 일도 없응게, 그럴라면 그러등가. 겁나게 널흔 갯바닥을 막었다는 거그 말이제?"

"바다를 막아 논 맨드라서 농사질라고 그 공사를 시작했는디, 뚝방을 다 막기도 전에 쌀이 남아돈다고 난리들이여라우. 그래서 시방 농사짓던 논까지도 놀래야 할 판국이니, 그거슬 또 어쩔랑가 모르거써요."

"그렇게 말여. 세상 일 알다가도 모룽게, 아범도 맨날 그 고상일 거시고."

"엄니, 뭐 잡수시고 시픈거 없으까요? 갯가로 갈 거신디."

"그러면, 곰삭은 황시기젓이나 맬치젓에다가 밥 한수까락만 머거보까. 아범도 그런 골골헌거 조아헌께이."

동군산 IC로 진입했습니다. 새만금방조제를 거쳐 좀 돌아가도 괜찮을 것 같습니다. 요즘은 일부로 사방에서 관광버스로 구경을 온다는데, 장분수는 가까운데 살면서도 물막이공사가 끝난 후에는 와보지 못했습니다. 정권이 바뀔 때마다 그랬지만, 83% 진행 중인 공사를 지금이라도 중지하자는 쪽과 강행하자는 의견이 팽팽하게 맞서던 무렵에 청년회중제위원 자격으로 방문했던 경험은 있었습니다. 군산-전주자동차전용도로를 달리고 있습니다. 어머니가 차창을 좀 내려달라 그러시네요. 속도를 좀 더 줄이고 창을 내렸습니다. 바람이 상큼하네요. 연초록의 먼 산은 수체화가 따로 없고, 여전히 사방은 벚꽃이 차지한 듯합니다. 집에 더 가까이 왔다는 느낌인지, 어머니는 한결 편안해 하네요. 장분수도 모처럼 장남 노릇을 하는 듯해, 오히려 기운이 생깁니다. 방조제로 가는 길이 생각보다 먼 거리라 느껴질쯤 바다냄새가 다가오네요. 저 멀리 망망한 바다위에 명주실을 풀어 연결해놓은 것 같습니다. 그야말로 어디가 끝이고 시작인지 알 수도 없고요, 어느 쪽이 바다고 어디가 육지가 될지도 짐작할 수가 없어서 관광안내소로 들어섭니다.

방조제는 군산시 비응도와 신시도에서 부안군 변산면 대항리까지 연결됩니다. 세계 최장 33km의 방조제로, 여의도 140배가 되는 간척지입니다. 새만금이란 이름은 이곳에 만경평야와 김제평야가 합쳐진 만큼의 새 땅이 생긴다하여 앞 글자를 따서 새만금이라 했다 그러네요. 워낙에 어마어마해서 어머니는 놀라 온전히 서 있지도 못했습니다. 장분수는 어머니 곁에 앉아 관광안내 인쇄물을 읽는 것으로 놀라움을 대신하고 차를 몰아, 신시도에와 체험마을과 배수갑문을 서둘러 돌아봤습니다. 어머니가 걸어 다니기는 무리이겠다 싶어서 곧 출발하려니까, 혼자서라도 저기랑 요기랑 휘~ 다녀오라 그러는 통에 할 수 없었습니다. 희망의 땅……, 새만금이 희망이 될지 절망의 동산이 될지는 지금부터 잘해야 할 것 같은데, 벌려놓은 판이 하도 엄청나서 그저 망망하네요. 장분수는 마시다만 물을 벌컥 마셔버리고, 다시 출발입니다.

제1호방조제 쪽으로 나왔습니다. 변산해수욕장 이정표가 보여서 그쪽으로 방향을 잡았습니다. 풍경이 아름답다는 거! 바로 저런 저~ 모습들이겠지요? 연초록바탕 위에 색색의 물감으로 그린 그림을 짜~악 펼쳐 놓은 것처럼 주변이 고요하고 화사합니다. 해변도로 역시 또 다른 그림을 펼쳐놓았는데, 어머니가 긴 숨을 내쉬며, "차말로 조오타. 겁나게도 이쁘고." 그러시네요. 장분수도 마냥 좋습니다. 어머니가 저토록 편안해질 수 있으니, 하여간에 꿈만 같습니다요. 넋을 빼앗긴 채로 채석강, 적벽강 등의 표지판을 뒤로 하고 곰소항을 향해 갑니다. 그곳에 어머니 입맛을 되돌릴 수 있는 젓갈이 있을 것 같았거든요. 포구가 가까워지는지 특유의 콜콜한 냄새들과 비린내가 달려드는데, 장분수도 역시 촌놈이라 역겨움이 아닌 오히려 식욕이 느껴지나 봅니다. 오늘은 근사한 식사를 하렵니다. 그것도 모처럼 어머니와 함께 하는데, 못 먹어도 고~! 아니겠어요. 고향에 내려온 친구들이나 선후배들처럼 산낙지, 한우 등등 실컷 잘 처먹고는 돌아서서 헛소리를 하지는 않을 테니까, 마음 아파할 일도 없을 것 같네요. 점심으로는 늦었고, 저녁식사로는 좀 일러도, 괜찮아 보이는 식당 앞에 차를 세웠습니다. 평소 같으면 팔팔 뛰며 소갈머리 없는 짓거리라고 돌아서고 말았을 어머닙니다. 그랬어도 억지로라도 맛있는 것도 사드리고, 구경도 시켜드려야 했는데, 죄송하게도 장분수는 아직껏 그러하지 못했네요. 하여간 많이 피곤하신 탓일 겁니다. 5시간 가까이 이동 중이니 피곤하실 텐데도 내색은 하지 않으시네요. 하기는 언제 그런 내색을 하셨든 어머닌가요. 식당 안으로 어머니를 부축하고 들어서자, 중년 여자가 살갑게 다가오면서 그럽니다.

"하이고야, 우리 할매는 어쩌면 이리도 쎄런되고, 고우시당가요!"

"아짐니, 할매가 아니고, 우리 엄니네요이."

햇볕에 그을리고 촌스럽기 짝이 없는 장분수와는 비교도 할 수 없을 만큼 어머니는 백지장 같은 얼굴에 깔끔한 차림이니, 속내를 모르는 여자의 표현치고는 눈썰미가 괜찮은 것 같네요. 우선은 싱싱한 참조기를 맵지 않게 탕으로 주문했습니다. 그리고 식당에서 가장 아껴두고 있는 젓갈 두어 가지를 맛보게 해달라고 부탁했습니다. 그게 무슨 말인가, 의아해 하는 여자에게 어머니가 사정얘기를 하자, 눈치가 빤한 여자는 곧 알아듣고 고개를 끄덕이며 감동까지 합니다. 장분수는 괜히 쑥스럽네요. 맵고 짠 음식은 어머니께 독이라는데, 드시면 얼마나 드시겠어요. 아들 기분 맞춰주려 그러는 거겠지요. 여자가 상을 차리며 그러네요.

"그 엄니에 그 아들이시네이. 겁나게 좋아보이요야."

"우리 아들이라우? 사람은 겁나게도 존디, 실속이 아무꺼도 업당께라우. 걱정헐 거시 읎는 사람인디."

"아들이 하도 못나서요, 평생을 우리엄니 속 썩이고 사네요."

"……."

어머니는 그야말로 병아리 눈물만큼 잡수고 맙니다. 특별히 꺼내왔다는 곤쟁이젓도 젓가락 끝으로 찍어 맛보고, 멸치젓과 황석어젓도 먹는 시늉만 했습니다. 장분수는 신나게 두 공기나 먹었습니다. 생각하기 나름인데, 손바닥으로 등짝을 착~ 소리가 나게 내려치고는, "엄니는 저러고 있는데, 이 푼수 같은 놈아 너만 허천나게 처묵냐." 할 수도 있을 겁니다. 하지만 어머니가 저러니까 푼수라도 맛있게 잘 먹어야 도움이 될 것 같다는 마음이 앞섰습니다. 물론 배도 고프고 오랜만에 입에 딱 맞는 찬 있겠다, 거기다 밥 힘으로 살아온 푼수인데 고양이 밥 먹듯 하면 더 놀라시지 않을까요? 그리고 뚱딴지같은 말인지 모르지만, 사람은 떨어져 살아봐야 서로에게 그 사람의 소중함을 알게 되나 봅니다. 작년 이때쯤 올라가신 어머니가 이렇게 내려오기까지 많은 생각을 했었는데, 그런 때문일까요. 어머니와 아들 사이가 전만 못합니다. 평소 같으면 어머니는 급하고 요란해야 하고, 아들은 푼수처럼 떠들고 어리삥삥해야 할 것인데, 어머니와 아들은 서로가 그러하지 않으려고 지금 무던히 조심하고 있다는 겁니다.

"엄니, 쬠만 더 가면 우리집이어라우. 서울에 계실동안 우덜이 잘못헌 것 다 용서허시고요, 또 옛날처럼 아웅다웅험시로 사십시다이."

"헐 말 없응께 벨 소리를 다 허등갑네. 아범도 그새 그만치 늘근거시여?"

"……."

어머니가 그러면서 자리에서 일어섭니다. 그리고 젓갈 몇 가지와 며느리와 손녀가 좋아한다며 주문한 생선도 챙기시네요. 그리고 또 '형만한 아우 없다' 했고, '둘째 며느리를 봐야 맏며느리 착한 줄을 안다'고 했다며, 장분수 등짝을 쓸어내리시네요. 여자가 저쪽 가게에서 바삐 돌아와 검은 비닐봉지를 내밀면서 그러네요.

"엄니, 건강허세요. 그리고 오래 사셔라우."

"잘 묵고 가요이. 또 한 번이나 더 올랑가 모르것는디, 감사허요야."

"쪼까 있으면 육젓이 나온께, 또 오셔. 여그서 함평까징은 금 방이여라우."

그러면서 식당여자가 한참을 서서 배웅을 하네요. 무슨 사연 이 있는지 알 수 없지만 유별나게 살가워했던 여자를 어머니가 또 돌아봅니다.

다시 출발합니다. 선운산 자락을 휘~돌아 남쪽으로 더 내려 가면 나비의 고장에 도착할 겁니다. 장분수는 그곳에서 태어났 고 자랐고 지금까지 어머니랑 살고 있답니다. 나비 꿈, 그 꿈꾸 기를 희망하면서요.

동네 북~ _ 우리 고향 6

영락없는 푼수여~, 푼수가 따로 없어야. 여기저기서 귀에 싹이 날만큼 들었던 말이다. 사람만 좋아서 뭐해, 내 실속이 있어야지. 하여튼지 '검은머리 가진 짐승은 구제 말라'고 어머니도 입이 닳도록 했었다. 그러게 내 자식도 못 믿겠다는 세상인데 달랑 거기만 차고 내려온 친구를 농촌에 정착시켜보겠다고 그 방정을 떨더니, 이래저래 꼴좋다. 친구가 없는 빈집에선 온갖 잔소리들만 이 구석 저 구석에서 튀어나왔다. 집안은 보름도 지나지 않았는데 마당과 토방에서 잡초가 자라났고, 점심 무렵인데도 귀신이 날 것처럼 스산하다. 곳곳에 구멍이 난 비닐하우스 안은 철모르고 웃자란 상추, 쑥갓, 부추 등등이 잡풀과 뒤엉

켜 엉망진창이고. 빈 외양간을 들여다본 후 마당에서 한참을 서성였지만 친구가 나타날 흔적은 찾을 수 없다. 잠시 서울에 다녀오마고 했었다. 그러나 감감 무소식이어서 아침저녁으로 틈내 들락거렸는데 날이 갈수록 한숨만 더했다. 오늘은 더 조급했든지 일손까지 더디고 마음도 갈팡질팡. 그래서 혹시나 하는 마음으로 점심 전에 들렀는데 역시나다. 만만해진 전화번호를 또 눌러보지만 "지금 거신 번호는 당분간 통화하실 수 없습니다……." 뿐. 이런 젠장할~.

빈집을 빠져나온 장분수, 걸음이 천근만근이다. 전혀 예상하지 못한 바 아닌데도 막상 일이 터졌다 싶으니까, 입이 다물어지지 않는다. 얼뱅이처럼 수 없이 속고 때로는 속아주고, 푼수처럼 당하고 혹은 당해주면서 살았던 터라 웬만큼 뒤통수를 맞아도 소처럼 씨익 웃고 돌아서면 그만이었다. 했지만 천하에 두루춘풍 장푼수도 여느 때와 다르게 안달복달, 정신이 없다. 뭐주고 뺨맞은 꼴이고, 망신도 이런 개망신이 없다. 하늘을 올려다보며 탄식을 해보지만 결국은 '문 연 놈이 문 닫는다'고, 묘약이 없게 생겼다. 푼수가 그럼 그렇지, 용빼는 재주 있겠어. 누구를 탓하고 원망해. 한두 번도 아니고 그만큼 당했으면 푼수덩어리라도 정신을 차렸어야지, 초친놈이 따로 없다니까. 휑~한 골목에서도 장분수 뒤를 따르는 것은 야유뿐이다. 그야말로 개미

새끼 한 마리 없는 골목길. 그나마 다행이지 싶다. '낙태한 고양이 상'이 된 장분수를 쳐다봐 줄 사람이 없어서 말이다. 가을햇살에 시들부들 해진 호박잎처럼 느른한 모습의 아들이 마당으로 들어서자, 기다리고 있었던지 어머니가 다그친다.

"점심 묵고 일 나갈 사람이 어딜 싸댕기다 온당가?"

"한철이네 가봤어요."

눈 빠지게 기다려도 소용없고, 이미 틀어진 일이여. 애타게 뭘 어쩌려고? 어머니는 그랬어야 했는데, 아들 말을 못들은 척 했다. 기운이 없기는 어머니도 마찬가지다. 내내 햇살을 등지고 앉아서 마치 금은보화를 다루듯, 마당 가장자리에 울긋불긋 널려있는 팥이며 녹두, 검은콩과 메주콩 등속을 손질하고 있었던 어머니는 머릿수건을 벗어 먼지를 탈탈 털고 일어났다. 코가 석자로 빠진 아들한테 잔소리가 더 무슨 소용이며, 가을걷이로 뼈가 녹아나도록 고생하는 아들이 짠해서 속 시원하게 캐물을 수도 없다. 뭔가 일이 터지긴 했는데, 그래서 혼자만 끙끙 앓고 있는데, 아들이 야속하면서도 처량해서 내색할 수 없는 것 또한 환장할 노릇이다. 어머니가 마루에 올라앉아 밥상을 당기자 아들과 며느리도 자리를 잡았다. 헛기침을 하면서 숟가락을 들고 어머니를 살피며 아들이 입을 연다.

"엄니, 저녁에는 녹두랑 마늘이랑 많이 넣고 암탉 한 마리 쌀

마머급시다."

"뜬금없시 뭔 달기여. 아범이 묵고 시퍼서 그런거슨 아닐거 시고?"

나 때문이면 괜찮고 그럴 필요도 없다고 어머니가 손사래를 치자, 며느리가 끼어든다. 조금은 당황한 모습이고 부끄러운 표정이다.

"하나아빠도 나이를 먹능가 요새 겁나게 거시기해요, 엄니."

베트남에서 대한민국 전라도로 시집와 십 년 세월을 훨씬 넘기니 며느리 입에서도 '거시기'가 자연스럽게 나온다. 아들과 며느리 말뜻을 알아들은 것처럼 어머니가 한발 물러난다. 식구들이 먹고 기운 차리자는데 닭 한 마리가 문제일 수 없는, 단란하고 평온한 시골집 마루의 밥상머리다. 거기다 햇살이 마당에 가득하고, 그 햇살에 소와 돼지들, 개와 닭들은 저절로 피둥피둥해질 것이고, 멍석 위 온갖 잡곡들은 번들번들해질 터. 그리고 새벽부터 나가서 가을걷이를 하다 들어온 농부가 그 각시와 노모와 점심을 함께 하는 풍경~! 상상해보라. 장분수는 그 소중함까지는 빼앗기고 싶지 않았다. 그래, 기왕에 벌어진 일이다. 설레발친다고 해결될 것도 아니고. 우선 어머니와 각시한테는 이실직고를 피하기로 한다. 어머니도 마찬가지고, 각시도 역시 힘들어 하는 남편을 다그쳐봐야 무슨 소용이겠는가 싶어 시시콜콜 따지지 않는다. 그래서 식구가 좋은 것이겠고. 어머니가 당신 밥 두 숟가락을 크게 떠서 아들 밥그릇에 보태고, 곰삭은 황석어젓을 당겨준다. 아들은 말없이 고개를 끄덕이면서, 각시가 냉수를 내오자 냉큼 받아 어머니한테 전한다. 아들과 며느리를 바라보는 어머니 눈길이 애잔하다. 세상만사 나무랄 데 없는 아들이고 며느린데, 그리고 욕심내지 않고 분수껏 소박하게 사는데, 또한 분수에 맞게 살려고 노력할 뿐이었는데, 어느 사이에 푼수가 되었다. 뿐인가, 그 푼수에게 온갖 잡것들이 틈만 생기면 파고들어 가슴을 홀라당 뒤집어 놓았다. 그것 때문에 아들은 또 한동안 시골을 떠나내 마내, 사단이 벌어질 것이고. 이번에는 뭘 얼마나 당했는지 아직은 알 수 없으나~, 제발이지 다 무탈하기만을 바랄뿐이다. 밥그릇을 비운 아들을 향해 어머니가 또 당부한다.

"그 너른 들판에서 혼자 일허자면 심들거신디, 해도해도 끝없는 일, 깐닥깐닥 쉼서 해~. 항상 이팔청춘은 아닝께야."

"일이야 농기계가 허는 거시고, 옛날에 비하면 일도 헐만허고 그런디~, 하여튼간 우리 엄니 말씀대로 할텐께요, 걱정 그만 하셔라우."

그러면서 시동을 건다. 투덜덜덜~ 굴러다니는 게 용하다 싶은, 고물 측에도 끼지 못하게 생긴 오토바이에 올라탄 장분수는 추수가 한창인 들판으로 나왔다. 황금들녘이란 말이 무색할 만큼 함평천지 들녘은 썰렁하다. 쌀이 천대받고 무시당하기 전까지는 그러하지 않았던 들판이다. 왁자지껄하면서도 고단했지만 논농사를 최고로 치며 살았는데, 주객이 전도됐으니 마을도 들판도 쓸쓸할 수밖에. 저 멀리 이쪽저쪽에서 콤바인 몇 대가 움직일 뿐 사람들 모습이나, 풀 뜯는 소 한 마리도 볼 수 없는데, 그 태평세월이 어찌하여 그립지 아니하겠는가. 텅 빈 들녘, 광주와 무안공항을 연결하는 고속도로에서 쌩쌩 달리는 자동차들마저 없었다면 차라리 정지된 화면으로 착각이라도 하련만~!

장분수는 콤바인으로 옮겨 타 시동을 건다. 걸 때마다 긴장되는, 아직도 할부금이 남은 고물에 가까운 기계다. 그래도 이 물건이 없었더라면 어쨌을까 싶어 한숨이 절로 나온다. '가을에는 죽은 송장도 꿈지럭한다'고 너나없이 바쁘기 마련인데, 요즘 농촌풍경은 농기계만 분주하다. 기계 때문에 일할 사람이 줄었는지, 아니면 사람이 부족해서 농기계 천지가 된 것인지? 생각할수록 기막히게 농촌은 변하고 있다. 좋은 측면이 훨씬 많아진 현실이라고 하는데, 장분수는 여전히 혼란스러울 뿐이다. 하여튼 가을걷이는 논배미에서 물 빼기부터 시작되었다. 길들여 잘 간 낫을 두 세 자루씩 들고 나와서 품앗이로 벼 베기를 종일 하고. 하루나 이틀 지나면 아이들까지 불러내 끝이 보이지 않게 베어놓은 벼를 뒤집고 말려서, 묶어서, 낟가리하고. 상일꾼 너덧을 얻어 볏단을 논둑까지 지게로 져 내놓고. 달구지나 리어카로 옮겨와 마당에 또 쌓고. 탈곡하는 그날까지, '쌀 한 말에 땀이 한 섬'이란 말을 뼛속으로 실감하듯, 그야말로 몇 날 며칠은 눈 코 뜰 새가 없었다. 그토록 고단하고 분주했던 그 수많은 일들을, 요즘은 말 그대로 눈 깜박할 사이에 해치우는 농기계들 덕분에 농촌은 더 밝고, 농민은 더 편안해야 하는데, 어째 현실은 더더욱 팍팍할꼬. 일테면 그리 멀지도 않았을 그 가을이 차라리 그립고 아련한 까닭은 순전히 푼수 같은 마음 때문이려나?

'사람은 속일 수 있어도 농사는 못 속인다'는 말, 틀림이 없었다. 어머니는 가끔 나한철의 하우스와 외양간을 들여다보고는 말없이 혀를 찼다. 내 자식, 아니 농사꾼 장분수가 하는 일도 눈에 다 차지 않았는데, 겨우 이태를 농촌에서 살고 있는 나한철을 탓할 만큼 야박한 어머니는 아니었다. 하지만 하나를 보면 열을 짐작하듯, 농촌에 정착도 쉽지 않겠지만 그럴 마음도 없는 것 같다며 아쉬워했다. 어머니 눈썰미가 예사롭지 않았다 치더라도, 장분수 눈에까지 저걸 어쩌나 싶을 때가 많았다. 그러면서 '첫술에 배부르랴'고 어머니를 달래야 했고, 친구에게는 더 용기를 줘야했다. 하여튼 중학교 동창 나한철은 귀농 아닌 귀농(歸農이란 도시에서 농어촌으로 이주해서 농사를 지으려고 하

166

거나 짓고 있는 사람)을 한 사례다. 공교롭게도 이름 때문인지 한 철도 견디지 못하고 농촌을 떠날 거라 우려하는 친구들도 많았다. 또 누구 말처럼 도시에서 잘 살던 놈이 농촌에서도 잘 정착하고, 도시에서 실패한 놈은 농촌에서도 실패한다고, 인생역전은 말처럼 쉽지도 않았다. 그런 친구를 위해 장분수는 집을 빌려서 고쳐주었고, 송아지를 기르게 했고, 비닐하우스 한 동을 텃밭에 만들어주고, 귀농정착융자금을 받아내기까지 마음고생이 많을 수밖에. 욕심을 버리고 자연과 슬기롭게 지내기를 바라고, 사는 동안이라도 편하게 지내라는 뜻이었다. 더구나 나한철은 사업을 말아먹은 후 아들과 딸과 부인을 도시에 두고 온 처지였다. 어쩌든지 함께 내려왔으면 마음은 더 편안했으리라. 고향이라고 내려왔지만 '한 다리가 천리'라고 기댈 사람은 장분수뿐이었다. 사람 좋기로 소문난 만년 이장이었고, 마을에 거지가 들어와도 그냥 내쫓지 못하는 푼수였는데, 하물며 친구의 아픔을 몰라라 할 수는 없었다. 욕심이었겠지만 사실은 노인들뿐인 농촌에 또래가 없어서 외롭기도 했었고, 새롭게 출발해서 좀 좋아지면 가족들도 불러와 고향에 이웃이 늘어나면 그보다 더 좋을 수 없을 것 같았다. 뿐인가 무엇보다 친구가 딱했다. 돈을 벌려면 도시에 있어야 했을 것이고, 농사로 돈벌이를 하겠다고 막무가내 덤볐으면 장분수도 생각은 달랐을 터였다. 어쨌거나 나한철은 작년 한 해 부지런히, 열심히 살고자 노력하는 모습이었다. 했는데 봄부터 컴퓨터 속의 귀농과 귀촌에 관심을 나타내더니, 외출이 늘고 외박도 서슴없이 했다. 촌놈은 외출도 외박도 못하느냐고 따지면 할 말은 없겠으나, 그 집주인이 없으면 어쩔 수없이 다른 사람 손이라도 필요하게 생겼으니 하는 말이다. 농촌 실정이 그랬다. 누구처럼 작정하고 짐승을 굶길 생각이라면 몰라도. 그것도 하루 이틀이지, 장분수는 나한철의 외출이 잦을수록 왠지 불안했다. 그가 살피던 것들도 꼼짝없이 장분수 차지였다. 때마침 전국적으로 귀농바람이 유행처럼 불었다. 지방자치단체마다 지역 특성에 맞는 조건을 내세워 귀농과 귀향을 권유하는 상황으로 바뀌면서 나한철도 잔머리를 굴리기 시작했다. 촌놈한테는 잔머리가 취약이라고 틈틈이 타일렀다. 서둘 필요도 없고, 욕심을 내서도 안 된다고. 그런데도 특수작물을 해보겠다, 게스트하우스 같은 다목적 주택을 짓겠다, 농어촌뉴타운 조성사업이 어쨌다, 각종 지원정책과 금융지원에 관한 것 등등, 본인 형편과는 전혀 무관한 말들을 해서 장분수를 놀라게 했다. 뿐만 아니라 귀농본부, 귀농학교, 귀농귀촌센터, 사랑방, 길잡이, 사이트, 카페 등등 귀농귀촌에 관해서 뭐가 그렇게도 많은지 장분수는 놀라울 따름. 촌놈들한테는 정보가 많을수록 그리고 알면 알수록 중심잡기가 어려운 것 당연한 이치였다. 하여간 도움이 되라고, 도움을 주겠다는 뜻이겠지만 귀농에 성공할 수 있는 만고에 진리는 간단했다. '농부는 하루 쉬면 백날을 굶는다'는 것. 촌놈으로 태어나 그야말로 산전수전 공중전까지 치르면서 농촌을 지켜보았고 지키며 살고 있지만 꿈과 현실은 분명 다르다는 사실도 장분수는 숨기지 않았다. 세상에 만만한 거 없더라고, 정말이지 농사 아니면 죽을 각오로 시작해서 귀농에 성공하거나 그 뜻을 이뤄가는 사람들도 주변에 더러는 있었다. 뿐이겠는가. 그러기 위해서는 지금의 농촌특성을 알아야 할 것이며. 땀 흘린 만큼 얻을 것이고. 아끼지 않으면 부족할 것이며. 나 좋을 대로만 살 수도 없으며. 무엇보다 농촌을 좋아해야 촌놈으로 살 수 있는데, 나한철은 아직도 촌놈 티가 거북스럽고 푼수 같은 생활을 답답해했다. 일테면 나한철이 한우를 얼마나 길러봤다고 경제성을 따질 것이며, 논농사로는 승부를 낼 수 없다고 들녘에 하우스를 세워 투기성 농사를 짓자는 등등의 그야말로 번데기 앞에서 주름잡는 꼴이 빈번해졌다. 그렇다고 얼씨구 넘어갈 장분수도 아니다. 농사만큼은. 한우 문제도 그랬다. 짐승을 정성껏 보살피는 재미를 우선 알아야 할 것 같아서 외양간을 손질해 송아지 티를 벗어난 엇소를 넣어주었다. 농기계 임대료와 각종 할부금과 대출금 때문에 한 푼이 아쉽고, 알뜰살뜰 아끼는 어머니와 각시 눈총을 감내하면서까지 친구를 위해서 푼수 짓을 했었다. 그러면서 사료보다는 전통방식으로 천천히 길러서 새끼도 내고, 일도 시키는 암소로 만들어 보람을 느껴보자는 다짐도 했었다. 하여튼 약속을 지키지 못하면 배신이라도 때리지 말아야지. 소 값이 똥값이라는 이유로, 한우로는 절대로 수입소고기 값을 감당할 수 없는 구조적인 문제로, 그래서 푼수처럼 소를 키울 수 없다며, 고집스럽게 팔아치웠다. 그것도 새끼 밴 소를. 사업을 했던 가락이라고 결단도 빨랐다. 그랬으면 본래대로 송아지를 사다놓든지 아니면 반납하고, 남은 돈으로 뭘 해도 했어야 상식 아닌가. 무슨 똥배짱인지, 똥개를 키워보겠다고 개새끼 다섯 마리와 흑염소 새끼 두 마리를 끌어다놓고는 그만이었다. 그것들이라도 잘 키우든지 할 것이지. 개 두세 마리는 도망가고, 나머지는 죽고, 흑염소는 잡아먹었는지 어쨌는지 흔적도 없고. 세상에 공짜는 없는 법인데. 아무리 새가슴 장분수지만 내 송아지는 어쩌고저쩌고 따질 위인은 아니었다. 뿐인가, 벼농사 한 번 제대로 해보지 않은 나한철은 또 장분수의 논농사를 탓했다. 우선 쌀이 남아도는 세상이니 무논을 밭으로 만들어 소량다품종 농사를 해보자 했다. 그러면서 부족한 잡곡(참깨, 들깨, 수수, 조, 차조, 기장)과 당근, 도라지 등등을 노래했다. 어디서 귀 얇은 소리를 들었는지 알 수 없지만, 정말이지 기가 찰 노릇. 역시 많이 배우고, 사업을 했던 안목인지라 세상을 바라보는 시각도 다르긴 했다. 분명 농촌도 더 변해야 하고, 농법과 작물도 능률적으로 바뀌어야 하는 것은 맞았다. 하지만 나한철은 여전히 양복을 입은 채, 입으로만 농사를 짓고자 했고, 무식하게 힘만 쓰는 농사꾼은 결코 살아남지 못한다고 위협만 할 뿐이었다. 또 어느 날은, 귀농을 꿈꾸는 사람들에게 이론교육보다는 실질적인 귀농체험도 하고 정보교환도 할 수 있는 장소를 만들자고 했다. 일테면 귀농길잡이 노릇을 하자는데, "너나 잘하세요." 그리고 싶은데, 장분수는 참았다. 더는 할 말이 없어서. 장푼수가 못하면 나한철이라도 대신 해보겠다며 얌생이처럼 굴었다. 그러면서 대토를 해주든지, 땅을 사는데 보증을 서 달라고 보채기까지 했는데~.

"어이~ 이장님, 그 칭구는 요새 통 안보이데?"

"친구, 누구요?"

장분수는 알면서도 되물었다. 가까이와도 반갑지 않고, 모른 척 지나가도 섭섭하지 않을 사람이다. 빤지르르한 오토바이를 농로에 세우면서 커피 한잔하라며 깐족거린다. 면 소재지에서 다방을 하는, 우리 고향 미풍양속을 바꾸고 있는 요주의인물 중의 한 사람이다. 날건달처럼 살다가 입에 풀칠이라도 하겠다며 타지에서 굴러들어온 선배 친구인데, 말도 많고 탈도 많다. 배달을 다녀오는지 오토바이 뒷좌석에 아가씨까지 달고. 쉬운

말로 티켓다방 여자종업원이다. 현찰이 귀한 농촌에서 외상거래로 빌미를 놓고 배수진을 쳤다. 그리고 거두절미, 그 외상값을 해결한 여자는 떠났다. 길게는 1년가량 머물다 사라지고 또 다른 여자가 나타나서 농촌사람들 등골 빼먹는, 돌고 도는 신세들이다. 여자가 또 새로 왔다고 인사도 할 겸, 나한철 소식도 궁금해서 작정하고 나타난 것일 터였다. 다 식어빠진 커피를 겨우 한모금마셨을 뿐인데, 시동을 끄지 않아 부릉~ 부릉 거렸던 오토바이가 부르릉~ 하면서 힘을 쓰더니 떠났다. 시간이 곧 돈이라 생각하는 그들의 용무는 간단해서 좋았다.

언젠가 나한철은 느닷없는 저녁운동을 한다고 나갔다. 동네 앞 신작로에서 오른쪽은 읍, 왼쪽은 면 방향이다. 첫날부터 무리하지 않으려고 택했는데, 면사무소까지도 다 뛰지 못하고 맥없이 주저앉았단다. 되는 일도 없으면서 체력도 바닥인가 싶어 한숨이 절로 나오더란다. 그렇게 나한철은 한풀이처럼 그 티켓을 처음 접하게 되었다. 얼떨결에 벌어진 일이었지만 친구 팔아서 외상으로 거시기 했다는 소문나기 전에 해결해야 한다며, 장분수를 그 밤중에 불러냈다. 같은 남자로서 이해하지 못할 바 아니고, 부부가 떨어져 지내니 그냥 눈감기로 했다. 하지만 돌아오는 길에 장분수는 불 맞은 황소처럼 날뛰면서 나한철에게 달려들었다. 돈이 문제가 아니라 그래서는 시골에서 살 수 없다고. 자랑스럽게 꺼낸 말은 아닐 테지만, 읍 소재지 티켓다방에도 벌써 출입을 했던 모양이니 화가 날 수밖에. 장분수도 티켓이라면 기억이 좋을 수 없었다. 그러게 봄이었다. 도시에서 문상을 왔던 선배 세 명을 대접해서 보내겠다고 시작한 술자리가 빌미가 되었다. 아주 어릴 때 고향을 떠났던 선배가 향수에 젖어 몹시도 마음 아파했고, 푼수 아니었으면 다시 고향에 오지 못했을 거라며, 장푼수 오지랖을 놓지 않았다. 뿐인가, 그날도 친구들과 동창들은 본척만척했지만 그 선배는 푼수가 최고요, 자신의 고향은 곧 푼수라고 흥분해서 술을 권하는 통에 댓바람으로 취하고 말았다. 술자리는 더 길어졌고, 막차를 놓친 선배들까지 합석되자, 이래저래 술이 또 넘쳤고, 이러지도 저러지도 못할 처지의 푼수는 '울며 겨자 먹기'식으로 그 티켓까지 불러냈으니, 다음은 온전할 수가 없었고. 그 끝은 한동안 요란했었다. 그리고 장분수가 지금도 술을 마시지 못하는 이유가 되었다. 누구보다 실망감이 컸던 각시는 살 것인가 말 것인가? 처음으로 크게 고민했을 뿐만 아니라, 어머니가 며느리 앞에 엎드려 잘못을 빌었으며. '똥 누러 갈 적 마음 다르고 올 적 마음 다르다'고, 티켓 값까지 덤터기였으니 선배들과도 멀어질 수밖에. 어쨌거나 그 티켓 때문에 여러 사람이 요절났었다. 촌놈 노총각과 촌로가 한 여자를 두고 티켓경쟁을 했는데, 하필이면 그들은 아버지와 아들 사이었다. 사건은 남세스럽게만 끝나지 않고 결국 살인사건을 불렀다. 뿐만 아니라, 면 소재지에 살았던 또 한 녀석은 평생을 함께 살자며 방앗간 팔고, 논밭 팔아 티켓을 샀지만 달포도 버텨주지 아니하고 여자가 야반도주를 했으며. 하여간 그것 때문에 여기저기서 이혼을 하니 마니? 시끄럽지만, 다들 누구를 탓할 처지가 아니라고 꽁무니를 빼니 더 어찌해볼 방법도 없었다. 하여튼 나한철도 그동안 그 티켓을 어떻게 얼마나 남발했는지 알 수 없는데, 그들이 탄 오토바이는 벌써 흔적도 없이 사라졌다. 들판은 또다시 쓸쓸하고 농기계소리는 요란하다. 그 요란함 속에서도 휴대폰이 부르르 떨면서 소리를 낸다. 친구 광석이다.

"어째서, 뭔 일이여?"

이제 막 기울기 시작한 햇살은 아직도 청명하기 짝이 없다. 하늘엔 뭉게구름이 뭉실뭉실 떠 있고 평온한데, 결실의 계절 이 가을에 친구는 죽음을 목전에 둔 사람처럼 기운이 없었다. 일 끝나면 잠시 만나고 싶다는 전화였다. 가끔 그랬듯이 웬만했으면 일터로 찾아왔을 터였다. 광주에서 함평까지 찾아와서 친구는 그랬다. 고속도로 덕분에 겁나게 가깝다고. 심심해서 왔다고. 장분수 일하는 거 보고 싶어서 왔다고. 낙지가 먹고 싶으니 점심이나 함께 먹자고. 그냥 답답해 내려왔다면서, 일하는데 방해될까봐 늘 걱정이지만 만나니 좋다 그랬다. 때문에 장분수는 더 미안했었다. 어릴 때부터 장분수를 장푼수라고 부르지 않았던 유일한 친구였고, 똑똑했을 뿐 아니라 촌놈들과는 뭔가 달라도 많이 달랐다. 그랬던 친구가 어느 날부터 장분수를 보고 싶어 했고, 먼저 찾아오고, 늘 만났으면 좋겠는데 그럴 수 없어서, 걱정 아닌 걱정이라 했다. 그랬는데 지금은 목소리까지 기운도 없고 뭔가 아득하게 느껴져서, 장분수 가슴이 오히려 덜컥 내려앉았다. 동시에 기계도 덜커덕 꿈틀거리며 멈췄다. 가을걷이도 중요하지만 친구의 애타는 심정을 외면할 수도 없었다. 장분수가 콤바인에서 내려오며 휴대폰으로 누군가를 불러낸다.

"너만 믿고 있는디, 그러면 나는 어쩌끄나?"

군청에 근무하는 고등학교 후배다. 그것도 한참이나 후배다. 광석이 귀촌문제로 서로 고심하고 있는데, 그 실마리가 쉽게 풀리지 않고 있었다. 후배는 답답했던지 근처에 외근중이라며 잠시 후 들녘으로 나오겠단다. 위치를 일러주고 '떡 본 김에 제사 지낸다'고, 장분수는 농로 고랑에 서서 일을 보고 지퍼를 올렸지만 시원하지도 않았다. 정부에서는 올해도 벼 수매가를 어쩔 수없이 동결한다고 미리 발표했다. 해서 가을걷이를 하네 마네, 국회의사당 앞으로 당장 나가자 등등 역시나 올 농심도 예사롭지 않은 상태다. 정부나 농민이나 이러지도 저러지도 못하는 상황이라는 거 알기 때문에 더욱 답답하다는 뜻이다. 하여튼지 갈때 가더라도 오늘 약속된 탈곡은 해야 한다. 순서가 어그러지면 장분수만 믿고 있는 동네사람들 가을걷이도 엉망이 될 수밖에 없다. 해서 기계는 다시 움직인다.

금광석처럼 빛을 냈던, 전 동창회장 김광석이 언젠가 그랬다. 고향으로 오고 싶은데 용기가 없고. 퇴직하고 내려와 쉬고 싶은데 마땅히 갈 곳이 없다고. 서울에서도 유명대학의 훌륭한 교수로 능력껏 업적을 쌓아올릴 일만 남은 줄 알았는데. 음메~, 뭐가 어쨌다고! 그렇게 장분수를 놀라게 했던 초등학교 동창이다. 어린 시절부터 격이 다른, 말하자면 공부를 잘하고 못하는 것 때문에 차이가 날 수밖에 없었고. 성장해서도 살아가는 방법은 다를 수밖에 없었다. 그랬는데 초여름에 내려온 광석은 달랐다. 푼수처럼 사는 장분수를 좋아했을 뿐만 아니라, 어떻게 살아야 하는지 심각하게 도움을 청하기도 했다. 그리하여 광석은 군郡에서 한옥으로 조성한 해피마을에 귀촌(歸村이란 농촌으로 이주는 했지만 농사를 짓지 않고 전원생활을 하거나 농업 외에 다른 생업에 종사하는 사람)을 서둘고 있는 사례다. 물론 한철이나 광석의 경우는 농림축산식품부가 정의하는 귀농과 귀촌의 사례에 적합하지 않을지도 모르겠다. 어쨌거나 폐암 말기판정을 받았다는 광석은 태어난 곳으로 내려오고 싶어 했다. 그것도 급하게. 역시 가족은 서울에 두고 혼자서. 지금은 광주 어머니 집에서 병원을 오가며 지내고 있다. 더는 병원에 갈 필요가 없으니, 빨리 해피마을로 오겠다는 것이다. 먼저 암을 극복하고 건강한 모습으로 귀촌해서, 전공인 사회복지학을 연구하겠다고 했으면 만사형통이었다. 숙소와 연구실까지 무료로 제공하겠다 했고, 우리 고향이 배출한 유명 인사를 모시는데 최선을 다하겠노라 약속도 했었다. 그렇게 군청 관계자와 다리가 놓이기까지 장분수의 분투노력도 이만저만 아니었다. 그런데 광석은 그게 아니란다. 죽어가는 마당에 연구가 무슨 소용이며, 얼마나 더 살겠다고 혜택을 누리겠으며, 고향땅에서 흠이 될 일은 하지 않겠단다. 해피마을에 방 한 칸 임대해서 그냥 편하게 살다가 가겠다는 뜻이었다. 그러면서 문제는 더 복잡해졌다. 그야말로 행복을 찾아서 해피마을까지 내려왔는데, 어느 누가 환자에게 방을 내주겠는가. 그렇다고 당장 한옥을 지을 수도 없었고. 뿐인가, 군청에서도 환자신분의 광석은 대우할 수 없고, 해피마을사람들 의견과 이견을 무시할 수도 없다고 했다. 그것은 도道에서 한옥건축을 지원하는 해피마을사업이 인기 있어서 예상보다 귀촌자가 많아진 때문이기도 했다.

"잠깐 음료수 한 잔 마시고 해요, 이장님."

"아따~야, 겁나게 빨리 왔다이."

장분수가 기계를 세우고 농로로 나오면서 그랬다. 후배는 본인 덩치보다 작아 보이는 승용차에서 뒷문을 열고 뭘 꺼내느라 분주하다. 농촌의 업무가 그렇듯 하고자 하면 끝이 없고, 기꺼이 해도 표시나지 않는, 그리고 잘하면 겨우 본전치기라, 짜증나고 힘겹기도 하겠지만 덩치 덕분인지 든든하다고 후배를 칭찬하는 사람들이 많았다. 승용차 트렁크 위에 음료수와 컵, 은박지로 싼 것을 내놓고 장분수를 바라보면서 후배가 그런다.

"이장님 분부대로 총알처럼 왔네요. 이것은 추석 때 받은 복분자엑기슨디, 근처에 볼 일도 있고 해서 들고 나왔네요. 맛보시라고."

"너 혼자 묵어도 부족할 거시고, 나는 괜찮은디 왜 가져와."

때맞게 일부러 새참을 챙겨온 것 같다. 늘 정이 넘치는 후배다. 전처럼 지금은 들판에서 둘러앉아 새참을 먹는 농부도 드물고, 참을 내올 사람도 없다. 후배가 김밥과 과일을 꺼내놓고, 종이컵을 가득 채워서 내민다. 검붉은 색으로 걸쭉한 것이 소주를 섞지 않은 원액 그대로다. 한때 우리고장에서도 복분자 재배가 유행했지만 일손이 많고 번거로운 것만큼 농가소득에 보탬이 되지 못해서 한물이 간 작물이다. 그랬거나 말거나 장분수는 그것을 한입에 벌컥 마셔버리고, 한 컵을 더 따라 마셨다. 갈증 때문이거나 몸에 좋다는 욕심이었으면 차라리 병나발이라도 불었을 것이다. 그럴 선배가 아니라는 걸 알기에 후배는 놀랐다. 느긋함으로 따지자면 앞 설 사람이 없을 정도로 타고났는데, 친구들 일이 둘 다 꼬인 것이다. 많이 당황하고 혼란스러운 모습이다. 그러나저러나 장분수는 후배한테 면목이 없다.

"나 땜에 니가 고생이다야."

"천천히 드려요, 새참 먹는다 치고. 이장님을 보면 참 깝깝하단 말입니다. 사람이 좋아도 유분수지, 나도 잘 살면서 남을 돕던지 말든지 하는 거 아니냐고요. 오만날을 이렇게 뼈가 빠지게 고생하지만 남는 것도 없고. 좋은 일 하고도 이래저래 또 욕먹게 생겨쓴께, 요번에는 탈탈 털어버리세요. 친구고 나발이고다. 후배가 할 말은 아니지만 동네북처럼 그만 당하고, 이장님도 정신을 차려요. 그래야 촌사람도 살아남는다고요."

"왜 그래, 또 문제가 생긴거시냐?"

"한철인가 그 친구는 사기꾼이라고요. 우리 군에서는 더 통하지 않을 것 같으니까, 다른 군청까지 돌아다니며 어쩌든지 지원금이나 빼먹을 생각만하고. 하여간에 나한철이 나타나지 않으면 뒷감당은 또 이장님이 하게 생겨쓰요, 시방. 그리고 김 교수도 자기밖에 모르는 이기적인 사람이지, 왜 거기만 고집하느냐고요. 다른 사람들 입장은 생각해보지도 않고. 하여튼지 군청입장도 확고하고. 이장님 사정을 더 봐주다가는 골치가 아프것

다 그래요, 시방."

　후배의 걱정과 충고도 한두 번이 아니었다. 비록 푼수처럼 살지만 심지가 굳고 욕심도 없어서 크게 탈이 날 이유가 없었는데, 사고는 심심하면 터졌다. 그것도 오지랖만 탓하기에는 너무 큰 상처들까지. 모지락스럽지 못해서 결국은 모진 풍파를 겪게 되는 장분수를 어째야 할런지. 후배가 저토록 답답해하는데, 식구들은 또 어쩌라고. 나한철 문제도 그랬다. 다른 사람 같았으면 애당초 그런 인정머리가 통하지도 않았겠지만. 하여튼 사람이 사라졌으면 벌써 야단이 났을 터였고. 금전과 신용에도 상당한 피해가 있을 텐데도 막연하게 기다릴 수밖에 없으니. 머릿속은 어수선하겠고 가슴은 또 얼마나 터질듯 하겠는가. 하여간 후배가 저런 표현을 할 정도면 나한철의 행태를 이미 파악했다는 것이고. 때문에 광석이 부탁도 어렵다는 뜻이었다. 장분수는 뭐라 할 말이 없다. 해서 후배가 싸온 음식을 게걸스럽게 입으로 가져갈 뿐이다. 후배는 계속 담배를 빨아대고 있다. 잔뜩 화가 난 표정으로. 뭔가 다짐이라도 받아낼 것처럼 후배는 벼루고 있는데, 장분수는 말없이 먹고 마시고만 있다. 그것도 억지춘향이처럼. '목마른 놈이 우물판다'고 후배가 피우던 담배를 짓밟으며 입을 연다.

　"아따~ 점심도 못 먹은 사람처럼, 체하것네요. 이장님 때문에 또 일이 터지면 나 사표내고 고향을 떠날나요. 빈말 아닙니다. 신후배가 푼수 같다는 말 더 듣기도 싫고, 동네북 소리도 그만 듣고 싶은께 알아서 하시라고요. 하여튼지 이번에는 우물쭈물하지 말고요, 탈탈 다 털어버리세요. 곤란한 것은 나한테도 맡기고~."

"어째서 그런 막말을 해? 좋은 게 좋은 거시고, 서로 도와가며 살면 더 좋은 일이지. 그러고 사람이 하루아침에 싹 달라질 수 있간디, 짐승도 아니고."

"참말로 답답하네요. 당하고 속는 것도 한두 번이지, 이장님을 보면 등쳐먹을 생각부터 하는 놈들도 나쁘지만, 그러도록 하는 이장님도 문제라고요. 좋다 싫다, 분명히 해야 하고, 따질 것은 따져야 살 수 있는 세상인 거 알면서 왜 그래요. 쌀값 때도 그랬고, 농촌을 살려달라고 여의도로 출동할 때처럼 독하게 해보라고요. 주변 사람들한테도. 그렇게 하면 이장님한테 푼수니 동네북이니 그딴 소리 못한다고요. 좋은 게 좋을 수만 없고, 농촌이 변하면 사람도 따라서 변해야지 별수 있냐고요. 이장님이 그토록 반대했어도 고속도로는 저렇게 뚫렸고, 나비축제가 농사를 망친다고 불평했지만 탈 없이 지속되었고, 농사 질 사람이 없다고 걱정했지만 그때그때 대책이 생겼고, 그 속에서 지금껏 잘 살았어요. 물론 이장님 맘 알지요, 이 후배가 모르면 누가 알겠습니까. 하지만 이번 기회에 확 뜯어고치세요. 그래야 식구들이 편하고, 천리타국에서 시집온 형수님을 생각해서라도 변해야 합니다. 막말로 장푼수가 하루아침에 싹 변했다고 욕할 사람 아무도 없어라우."

푼수처럼 장분수가 울고 있다. 눈에서 눈물이 쏟아지는 데도 김밥을 우겨 넣는다. 후배는 푼수처럼 우는 선배를 더는 볼 수 없어, 선배가 들고 있던 김밥을 빼앗아 던져버렸다. 목이 메는지 꺽꺽거리며 선배가 주저앉는다. 순간적이지만 선배를 무시하는 행동 같아서 건몸이 단 후배는 펼쳐놓은 것들을 서둘러 챙겼다. 후배는 복분자병을 선배 곁에 내려놓고 차에 올랐다. 아직도 울고 있는 선배를 돌아보며 후배는 말없이 떠났다. 작정하고 독한 말을 할 생각이었다. 선배를 위해서라면 따라 다니면서 말리고 싶을 만큼 안타까웠다. 예를 들면, 고향에 내려온 선후배와 친구들에게는 잡지 못해서 턱없이 비싸진 함평낙지를 실컷 대접하고도 푼수 소리를 들었고. 한우육회를 욕심껏 처먹고는 푼수 때문에 배가 터질 뻔했다고 군소리를 하고. 나비축제 때 이놈 저놈 몰려와서 푼수를 이리저리 끌고 다니며 속을 쏘옥 빼먹고는 서운하네 마네, 하는 놈들. 진창으로 술 처마시고는 푼수 앞으로 외상을 달았던 놈들. 이장노릇 한다고 이 동네 저 동네 애경사 다 챙겨야지. 잠시 출타하면서 짐승을 부탁하는 동네어른들부터, 하다못해 자기부모 감기약도 부탁하는 놈들까지. 별놈들이 다 장분수를 부려먹고, 푼수처럼 이용해먹고는 돌아서면 그뿐이었다. 그러니까 부친상 때도 그랬다. 면장을 모르는 사람은 있어도 장푼수를 모르면 간첩이라고 할 만큼 다 쫓아다녔는데, 부친을 모셨던 장례식장은 오히려 썰렁했었다. 그리고 그 섭섭함으로 따지면 장분수는 친구들과 동창들을 다시는 상종하지 말아야 했다. 하여튼 실수도 한두 번이지, 번번이 속고 당하면 오히려 누구를 탓할 수도 없었다. 왜 그렇게 사느냐며, 선배를 다그쳤지만 소용없었다. 해서 오늘은 후배도 마음을 굳게 먹었는데, 푼수처럼 울고 있는, 한량없는 장분수를 더 어찌해볼 수가 없었으리라.

먼지를 풀풀 날리며 멀어지는 승용차를 한참 바라보던 장분수가 수로에 내놓은 볏짚 위에 나자빠지듯 눕는다. 복분자를 너무 마셨나, 다리가 풀리고 나른했다. 새참도 해결했으니 집에 다녀올 일도 없어졌다. 우선은 다 귀찮다. 그냥 다 내려놓고 한잠 자고나면 만사는 다시 말짱해질 것 같은 하늘이다. 높고 파란 가을하늘이 세상사 시름을 달래주듯 평화롭다. 논둑보다 조금 낮을 뿐인데 수로는 무척 아늑하다. 햇살 또한 따스해서 눈꺼풀이 절로 내려온다. 세상살이 별거 있겠어. 그러나 장분수는 잠을 청하지 못한다. 한철의 얼굴이 나타나 핀들거리고, 광석의 여윈 모습이 아른거렸다. 눈을 뜨자, 구름 속에서 나타난 한철은 그 가족을 앞세우고 기필코 다시 시작하겠다며 애걸복걸하고. 해피마을에 입주한 광석은 이장을 하겠다며 푼수처럼 날뛴다. 그럴 수 있다면 꿈속이라도 좋으련만 현실은 그럴 수 없다고 타박이다. 그 둘은 서로 겹쳐 보이기도 하고, 또 그 둘을 분간할 수도 없다. 둘 다 나름은 살고 싶어서 저토록 몸부림을 치는데, 외면할 수가 없다. 푼수라서가 아니라 천년만년 살 것도 아니면서 모질고 독하게 살고 싶지는 않았다. 그러게 살던 대로 살아야지. 푼수면 어떻고, 동네북이면 또 어째서. 지금껏 그렇게 살아왔는데. 뿐인가, 달리 살아갈 자신도 방법도 없는데. 후배가 그토록 다짐했건만 장분수 마음은 또 갈팡질팡 흔들린다. '친구한테 속지 않으려고 애쓰는 것보다 차라리 친구에게 속는 사람이 행복하다'는 말이 떠올랐다. 순간, 장분수는 자신의 가슴을 타악 쳤다. 행복을 위해서가 아니라 그냥 부닥치자. 피한다고 비켜 갈 것도 아니니. 이런 빌어먹을, 타작이나 하련다. 그러면 이 순간도 곧 지나가리니~. 장분수가 벌떡 일어나 콤바인으로 향하는데, 귀에 익숙한 소음이 들렸다. 마당에 서 있어야 할 봉고트럭이 골골거렸다. 아차, 실수였다. 전화라도 해야 했는데. 어머니가 걸어서 나오기는 먼 거리여서, 안팎으로 바쁜 각시가 나섰으리라. 미리 전화로 확인할 수도 있었겠지만 어머니가 아들 일하는데 방해된다고 말렸을 터였고. 후배가 세웠던 그 자리에 트럭을 멈추고, 각시가 내려서 다급하게 그런다.

"하나아빠, 새참은 먹고~."

"아따, 내가 깜박~해부렀당께. 어쩌까, 헛걸음허게 해서."

어리바리해진 장분수가 각시 곁으로 다가서려다 넘어지고 만다. 각시 앞에서까지 경거망동할 필요가 없는데, 몸과 마음이 따로따로다. 신랑이 왜 이러나 싶어 민망해진 각시가 더 침착해진다. 다문화가족의 모범사례로 살아가기가 쉽지 않았겠지만 각시는 늘 솔선수범하고자 노력했고, 여전히 겸손하다. 뿐인가, 마음도 한결 같아서 누구보다 예쁘고 고마워 장분수는 더 바랄 것이 없다. 다문화센터에서 한국어교실 선생님, 상담사, 봉사자로 바쁘게 일하면서도 늘 밝고 환해서 어머니한테는 금쪽같은 며느리인데 뭘 더 욕심내겠는가. 쑥스럽고 새삼스럽지만 장분수가 한마디 더 보탠다.

"하나엄마, 푼수 같은 남편이랑 살아줘서 고맙고, 또 미안허고 그러네."

"요즘 왜 그래요, 정신 빠진 사람처럼. 미안한 것은 또 뭐고? 나한테는 당신이 최고니까 걱정 말고요. 어쨌거나 농촌이 요러케 조용하고 한가한데도 쌀은 남아돌고, 일자리는 부족한데도 잘먹고 잘사는 걸 보면, 하여튼지 대한민국~ 엄청 거시기해요."

장분수, 할 말이 더는 없다. 각시 말에 토를 달면 이야기가 길어질게 뻔하다. 각시가 대한민국을 바라보는 시각은 맵고 날카롭다. 때문에 장분수는 늘 부끄럽고, '개구리가 올챙이 적 생각 못한다'고 우리가 언제부터 이렇게 까불고 나댔는지 반성하게 된다. 각시는 또 언젠가 심각하게 그랬다. "한국 사람만 모르는 세 가지. 하나, 한국이 얼마나 잘사는지 모른다. 둘, 일본과 중국이 얼마나 무서운 나라인지 모르고 맞짱뜨자 덤비고, 또 무시한다. 셋, 북한이 얼마나 큰 위협인지 모른다." 이렇듯 대한민국 사람보다 한국을 더 걱정하는 각시를 장분수는 사랑하지 않을 수 없고, 그래서 더 잘 살아야 하는데.

부부는 지금 황금들녘 한복판에서 어깨를 나란히 하고 앉아 있는 데도, 부부의 모습은 텅 빈 들판처럼 외롭고 쓸쓸해 보인다. 때문일까 넓은 들판과 하천도, 마을과 읍내도 오늘따라 부부의 눈엔 안개 속처럼 아득하고 멀게만 느껴진다. 시리도록 화창한 이 가을날에~.

산 넘고 물 건너~ _ 우리 고향 7

지리산 주능선(25.5km) 종주산행에 나선 형제는 지금 성삼재를 넘고 있다. 미리 계획한 것도 아닌 뜬금없는 산행이다. 그러나 형은 그야말로 좋은 기회라 여겨 고복다짐이라도 할 참이었는데, 얼결에 동생이 따라나섰다. 예고 없이 고향에 내려온 동생은 무슨 사연이 있었을 터. '무소식이 희소식~'은 마치 동생 때문에 있었던 말처럼 울렁증을 동반했었다. 이번엔 마수없이 그해 10월의 마지막 날이 떠올라, 형은 다시 가을 지리산을 선택한 것이다. 그 시절 동생은 한마디로 화염병 같았다. 이미 가스러지기 시작한 동생을, 메떨어진 사람처럼 굼뜨던 형이 감당하기는 무리였다. 그래서 늘 그래야 했던 것처럼 마음으로 동생 뒤를 지켰던 형이다. 그날도 아버지의 간절함을 뿌리치지 못하고 상경해 자취방까지는 찾아갔지만 동생은 벌써 시위현장으로 떠난 후였다. 말을 들어줄 동생이 아니었기에 혹시~하는 간절함으로 그 현장까지 찾아갈 수도 없었고, 아글타글 가고 싶지도 않았다. 그렇다고 부모 앞에 빈손으로 나타날 용기도 없었다. 해서 형은 내려오는 길에 지리산으로 향했었다. 그리고 긴 세월이 흘렀지만 형은 그해 그날을 잊을 수 없어서 푼수처럼 애잔짤하게 살았고, 동생은 그날 이후 아직까지 좀상스러운 꼴로 준수한 삶을 살지 못하고 있다. 물론이다, 그것은 형의 주관적인 생각이겠고, 당연히 동생은 그 반대일 수도 있으니까. 어쨌거나 형에겐 더도 덜도 말고 '분수'껏 살라했었고, 동생에겐 평범할지라도 '준수'하게 살라는 뜻의 아버지 소망과 염원이 집약된 이름의 장분수와 장준수 형제다.

배낭 무게가 부담스럽지만 형제의 가을산행을 축복하듯, 여기저기서 구름과 안개가 밀려오고, 봉우리와 계곡을 메워서 찰랑거리니 사방팔방은 구름바다다. 또 그것들은 산허리를 끌어안고 감싸서 돌아 흐르는데, 마치 섬들이 떠도는 것처럼 변화가 무쌍하다. 산 아래서부터 빨강, 노랑, 파랑 색색의 단풍들로 두 눈이 더는 호사로울 수 없을 듯했다. 신비롭고도 망망한 경관에 흠뻑 취해버린 형제는 마냥 말없이 걷고 있다. 노고단(1,507미터) 정상에는 청학동 주민들이 쌓았다는 돌탑이 있고, 그 아래로 송신탑과 부속건물이 있다. 안개 속의 정상에는 아쉽게 올라가지 못했다. 노고단에서 십여 분 걸어 능선에 올라서면 반야봉과 천왕봉을 아슴아슴 볼 수 있다. 역시 그것도 안개가 허락하지 않았다. 고개 이정표에서 숲속으로 이어진 길은 부드러운 편이다. 대화는 없지만 형제는 조금 더 차분해진 마음으로 촉촉한 낙엽 길을 걷는데, 편편한 공터가 나왔다. 갑자기 동생이 두리번거리며 걸음을 멈췄다.

"형, 저기가 그곳인가요?"

"나도 잘은 모르것는디, 여그서 쌍팔년에 굿을 했다고 그러등가."

동생은 한때 험로를 걸었던 모습을 숨기지 않았다. 아버지가 그토록 만류했고, 때문에 내내 안녕하지 못한 삶을 살다 가셨는데도 당당하다고 해야 하나? 그렇다고 마냥 배은망덕했던 동생도 아니었으리라. 하여간 노고단에서 제1회 '민족통일 대동장승굿'을 열었고, 민중단체들이 연합하여 만든 '민족통일대장군'과 '민족해방여장군' 장승을 여기에 세웠는데, 누군가 톱질해서 장승을 없앴다는 말을 전해들은 모양이었다. 동생이 걸으며 티적거린다.

"젠장, 뿌리까지 뽑아서 불살라버리지 어쩌다 흔적을 남겼는지 몰라!"

"어쩐 일이냐?"

형이 동문서답하듯 묻는다. 세월 탓도 있겠지만 처자식이 있는 처지라 한동안 무난하다 싶었는데, 느닷없이 고향에 내려왔으니 '놀란 토끼 벼락바위 쳐다보듯.' 형은 조심스러울 수밖에. 그리고 아직도 저런 표현을 하는 동생이 자랑스러울 수 없지만 이제는 조금 이해할 수도 있을 것 같다. 부득불 노고단에서 굿을 했던 단체나, 기필코 장승을 훼손했던 사람들의 애타는 심정을 다 알 수는 없지만 그 사연을 들었던 순간, 장분수도 그게 무슨 개고생이고, 또 오기들인가 싶었다.

"그냥~, 시간이 좀 생겨서 내려왔다니까요, 형."

"그래야, 그러면 되았고."

형제는 할 말이 많은데 서로 말을 아끼고 있다. 자욱했던 안개를 밀어낸 햇살은 어느 틈에 투명해졌다. 하늘도 형제에게 행복한 산행을 약속한 것처럼 점점 높고 파래지고 있다. 1,500고지를 오르내리는 주능선은 완만할 뿐만 아니라 전망도 빼어나다. 남쪽은 왕시루봉과 피아골이 반짝이는 물결처럼 흘러내리고, 북쪽은 만복대와 심원골이 황홀하게 내려다보인다. 고지에서 약간의 내리막길을 지나면 널찍한 풀밭의 돼지평전에 이르고, 다시 숲길을 감싸 돌아나가면 '몰두덩이'라 불렸던 임걸령에 닿는다. 눈에 먼저 들어오는 샘터는 종주산행에서 요긴하게 이용되는 쉼터다. 산행의 설렘과 기대감은 모두 다르겠지만 노고단에서부터 앞서고 뒤따르던 객들이 앉거나 서 있고, 또 출발하기 위해서 진동한동하는 그 틈으로 형제는 잠시 자리를 잡고 앉았다.

"지리산~ 첨이지?"

"오랜만에 형 말을 잘 들은 거 같은데요."

산행의 특별함 중 하나는 대화가 없어도 서로 통한다는 것이다. 동생은 생각보다 훨씬 흡족해 했다. 지리산에 처음이라는 생경함보다 산행에 임하는 형 모습이 평소와 너무 달라서 놀랍고, 노련한 리더의 풍모가 느껴지는 전문산악인 같아서 더 든든했다. 겸손이 지나쳐서 푼수 같았고, 불필요한 배려와 양보로 늘 뒤처지고, 뒤따르게 되는 형이 무지몰식해서 그냥 답답한 것도 사실이었다. 하지만 습관처럼 앞서려고만 했고, 그래서 가납사니 꼴이던 본인의 처지도 당당했을 리 만무했다. 일테면 '앞서는 것과 뒤따름, 빠름과 늦음은 비교했고 분별했기 때문에 나타난다'는 것을 동생은 지금 이 순간 여기서 깨닫는 모양이다.

"형이 산을 이렇게 좋아할 줄은 몰랐어요."

"겁나게 좋아했지. 특히나 지리산은 어리석은 사람이 머물면 지혜로워진다고 했거든."

형은 숨을 내쉬며 일어나 걷기를 시작한다. 길이 멀기 때문이다. 다음은 삼도봉이 형제를 기다리고 있을 터였다. 다시 묵언수행을 하듯 형제는 걷는다. 모든 면에서 형과는 판이하게 달랐던 동생은 집안의 유일한 희망이었다. 해서 준수하게 살기를 거부했는지 알 수 없지만, 동생과 함께 그때 그 가을산행을 할 수 있었더라면 이토록 멀리 돌아오지는 않았을까? 그것 또한 알 수는 없지만 그해 10월 28일 아침 8시께 장준수는 K대학에 있었고, 장분수는 밤 열차로 내려와 화엄사에서 종주산행을 시작했었다.

대학 캠퍼스는 여느 때와 마찬가지로 등교하는 학생들로 붐볐고. 일감호 주변은 아직도 옅은 물안개가 남아 있어서 더 없이 평화롭고. 국화전시회 기간이라 대학본관을 비롯한 주변건물은 노란국화가 만발하여 늦가을 분위기로 출렁이고. 황소상 주변에서는 몇몇 학생들이 벌써부터 노래를 부르고 있고. 또 다른 무리의 학생들은 구내식당으로 모여들고 있는데, 그들은 서울지역 타대학교 학생들이고. 분위기가 예사롭지 않음을 파악한 대학본부는 9시쯤 경찰에 그 사실을 알렸고. 하지만 경찰은 느긋했고. 그사이 학생들은 라면상자에 든 화염병을 이동했고. 다른 학생들은 정문에서 바리케이트를 치고 돌(짱돌)을 깨고 있는데도 경찰은 정문을 통제하지 않았고. 그러다 정오쯤에 정문과 후문을 비롯한 민중병원 출입구를 경찰버스(닭장차)가 둘러싸기 시작했는데. 이미 정보를 입수한 경찰은 '전국 반외세 반독재 애국학생투쟁연합'(애학투) 발족식을 기다리고 있던 상황이었고. 행사준비에 몰두했던 학생회의 홍보가 부족해 학생들 대부분은 집회의 성격이나 내용을 알지 못한 상태였는데. 하여튼 2천여 학생이 모인 집회는 13시쯤 민주광장에서 시작되었고. 준비가 엉성해 어수선했지만 행사 후반에 5공화국 정권을 지원하는 외세규탄을 외치며, 화형식을 진행할 무렵의 광장은 순식간에 분기충천했는데. 그 분위기를 틈타 학생회관까지 들어온 경찰은 예고도 없이 최루탄을 무차별 쏟아냈고. 아수라장으로 변한 광장엔 직격탄을 맞은 부상자가 속출했는데. 또한 참가 학생들은 최루탄을 피해서 본관과 중앙도서관, 학생회관과 사회과학관으로 대피해야 했고. 경찰진입을 막고자 건물출입구에 캐비닛과 책상, 의자 등을 쌓아놓고 한숨을 내쉬었는데. 그것도 잠시, 경찰이 발사한 최루탄은 건물 안으로 향했고. 실내는 가스로 가득 찼고. 학생들은 유리창을 깨부수고 난리법석을 치면서 환기를 시켜야했고. 교정은 또 한순간에 엉망진창으로 변했고. 해가 떨어지자 기온도 내려가고 바람도 차가워져서 분위기는 더 싸늘해졌고. 사태를 그냥 지켜볼 수 없었던 대학본부는 경찰에 병력철수와 학생들에겐 자진해산을 제의했는데, 그것은 소통되지 않았고. 어두워지자 무장경찰과 닭장차는 더 많아져서 캠퍼스를 촘촘하게 에워 쌓는데. 하여 행사참가 학생들뿐 아니라 도서관에 있던 학생들도, 친구를 찾아 온 타교생 등등 모두가 일시에 포위되었고. 그 학생들도 무작정 점거농성에 들어갔는데. 농성 이유도 '본의 아니게'로부터 '자의반 타의반'도 있고, '얼떨결에'와 '호기심으로'까지 가지각색일 수밖에. 아무런 준비도 없이 건물에 가둬진 학생들은 그 첫날밤을 여지없이 두려움과 공포에 떨어야 했는데~.

그 시각, 힘겹게 노고단에 도착한 장분수는 야영장에서 잠을 청할 것인가, 잠시 고민했다. 부슬부슬 비도 내리고 몸 상태까지 별로였다. 했지만 야간산행을 결정했었다. 그토록 아름답다던 가을 지리산이 눈에 찰 겨를도 없었다. 종주산행이 목적도 아니었다. 동생을 어쩌지 못하고 내려왔으니, 스스로도 역시 뭘 어찌해야 할 처지는 더욱 아니었다. 갈 수 있는 곳까지 걷고 걸을 생각이었다. 지쳐 넘어진 곳에서 비박(그때는 비박도 야간산행도 가능했지만 지금은 단속함)을 할 각오였다. 사전지식 없이 도전하게 되면 그만큼 몸이 고단할 수밖에 없다는, 무대책의 산행이었다. 그리고 구례읍에서 겨우 침낭을 마련했기에 산행준비도 허술했다. 그보다 문제는, 동생이 당장 어디로 어떻게 튈지 알 수 없었다. 아들들 때문에 발분망식할 부모를 생각하면서 장분수는 그 순간에 도저히 쪽잠도 청할 수 없었다. '너와 나는 둘이지만 너는 내가 아니고 나는 네가 아닌'데, 아버지는 그 둘을 하나로만 치니 갑갑하고 답답할 따름이었다. '이것~하면 경계이고, 저것~하면 분별인'데, 덮어놓고 동생을 탓할 수도 없었다.

"심들면 쪼까 쉬었다 가둥가?"

동생이 좀 힘들어 하는 것 같아서 형이 그랬다. 동생이 괜찮다니까 형은 다시 앞서 걷는다. 삼도봉(1,550미터)을 넘어선 것이다. 하늘은 눈부시게 푸르고, 눈물이 날만큼 화창하다. 최고의 산행조건이다. 이제는 익숙해진 산행, 그 사고 이후 지리산과의 인연은 더 깊어져 여러 차례 종주산행을 했었고, 틈틈이 계절산행도 했다. 그런 형을, 동생이 기꺼이 따르겠다니, 장분수 걸음은 더 가벼워진다. 산행은 한번이라도 더 해본 사람이 여유롭겠고, 좀 더 높은 산에 더 많이 올라본 사람이 더 능숙하겠지만, 어쨌거나 산행만큼은 동생에게 뒤지고 싶지 않았다. 삼도봉은 남쪽으로 불무장등능선이 흘러내리는 시발점이다. 한때는 날라리봉이라 했다. 전라남북도와 경상남도가 그 갈래다. 주능선의 훌륭한 망루 역할을 한다. 여기서 동쪽의 바위벼랑을 비켜서면 곧 경사가 급한 내리막길이다. 더 내려가면 화개재다. 북쪽은 뱀사골이고, 가파른 비탈을 따라 더 내려가면 뱀사골대피소다. 종주능선은 동쪽으로 이어진다. 한참 후 오르막길이 끝나는 곳에 토끼봉이 있다. 그 주변은 봄에 진달래와 철쭉이 만발한다. 여기서 남쪽능선을 따라가면 칠불사도 있고, 산행 중 조난자가 발생했을 때 비상루트로 이용되는 길이다. 토끼봉에서 형제는 잠시 쉰다.

"형은 왜 산에 다니기 시작했어요?"

"그냥 좋아서 댕기지만, 답답헐 때 오르면 뭔가 생기기도 허고, 그러드라."

"주말도 아닌데 사람이 꽤 많은 거 보면……."

할 말이 많은 것 같은데, 동생은 갈급하게 물을 넘기면서 말도 삼켰다. 힘겹다는 표정이겠지만 잠시 후면 괜찮아질 터. 그래서 다시 걷는다. 형제는 주능선을 따라 또 한참을 걸어야 연하천에 도착하게 된다. 이 길은 비교적 평탄하다. 구상나무 숲길을 내려섰다가 여러 잡목이 무성한 길을 지나면 완만한 능선으로 올라선다. 쓰러져 뒹구는 고목나무를 보면서 경사를 또다시 한참 올랐다. 잠시 절벽과 같은 계단의 벼랑길을 기어오르다 보면, 울창한 침엽수림을 지나서 명선봉에 이른다. 그렇게 내리막 흙길에 다가서면 다리에 힘도 풀리게 된다. 다행히 그곳에 연하천대피소가 있어서 힘과 용기를 충전할 수 있다. 동생은 대피소 마당의 식수에서 갈증부터 해결한다. 경험자와 동행하는 산행은 그만큼 평온할 터인데도, 동생은 잠시 흔들리는 모습이다. 형제는 여기서 느긋하게 점심을 먹으며 휴식을 취하기로 했다. 지금은 당장 바쁘게 갈 이유도 없고, 쫓아올 사람도 쫓아갈 사람도 없는 산행이다. 산행이 힘들면 능선에서 내려서면 그만이요, 종주가 어려우면 비상루트를 택하면 하산이다. 해서 두려울 필요도 없고, 서둘 이유도 없다. 산행이 두렵거나 산행을 서둘면 사고는 따르기 마련이었다. 이제 더는 억척보두처럼 살기를 고집하는 동생이 아니길 기원하면서, 주먹밥을 비롯한 음식을 식탁에 꺼내 펼쳐놓자 더 다가앉으며, 동생이 묻는다.

"형수님이 이런 음식도 하시고, 한국사람 다되셨네요?"

"고것뿐이냐, 심성도 이뻐야. 깐깐헌 우리 엄니가 그래쓰께 틀림없는디, 그래봤자 베트남 여잔디~ 허는 사람덜은 아직도 많어야. 다문화정책은 한참이나 멀어부렀고."

"그게 우리의 못난 사대주의망령이고 잔재 아니겠어요."

동생 말은 그 옳고 그름을 떠나서, 형에겐 우선 부담이었고 부정이 앞섰다. 일종의 습관이고 버릇이었다. 지금도 동생 입에서 말이 나오는 순간 가시랭이처럼 느껴지는 것을 어쩌겠는가. 동생으로 인해서 그동안 수없이 산을 넘고, 물도 건너야 했다. 그럼에도 불구하고 소통의 부재를 어쩌지 못했다. 이 세상을 바라보는 형과 동생의 시각차이고, 서로의 고단함에서 느껴졌던

삶의 무게 차이였으리라.

"출판사 일은 어쩌고?"

"요즘 한가해서요. 사실은 어렵기도 하고요."

"그럭저럭 할만허다더니, 겁나게 보깨고 힘들었능갑지? 하기는 거그라고 별 수 있것냐. 도시나 촌이나 다덜 죽것다 못살것다 난장판인디~."

동생은 사법고시용 수험서를 만들어내고 있다. 로스쿨 시행 후부터 급격한 매출감소를 감당하기 힘들단다. 그야말로 '밑 빠진 독에 물 붓기'란다. 선후배와 친구들 도움에도 한계는 있을 수밖에 없었고, 그동안에 형도 동생을 위해 할 만큼 했었다. 베트남전에 참전해서 마련한 아버지의 목숨과도 같았던 다랑이 논까지 팔아 보탰다. 뿐만 아니고, 이제는 더 어쩔 방법이 없는 처지다. 훌륭한 판사가 되겠다고, 아니 지금쯤이면 덕망 있고 유능한 부장판사 자리에 있어야 할 동생이었다. 어디서부터 어디까지, 어떻게 잘못된 판단과 오류가 작용했는지 알 수 없지만 동생의 삶은 준수하지 못했다. 시망스럽게도 기대가 컸던 만큼 실망도 컸기에, 억척스럽지 못했던 아버지는 결국 그 파고를 넘지 못했었고.

형제는 말을 더 잇지 못하고 일어선다. 연하천을 뒤로 하고 얼마 후 갈림길이 나왔다. 북쪽은 영원재로 이어지는 능선이고,

동쪽이 주능선이다. 잠시 후면 삼각봉에 올라서게 된다. 지리산 중심부의 전망대 같은 삼각봉에서 더 가면 두 개의 바위가 등을 맞대고 우뚝 서 있다. 형제바위다. 점심 탓인지 동생은 물레걸음이다. 산행이 힘든 거 당연하다. 오르게 될 산이 높으면 그만큼 골도 깊은 법이다. 올라 본 사람만이 그 맛을 느낄 수 있다는 정상에서의 상쾌함도, 그 험난한 산길과 계곡을 통하지 아니하고는 그 산에 올라갈 수 없는데 어쩌겠는가. 해서 형제바위 전설을 형이 꺼냈다. 여기저기서 들었던 이야기지만 현실감이 떨어지고 즐겁지도 못해 쑥스러운데, 동생이 숨을 후~ 내쉬며 말을 잇는다. "유혹을 이겨낸 저 바위처럼 꼿꼿하게 서 있을 수 없었던 거 죄송하네요. 형은 저 바위처럼 그 풍파 속에서도 잘 지켜주고, 잘 살았는데……." 동생이 말을 멈추고 길을 비켜섰다. 역방향 종주산행을 하는 모양인데, 몹시 지친 모습의 여성을 걱정스럽게 지켜보면서 딴청이다. 동생은 자신을 그렇게 지켜보았을 형을 생각했는지, "잘 갈 수 있을까, 잘 가겠지요?" 그러면서 형을 또 앞장 세웠다. 심약해진 동생이 안쓰럽게도 느껴졌지만 형은 내색할 수 없다. 형제바위 옆으로 더 내려가면 작은 동굴이 있는데, 연하굴이다. 연하천에서 벽소령까지는 심한 굴곡은 없다. 하지만 오르막이 있으면 또 내리막이 있기 마련. 지쳐 넘어질 듯했지만 어느 순간에 다시 기운을 챙겨서 산행을 계속

200

하게 된다. 그렇듯 장분수와 장준수 형제도 나름 세상을 걸싸게 살았다. 했지만 현실은 그래저래 답답할 뿐이다. 더구나 동생은 지리산이 처음이라 산행은 점점 부담스러울 것이다. 계속될 돌길에서는 더 피로감을 느끼겠고. 하지만 어차피 갈 길이기에 스스로 걸어야 하고, 걸을 수밖에 없다. 그래야 종주산행은 가능하기 때문이다. 그렇게 걸어서 무겁고 힘겨운 걸음으로 벽소령에 도착하면 우선은 안도의 숨을 내쉴 수 있다. 넓은 공터가 그렇고, 알 수 없는 해방감이 느껴져 시원하고 상쾌해진다. 벽소령대피소는 종주산행의 중간지점에 해당한다. 하룻밤을 쉬어갈 수 있고, 산행에 대한 갈팡질팡했었던 마음도 이제야 자신감과 성취감을 조금씩 맛볼 수 있다. 반복되는 오르막과 내리막이 있는 것은 차라리 산행의 즐거움이면서 고단함이다. 황홀하기까지 했던 단풍과 장대한 능선과 아련한 계곡이 있어서 지루함이 상쇄되는 거겠지만 어느 산에서나 종주산행은 기어코 인내를 요구했었다. 동생을 편하게 쉬도록 하고 대피소에 들러 예약을 확인하고 나왔다. 주변은 늘 새로우면서도 상큼한 바람과 그 느낌이 자별하게 다가온다. 먼저 도착한 객들은 대피소 앞 간이탁자에 앉아 느긋하게 이야기를 하거나, 힘겨웠던지 개개풀린 모습으로 여기저기에 나뒹굴듯 누워있다. 다음 대피소까지 더 가야 할 객들은 여기에 여장을 푼 모습이 부럽겠지만 또 길을 떠날 수밖에 없다. 또 다른 객들은 벌써 저녁을 먹거나, 준비하느라 취사장이 분주하다. 멀리 떠나와 낯선 곳에서 저녁놀을 보게 되면 가슴이 먹먹해지는 것처럼, 지금 이 순간은 모두에게 소중하리라. 푸르고 푸른 하늘에는 뭉게구름이 기연미연 움직여 자리를 잡아가는데, 힘겨웠던지 동생은 아직 기적이 없다. 그래, 푹~ 쉬고 일어서면 좋아지리라. 그래서 형은 동생을 위해 그럴듯한 저녁을 준비할 참이다.

점거농성 이틀째. 대학은 휴교에 들어갔고. 총장을 비롯한 관계자들이 나서서 학생들의 안전한 귀가를 경찰에 협조 요청했지만 또 소용이 없고. 경찰은 예고도 없이 오전엔 수돗물을 중단했고. 오후에는 전기까지 끊어버렸고. 학생들은 물 한 모금 마실 수 없고. 건물 밖으로 들고 날 수도 없는 공포분위기와 뭐가 어떻게 돌아가는지 알 수 없는 하루를 보내야 했고. 밤에는 극심한 갈증과 추위에 떨어야 하는 상황은 계속되었는데. 심각해진 뉴스를 보고 사방에서 달려온 학부모들이 건물 밖에서 외투와 물을 전달하려고 경찰에 애원하는 모습들이 여기저기서 보였고. 그것을 지켜보던 학생들은 '어머님 은혜'를 합창하면서 끌어안고, 울면서 비절처참한 몸부림을 쳤는데. 주변에서는 정체를 알 수 없는 차량들이 "공산당은 반드시 망한다"고 방송하면서 거리를 휘젓고 다녔고. 그것 때문에 잠깐 학생들은 우왕좌왕 흔들리기 시작했는데. 잠시 후, "애국시민 여러분, 우리는 빨갱이가 아닙니다. 우리는 민주주의를 꿈꾸는 애국학생들입니다." 한 여학생의 목소리가 애절하게 들려와 분위기는 다시 술렁거렸고. 주변의 건물옥상에 있던 주민들이 박수를 보내고 용기를 내라며 격려를 해주었기에 또 하루를 무사히 보낼 참인데~.

그 시간쯤, 세석평전에 도착한 장분수는 검덕귀신 꼴이었다. 지난밤을 하얗게 새웠을 뿐만 아니라, 캄캄한 빗속을 걸으며 여러 고비를 넘었다. 라면 하나로 점심을 때웠으니 몸과 마음은 곤죽일 수밖에. 겨우 이틀째 산행인데, 더 걷지 못할 것처럼 시르죽어 넘어졌다. 동생은 현실을 지탄하며 세상과 힘겨루기를 하고 있는데, 형은 여기까지 도망치듯 피해 왔다. 하지만 하나는 포위망에 걸려든 꼴이거나, 또 하나는 스스로 지쳐 나가떨어졌거나 해서 형제의 처지는 결국 피장파장이었다. 장분수는 그렇게 세석평전 뜰에 쓰러져 깊은 잠에 빠졌고, 새벽에 일어나 다시 산행을 강행했다. 동생이 오늘도 무사하기를, 더는 부모의 기대를 저버리지 말기를, 아버지의 바람처럼 준수한 장준수로 돌아오기를 기원하며, 장분수는 그날도 걷고 또 걸을 뿐이었다.

"우덜도 가보까, 깐닥깐닥~."

"형도 히말라야 한번 다녀오지 그래요."

"나한테 그런 날이 있쓰까 모르것는디, 트레킹이라도 한번 꼭 댕겨오고 싶어야."

　동생은 많이 부끄러웠다. 산행을 준비하면서도 그랬고, 걸으면서도 본인보다는 상대를 위하고, 1박 후 대피소를 나서기까지 형이 행하는 움직임들 하나하나가 감동이었다. 뿐인가, 산행후 서로가 힘겹고 귀찮은, 몹시 피곤한 상태지만 솔선수범하는, 밥 먹고 정리하고 주변을 살피는 등등의 모습이 습관처럼 자연스럽고 유연해서, '참 좋은 사람'이라는 말이 누구의 입에서도 저절로 나올 법했다. 그러게 누군가의 진면목을 알고 싶거든 함께 산행을 해보라는 말처럼, 그런 형을 바라보는 것만으로도 동생은 부끄럽고, 형을 무시했던 자신이 한심스럽다. 푼수 같아서 노모를 모시고 고향이나 지키는, 총각귀신이라도 면하라는 성화를 견디지 못하고 다문화결혼을 택할 수밖에 없었던 푼수는, 아직까지도 푼수처럼 마을 이장이나 하면서 사는데도 저토록 편안해 할 수 있으니……! 지금도 형이 짊어진 배낭은 훨씬 무거운데다 침낭이며 방한복까지 챙겨 둘러멨으니 힘겨울 텐데도, 오히려 발걸음은 동생이 더 무겁다. 그래서 형을 위로하고자 휘뚜루마뚜루 꺼낸 말이 히말라야였다. 그곳이라면 형의 진면목을 유감없이 받아주지 않을까 싶어서.

　종주산행에서 벽소령의 첫날밤은 모두가 꿀잠에 빠진다. 일정이 좀 고단해서도 그렇고, 들뜬 마음이 차분해진 점도 있겠지

204

만 대피소의 밤풍경은 그야말로 요란스럽다. 심한 코골이는 말할 것도 없고, 옹알이며, 끙끙 앓거나 헛소리 등등, 너와 나 없이 초저녁부터 그 모습들은 환상적이었다. 이틀째 산행은 여유가 좀 있는데도 일찍부터 수선스럽다. 하기는 그렇게 요란하게 깊은 잠에 빠졌으니 아침은 상쾌할 수밖에 없으리라. 그 기분으로 형제는 김치찌개에 '햇반'을 말아먹고 벽소령을 나섰다. 선비샘에서 동쪽의 낮은 고개를 넘고 둔덕과 같은 능선을 여러 차례 오르내리게 된다. 이 구간은 다소 위험한 곳도 있으니 차분해야 한다. 그렇게 사십 여분을 걷게 되면 그야말로 전망이 끝내주는 칠선봉(1,576미터)이다. 일곱 개의 기암기봉이 절묘한 조화를 이루어 장관인데다, 일곱 선녀가 놀고 있는 모습 같다고 붙인 이름이다. 여기서 충분한 휴식을 취하면, 또 힘들고 험준한 등산로를 만난다. 암석 봉우리를 두세 차례 넘고, 경사가 다급한 돌길이 나타나 돌과 나무뿌리를 잡고 올랐던, 등골이 서늘할 만큼 힘겨웠던 곳이었지만 이제는 계단과 안전시설물이 설치되어 그 즐거움은 줄어들었다. 그렇게 비탈길을 숨차게 올라 영신봉에 서면, 잠시지만 또 정상정복의 통쾌한 기분을 맛볼 수 있다. 그리고 장쾌한 대성골이 환하게 내려다보여 황홀해진다. 이정표에서 동쪽으로 발걸음을 옮기면 장대하면서도 평온한 신세계가 한눈에 들어온다. 그 유명한 세석평전이다. 말이 더 필요 없는 곳이지만 형은 동생을 위해 간략한 설명도 빼지 않았다. 세석대피소(1박 코스 종주산행 때 주로 이용하는 대피소)에서 남쪽으로는 거림골과 대성골로 길이 갈라진다. 북쪽능선에서는 한신계곡으로 하산하는 길이다. 산행은 배가 고프면 힘들다. 너무 당연한 건데, 때때로 그걸 까먹는 객들이 있어서 하는 말이다. 느긋한 점심에 반주까지 나누니, 요런 맛으로 산행하느냐고 동생은 궁금해 했다. 형제는 다시 오르막을 걷는다. 저기 눈앞에 봉우리가 빤하게 올려다 보이는데도, 다리에 힘이 들어가고 걸음은 더디다. 묵묵히 뒤따르고 있지만 동생도 땀을 연신 닦아낸다. 그렇게 올라서, 돌아보면 세석대피소의 수려함이 한눈에 들어오고, 이제 천왕봉은 더 가깝다. 올망이졸망이 바위들 모양이 마치 촛농이 흘러내린 것 같다고 촛대봉(1,703미터)이다. 형제는 잠시 숨을 고르고 비탈길을 내려가기로 한다.

"형도 소문은 들었지요?"

"그거시라면 난 헐 말이 아무껏도 없당께. 그러고 그거슨 그냥 뜬소문이라 생각허기로 했고. 그래서 이러케 산행이나 허자고 했던 거여."

"출판사가 어려워서, 나서겠다는 게 아니라……."

"아부지가 살아계셨다면 두말없이 너한테 직접 가셨을꺼여. 선거고 지랄이고, 절대 안된다고. 그러고 알랑가몰라~, 그때 널

휘어잡지 못해서 내가 얼마나 후회험서 살았는지?"

"저 때문에 아버지와 형이 고단했던 거 알지만……."

"알면 되았고. 천왕봉에 올라서거든 스스로 결정허등가."

드물게 형의 말투는 단호했다. 그리고 더는 무엇도 필요 없다는 듯 먼저 자리를 털고 일어섰다. 여기서는 지질펀펀한 능선 길이 계속된다. 능선은 기암과 고사목이 어울려 아기자기하고, 높고 높은 하늘의 솜털구름이 아름다워 감탄사가 절로 나온다. 그렇지 않아도 산행의 고단함이 엄습해 무너질 지경이었는데, 충분한 피로회복제 역할을 해준다. 뿐만 아니라 종주산행에서 유유자적 걸을 수 있는 무난한 구간이기도 하다. 거기다 기암괴석들이며 봄과 여름이면 야생화들이 잔치를 펼치듯 황홀한, 그야말로 신비로운 경치의 화려한 연하봉을 만난다. 이쯤에서는 온갖 시름까지 잠시 놓아버릴 수 있다. 더 지나면 평탄한 목초지능선을 거쳐서 넓고 평탄한 봉우리에 오른다. 일출봉이다. 여기부터 부드러운 흙길을 따라 십여 분을 걸어 내리면, 기대했던 2박을 하게 될 장터목대피소다. 천왕봉이 눈앞에 있는데, 한 시간 거리다. 지리산에서 노고단만큼 붐비는 곳이고, 사방으로 등산로가 열려있어서 천왕봉의 전진기지 역할을 한다. 예전에 남쪽 시천주민과 북쪽 마천주민들이 서로 물건을 교환하던 장터였단다. 지금은 등산객들 덕분에 날마다 장터처럼 소란스럽다.

형제도 대피소의 소란함 속으로 스며들어, 화창한 내일을 기대하면서 짧은 밤을 보내게 될 곳이다. 장터목의 진풍경은 저녁식사 때다. 종주산행 마지막 밤을 청하는 객과 역방향(천왕봉에서 노고단 방향으로) 종주산행을 시작하는 객의 첫 밤이라 그럴 것이다. 시작하는 쪽의 두려움과 갈무리해야 하는 쪽의 시원섭섭함이 어우러지니 요란하고, 내내 앞서거나 뒤따르며 종주를 함께했던 객들을 만나는 곳이니 뻑적지근할 수밖에 없다. 너나 할 것 없이, 잘 간직해왔던 음식과 술을 다 꺼내놓고, 거기다 자신의 무용담까지 쏟아놓으니 식사시간은 턱없이 부족하게 느껴진다. 운 좋게도 장쾌한 석양을 보면서 감탄사까지 연발했으니, 이 밤에 쉬 눈을 붙일 수가 있겠는가. 역시 동생도 늦도록 잠을 청하지 못했다. 소등 후에도 여러 차례 들락거리는 동생에게, 경험자들의 이야기(마지막 밤이고, 천왕봉 일출에 대한 기대 때문인지 늦도록 잠을 청하지 못하거나 밤을 지새우거나)로 위안하면서 다시 잠을 청했다.

그해 10월 31일. 공포 속에서 아침을 맞았던 학생들 모습은 엉망진창이었고. 추위와 누적된 피로, 갈증과 굶주림이 만들어낸 모습이라기보다 패배의 그림자가 사방에 자욱했고. 그런 속에서 경찰의 진압작전이 시작되었는데. 무장헬기가 살벌하게 대학건물 상공을 돌면서 적을 공격하듯 소이탄과 최루탄을 내

뽑었고. 그것을 신호로 경찰들은 동시에 건물 안으로 돌격했고. 쌍돌과 쇠파이프가 난무해지자 더는 캠퍼스가 아니었고. 만약에 일어날지도 모르는 투신에 대비해서 건물주변에 깔았던 매트리스에서는 이미 검은 연기와 불길이 치솟았고. 건물 옥상과 안에서는 살려달라고, 사람이 죽어간다고, 구급차를 불러달라는 절박한 비명이 터져 나왔고. 정문 밖에서 그 현장을 지켜보던 학부모들까지도 끝내는 울음을 터뜨렸는데, 진압작전은 멈추지 않았고. 고가사다리에서 소방호스로 쏟아내는 최루액을 뒤집어쓴 학생들은 이미 무방비상태고. 실신하거나 지친 학생들은 끌려나오면서도 곤봉과 발길질을 피할 수 없었고. 그렇게 건물을 차례로 진압했고. 주동자들 체포에 포상휴가까지 내걸었던 작전도 끝났고. 일부 언론은 학생들에게 공산혁명분자라고 보도했는데. 검찰은 연행자 중 부상자 등을 제외한 1천명 이상을 구속했고. 주동자로 분류된 수십 명에게 국가보안법이 적용되었던, 근대적 사법체계가 출범한 후 단일사건으로는 구속자가 최고의 기록이었다는 그 현장에 장준수가 있었는데~.

그날 장분수는 제석봉을 넘고, 통천문 근처에 도착했었다. 조금만 더, 여기서 멈출 수 없다고 자신을 다독이면서 빗속을 걷고 또 걸었다. 그리고 천왕봉 일출은 바로 눈앞에 있는 듯했다. 무모한 시도라는 걸 알면서 시작했었다. 집안의 희망이고 부모의 전부였던 동생을 설득할 수 없었던 얼뱅이 같은 형은 그 것이 최선이었다. 그것도 첫 산행이고, 종주산행이었는데, 푼 수 같았기 때문에 가능한 행동이었다. 부모의 바람이 아닐지라 도, 동생을 위해서 흔쾌히 마중물이 될 각오였으니 두려울 것도 없었다. 하지만 역시 무리였다. 통천문을 통과하지 못하고 강파 른 암벽에서 실족을 하게 된 장분수는 잠시 모든 것을 놓아버렸 다. 마치 고단한 잠을 자고 일어난 것 같았다. 내리던 비는 멈췄 고, 저 멀리서 별은 총총했다. 한데 몸은 바위에 눌리거나 혹은 틈에 낀 것처럼 꼼짝할 수가 없는데, 추위가 느껴졌다. 순간 침 낭이 생각나서 다시 움직였다. 추위보다 더한 아픔이 다가왔다. 겨우 정신을 차렸더니, 바위틈에 거꾸로 처박힌 꼴이 어둠속에 서도 위태롭게 느껴졌다. 에어백 역할을 했을 배낭과 침낭 덕분 에 황천길을 면했던 것이다. 얼굴과 팔이 욱신거리고 발목에서 도 심한통증이 느껴졌다. 문제는 당장 벼랑에서 중심을 잡아야 했다. 조심스럽게 몸을 움직여 균형을 잡고, 낭떠러지에서 허덕 지덕 벗어났다. 그러나 발목이 덜렁거렸다. 더는 움직일 수 없 어서 젖은 침낭으로 추위를 감당하고, 허기와 두려움은 푼수 같 았던 단순함과 어리석음으로 그 어둠속을 버티다, 구조돼 살아 났고~.

천왕봉 일출은 3대가 덕을 쌓아야 볼 수 있다 그랬다. 애당초 그 일출을 보기로 한 종주산행이어서 형제의 새벽도 부산할 수밖에 없다. 형은 컵라면으로, 동생은 커피와 찹쌀떡으로 식사를 해결하고 출발했다. 지난밤 이야기가 여운에 남았던지 동생이 입을 연다.

"형이 실족했던 그곳을 보고 싶은데요."

"여그서 쪼까 더 올라가면 되는디, 어째서?"

"그냥~. 그러니까 그 새벽에 형제가 옥상과 비탈에서 추위와 공포에 떨었다니까, 반실이들이 따로 없었다 싶고, 생각도 많아지네요."

"옥상에서 뛰어내리다 다리가 뿌러진 너 덕분에 나는 그냥저냥 고비를 잘 넘었지만, 그때게 하필이면 둘 다 다리몽뎅이가 그랬는지 귀신이 곡할 노릇이었고, 하여튼지 그거시 그때는 우덜한테 그나마 전화위복이었을 거시여."

"그때 그 산행이 형한테는 길잡이였다 그 말이네요."

"너도 그 옥상에서 겁나게 많은 것을 얻었고 또 잃었을 거신디, 그때게 아부지와 나는 오로지 하나밖에 볼 수가 없었시야."

할 말이 참 많았을 동생이다. 그러나 쏟아질 듯 반짝이는 총총한 별빛에 홀린 것처럼 말을 잇지 못한다. 형은 동생의 헤드랜턴을 챙겨주고 앞장선다. 장터목에서는 시작부터 경사가 급하다. 그 고개티에서 벗어나면 제석봉 일대의 고사목지대를 지난다. 본래 이곳은 아름드리 전나무, 잣나무와 구상나무 등이 울울창창 뒤덮고 있었다. 하지만 정치적 목적의 대규모 도벌로 그것들은 잘려졌다. 그것이 여론화되자 도벌의 증거를 없애려고, 불을 질러서 세월이 그렇게 흘렀는데도 지금처럼 몰골이 앙상하다. 당시 그 목적이 무엇이든, 훼손된 자연은 상처가 깊을 수밖에. 제석봉은 나무가 없다보니 흙탕물이 쏟아져 내리기도 하고, 등산로도 제멋대로였는데, 지금은 그나마 정비가 잘됐다. 이정표에서 철사다리를 타고 내려서면 암벽 비탈길이 좌우로 이어진다. 톱날능선이라 불리는 곳이다. 거리는 그리 멀지 않다. 다시 산마루가 움푹 들어간 곳에서 벗어나 숲 사이 길을 얼마간 오르면 통천문에 이른다. 형이 먼저 도착해 동생을 내려다본다. 그 시절, 그때 동생의 부러진 다리는 치료과정도 결과도 좋지 않아서 장애를 얻었다. 하지만 힘겨워하면서도 묵묵히 걷고 있는 동생의 앞날이 무난해지길 기원할 뿐이다. 동생이 능선 아래를 내려다보며 눈치로 묻는다.

"저긴디, 시방은 별것도 아니다만 그때는 겁나게 험해썼든 모냥이드라."

"그랬겠지요? 그 시절이, 형이나 아버지한테는 별거 아닐 수 있었겠지만 우리들에겐 심각했거든요. 학생들 전방입소 훈련거부와 팀스피리트 반대투쟁이 그랬고, 금강산댐 물을 방류하면

63빌딩이 절반까지 잠긴다고 수몰 공포분위기를 만들어, 코흘리개들 저금통까지 훑어내 평화의 댐을 건설해야 했던 시국이, 그때 우리들에겐 별거였거든요."

"아직도 그 시절을 탓할라고?"

장준수가 말없이 앞장을 선다. 내내 뒤따르던 동생이었다. 정상이 멀지 않았고, 다시 시작된 새벽이기에 새롭고 싶었으리라. 그랬다, 사람은 변하기 마련이다. 장분수는 벌써 동생을 앞세우고 싶었다. 그래야 옳았고, 지금부터는 그러해서 준수해지기를 바랄뿐이다. 하여튼 여기는 통천문, "부정한 사람이나 죄 많은 사람은 통하지 못한다"는 하늘로 오르는 길목이다. 깎아내린 듯 암벽 사이로 통로가 있다. 전설의 통천문을 통과하면 잠시 평탄한 길로 이어진다. 물론 또 한 차례 고비의 거대한 암벽 비탈과 만나고, 이 벼랑지대를 올라서도 천왕봉까지 바위덩어리와 함께하는 길이다. 정상 조금 못미처 칠선계곡으로 내려가는 길이 있고, 또 헬리포터도 있다. 이제는 상쾌하고 통쾌한 분위기가 느껴지는지, 장준수 걸음이 더 빨라진다.

해발 1,915미터 천왕봉은 지리산 정상이다. 그리고 표지석 앞면의 '한국인의 기상 여기서 발원되다'란 문장을 보는 순간, 누구나 그 나름의 전율을 느끼게 된다. 장분수는 동생의 진정한 '이 순간~' 지금 이 순간을 여기서 보고 싶은데, 장준수는 자신이 힘들게 올라왔던 곳을 망연히 내려다보고 서 있다. 천왕봉이 하늘을 떠받치고 있다는 그 기둥天柱을 찾으려는 것처럼. 희붐한 천왕봉을 향해서 잠시 후면 찬란한 태양이 솟아오를 터였다. 그해 10월의 마지막 날에 볼 수 없었던 물먹은, 그 태양 말이다. 형제는 지금 막 산을 넘었을 뿐이고, 이제부터는 그 깊이를 알 수 없는 물을 건너야 하는데…….

* 단편소설「산 넘고 물 건너」는 '지리산 가이드'와 '실록민주화운동'을 참고하였다.

제사 덕에 이밥? _ 우리 고향 8

동짓달 스무 이렛날 분주스럽던 하루해가 저물고 있습니다. 어머니는 오후 내내 안방과 부엌을 들락거리며 제물과 제기를 손질하느라 여념이 없었답니다. 그것으로도 부족해 지금도 안방에서 이리저리 꼼꼼히 닦고 또 살피고 있는데, 일테면 둘째아들 내외를 기다리며 애태우는 모습입니다. 내려온다고 해도 제사상이 차려질 쯤에나 도착할 겁니다. 오지 못해도 그뿐이고요. 사는 것이 신산스럽다는 이유로 명절이나 조부모 제사에 늘 내려오지 않았으니까 기대도 하지 않았고, 아버지 제사에도 빠진 해가 더 많았으니까 기약 없는 기다림이나 마찬가집니다. 사실은 작년에도 참석하지 않았던 동생이고, 그래서 오거나 말거나 그냥저냥 무던해진 줄 알았습니다. 꼭 다녀가라고 전화를 하더니, 아이들 때문에 힘들면 혼자라도 내려오라고 어머니는 며칠 전부터 신신당부를 하는 것 같았습니다. 뿐만 아니라, 목욕탕~ '목'자만 꺼내도 놀라며 질색했던 당신 큰며느리를 어떻게 구워 삶았는지, 어머니는 며느리를 앞세우고 새벽에 읍으로 나가 목욕까지 다녀왔습니다. 물론입니다, 어머니 성화를 견디지 못할 터이고 해서 장분수도 점심 때 잠깐 다녀왔네요. 제사음식도 명절 때 만큼을 준비하는 것 같았고, 이것저것 수선스럽게 챙기는 어머니가 좀 부담스럽기도 했습니다. 각시도 그걸 눈치로 느꼈는지 구시렁거렸습니다. "사람이 변하려면 느닷없는 지꺼리를 한다고, 엄니가 지금 꼭 그러는 거랑께요." 베트남에서 온 며느리니까 말투가 좀 거시기해도 양해해주셔요. 하여간에 옛날 같으면 집안어른들이 모여들 시간인데, 그리고 아침부터 지지고 볶는 소리와 냄새로 집안이 요란스러울 터였고, 손끝이 야물고 틀림없었지만 제사음식을 준비할 때만큼은 늘 긴장을 했었는데, 어머니는 지금 혼자서 마냥 저러고 있습니다. 물론 아버지 제사라고 준비를 소홀히 할 어머니도 아니지만 어쨌든지 여느 때와는 많이 다른 모습입니다. 뭐 마려운 강아지처럼 토방과 우사를 왔다 갔다 하며, 어머니 눈치를 살펴야했던 장분수가 안방을 향해 조심스럽게 입을 엽니다.

"엄니, 방애간에서 떡쌀을 갈아왔는디 어쩌까요?"

"워쩌기는 어째야~, 시리에 떡가리를 안쳐서 쪄야제. 시방 나갈텐께, 광에서 과실바구리도 내다놔야 허고, 반찬도 꼬챙이 끼어서 찌고 그래야 헐거신디, 정신을 빼놓고 어쩔라고 내가 이러고 있능가 모르거따이."

어머니가 남 이야기하듯 하면서 마루로 나오시네요. 역시 뭔가 결심이라도 한 것처럼 평소의 차분하면서도 강단이 있었던 모습은 아닙니다. 물론 장분수 욕심이겠지만 이태 전에 팔순을 넘긴 어머니가 늘 괄괄하고 팔팔하기만 바라는 것도 무리겠지요. 각시도 눈치가 빤해서, 그러는 시어머니 분부를 받잡고자 한걸음 더 다가서며 묻네요.

"생선은 어떠케 해요, 엄니?"

"그 채반도 이리 가꼬 나와야, 여그서 손질허게. 우선은 떡가리부터 안치끄나."

어머니가 자리를 잡고 앉았습니다. 양은시루의 바닥구멍은 생고구마를 절편으로 썰어 막고, 그 위에 팥고물을 펴고 떡가루를 깔아서 한 켜씩 시루떡을 안쳤습니다. 제사 한두 번 모신 솜씨도 아니고, 손도 빨라 어머니 혼자서도 잠깐이면 끝날 터였습니다. 그런데도 지켜보는 며느리는 우왕좌왕이고, 그럴 수밖에 없는 각시가 안쓰러워 장분수도 좌불안석입니다. 실은 분위기를 맞추는 척 할뿐이지, 아들과 며느리는 할 일도 별로 없습니다. 제사음식은 뭐니 뭐니 해도 정성이라며, 손수 장만하고 손질해서 준비했던 어머니를 오늘날까지 지겹도록 지켜봤습니다. 기왕에 나온 말이니 죄송하지만 한 말씀 더 붙이겠습니다. 할아버지 때 폭삭 망한 종갓집, 그 집 "종부로 시집와서 징허게도 고생만 허고, 지랄나게도 바쁘게 살았다"며, 입버릇처럼 불평불만이면서도 열서너 개가 넘었던 제사를 놓치거나 잊어버리지 않고 정성이 뻗치도록 잘도 지냈습니다. 뿐만 아니라, 벌써 며느리한테 그것들을 넘겼어야 할 세월인데도, 반거충이 같은 큰아들을 돕겠다는 이유인지 아니면 아직도 일부종사 그 몫을 다하겠다는 뜻인지, 오늘까지 붙잡고 계신답니다. 정갈하게 미리 닦아놓은 사과, 배, 감, 곶감, 대추, 밤 등을 담은 대바구니를 장분수가 들고 나오면서 과하게 놀라는 표정으로 그럽니다.

"아따~ 과실이 겁나게 많은디! 엄니~ 동네잔치를 해도 쓰것네요."

"여그저그 나나서 묵을라고 쪼까 더 샀응께, 낼 아침밥은 우리집서 잡수자고 동네사람덜한테 일찌거니 기별해. 방송으로 다 허등가. 징허게도 춥고 배고프던 시절에는 집안어른들이 만응께 음식을 갈라서 묵기가 심들었는디, 시방은 올 사람도 읎고~. 나도 언제 죽을랑가 모릉께야, 이참에는 꼬옥 그래야 쓰거드랑께."

친척뿐만 아니라 동네사람도 몇 없는데, 그리고 옛날처럼 떡이며 고기가 귀한 음식도 아닌데, 어머니 생각이 그러하다니까 반대할 이유는 추호도 없습니다. 이유가 있어도 어머니 고집을 꺾을 수 없고요. 하여튼지 음식이 귀하고 배고플 때는 제사가 많았던 분수네를 부러워하는 친구들도 더러 있었습니다. 그랬지만 지지리도 없는 살림에 꼬박꼬박 제사를 모셔야 했던 어머니 불만을 장분수는 어린 시절부터 보았고, 그래서 친구네처럼 하자며 쥐뿔도 모르고 졸랐던 시절도 있었네요. 그런 애달팠던 사연을 알 턱이 없는 각시는 지금 뭐라도 배워볼 요량으로 이리저리 기웃거리며 묻는데, 어머니는 오히려 데면데면합니다. 미리 손질해서 물기를 뺀 조기, 명태, 죽상어, 병어, 홍어, 낙지호롱 등등이 가지런히 놓인 채반을 두 번째 들고 오면서 각시가 또 묻네요.

"엄니, 생선~ 이러케 마니 다 어떠케 해요?"

떡시루를 가스레인지에 올려놓고 떡이 잘 쪄지도록 기도하는 것처럼 한참을 서 있었던 어머니가 이번엔 생선을 끌어당기면서 그러시네요.

"그러고봉께 만웅것도 가튼디, 어쩌것냐 너랑 나랑 맛나게 다 묵어야제. 쓰잘데기 없는 걱정은 허지 말고이~, 어멈은 굿이나 보고 떡이나 묵든지 그래야."

평소와 다르게 어머니는 말투도 시원할 뿐 아니라, 모처럼 수다스럽기까지 합니다. 그래서 그런지 장분수 내외도 기죽은 눈치는 아니네요. 아버지가 좋아했다는 꾸덕꾸덕 마른홍어를 손바닥크기로 썰어 꼬챙이 두 개씩을 꿰어놓고, 조기도 하나하나에 그것을 끼웁니다. 생선을 찔 때 모양이 망가지지 말라고 끼우는 것인데, 제사 때마다 대나무 베서 그 꼬챙이 만드는 것 또한 번거롭고 힘겨워 여러 번 짜증내고 그랬습니다. 뿐만 아닙니다. 알밤도 예쁘게 깎아 파는 걸 사오면 그만인데, 초저녁에 꼭 생밤을 치도록 해서 물에 담갔다 제사상에 올렸습니다. 어머니가 내밀기 전에 장분수는 밤 봉지와 과도를 챙겨서 자리를 잡고 앉으며, 엉거주춤 서있는 각시를 향해 그럽니다.

"우리엄니가 오늘은 아부지한테 헐 말쓰미 많으신 거 가터요. 그렁께 추석 때보다 음식도 많이 허고, 목욕이다 뭐시다 요러케 수선을 피시는 것 아니것써요."

"엄니, 무슨 좋은 일이라도 있써요?"

"존 일인지 나쁜 일인지는 나도 모르것는디, 워쩌든지 느그덜한테는 씨잘데기 읎는 지꺼리를 더 안시킬라고야. 나도 인자부터는 심들어서 더 못허것당께."

각시가 어머니 눈치를 살피며 묻자, 기다렸다는 듯 어머니가 알 듯 말 듯 한 대답을 그렇게 하네요. 그러면서 긴 꼬챙이를 낀 명태 중간부터 머리와 꼬리 쪽을 지푸라기로 묶는데, 역시 노련하십니다. 저렇게 빈틈이 없고 깔끔할 뿐 아니라 재빠른 동작을 누가 흉내 낼 수 있으며, 어머니 눈에 찰 만큼 할 수 있겠습니까. 더구나 물 건너온 큰며느리에게는 더 바랄 수도 없는 처지요, 서툴지만 잘 배워서 해보겠다고 각시가 나섰지만 어머니가 극구 마다셨습니다. 장가도 못가고 늙을까 걱정이 태산 같았는데, 천리타국으로 건너와서 당신 아들하고 살아주는 것만으로도 감지덕지랍니다. 뿐인가요, 여기저기서 젖먹이를 두고 도망을 갔느니, 이런저런 이유로 사느니 마니 난리들로, 벌써부터 다문화가정의 아픔들이 사방에서 터지는 판국인데, 뭘 더 바라겠습니까. 내 딸부터서도 싫어했고, 시집가서 제사 모시겠다는 젊은 여자들이 요즘 몇이나 있겠냐며, 일찍 체념했던 어머닙니다. 더욱이 장손인 장분수도 달랑 딸 하나뿐이라 더 기대할 것도 없어졌습니다. 기왕지사 말이 나왔으니 더 해보겠습니다. 초등학교 때부터 단짝 소꿉친구였던 건넛마을에 살았던 여자애는 제사가 많았던, 제사 덕에 쌀밥을 자주 먹는다는 장분수를 많이 좋아했습니다. 하지만 제사 때문에 소란스럽고, 때로는 다툼이 생기고, 손에 물마를 날이 없고, 비린내 가실 날이 없다고 불평했던 어머니를 위로 한답시고, 친구네 엄마처럼 교회를 나가

자고 졸랐던 기억은 아직 생생합니다. 그때는 배가 고파서 그랬는지 알 수 없으나, "우리 동네 머시마 중에서 젤은 장푼수랑께. 나 크면 푼수한테 시집 갈꺼시여." "워따~ 이 가시나가 못헐 말이 업그만, 머리빡에 피도 안 마른 거시." 서로 그러면서 성장했습니다. 장분수도 제사가 좋았던 것은 딱 그 시절뿐이었을 겁니다. 역시 가난 때문이었을까요? 여자라는 이유로 중학교를 겨우 졸업한 단짝은 도시로 떠납니다. 공부로 보나 똘똘함으로 보나 단짝보다 훨씬 못했던 장분수는 공부도 별로요, 고등학교도 가기 싫은데, 부모의 강압으로 '농고'라도 가야했습니다. 그 후로도 촌놈 푼수는 오매불망 단짝뿐이었는데, 도시물을 먹으면서 변하기 시작한 그녀는 장분수를 무척이나 애터지게 했었습니다. 명절 때뿐만 아니라, 가끔 나타나서도 본체만체요. "야~ 이 가시네야, 그거시 옷이여 머시여?" 그러면, "이런 촌놈이~! 푼수야, 나는 말이여 죽어도 이 촌구석에서는 안 살란다이, 아니 못 살어야." 그랬습니다.

"아범, 시방 멋허고 있당가? 밤치다가 그 손꾸락 짤라묵게 생겼네. 어따가 넋을 다 빼내불고 저러고 이쓰까이."

"엄니도 차암~ 천지가 다 먹을 거신디, 내 살점 짤라먹것써요. 밤은 그만 치고, 나는 들어가서 축문하고 지방이나 쓸랍니다."

생각하고 싶지 않았던 기억들이 장분수를 잠시 아프게 했는데, 어머니가 그만 잡아주시네요. 어머니도 그 시절을 잊지 않았을 터입니다. 푼수처럼 물러터진 아들 탓인지 잘 알면서도, 한때는 그 여우같은 단짝 그것이 밉더랍니다. 장분수는 덕분에 서둘러 안방으로 들어와, 〈아아~ 이장 장분수여라우. 저녁들은 만나게 다 잡샀지라이? 바깥 날씨가 무장 쌀쌀해진께 문단속 잘 허시고요, 낼 아침은 밥허지 말고 우리집으로 다 오서라우. 제사밥 나나 잡수게요. 아~아, 한 번 더 알려드리……〉 평소 같으면 오토바이로 휘익 돌았을 텐데, 날도 날이지만 꿰가 나서 방송으로 알렸습니다. 하여튼지 지나간 일인데도 아직까지 뻥 뚫려진 듯 마음 한구석이 허전했습니다. 그 시절에 다 팽개쳐버리고 도망치지 못했던 푼수마음을 어느 누가 알아주기나 했겠습니까. "사람은 분수를 알아야 하고, 분수에 맞게 사는 것이 우선"이라고 딱지가 앉도록 강요한 아버지 덕분에 오롯이 혼자서 감당하기에는 철도 없었고, 꾀도 부족했던 때였습니다. 어쨌든지 소원대로 그녀는 도시사람 만나서 만사형통하다니까 잘된 일이긴 합니다. 그러게 "사람은 서울로, 서울로~"라고 했겠지요. 하오나 요즘 들어서 지지리도 못났던 촌놈 장푼수가 보고 싶다는 핑계로, 혹은 귀농이니 귀촌이다 하면서, 우리동네, 우리 고향~, 그리운 내 고향을 찾아내려왔다는 친구들이 하나 둘씩 늘어나고 있어서, 그 또한 영문을 통~ 모를 지경입니다.

"오메, 우리 엄마가 시방 뭔 일이 나부렸그만!"

"저 가시나가 어째따고 호들갑이랑가? 호들갑이~."

"아니~ 그 머리가 뭐시냐고, 옴마?"

"빠마해따고 어뜬 구신이 날 잡아묵기라도 헌다디야. 머시 어쩐다고 그 지랄이여~."

여동생이 내려온 모양입니다. 역시 여자들 눈은 변화를 그냥 놓치지 않네요. 동생은 어머니 쪽머리가 바뀐 것을 순식간에 알아보았습니다. 천하태평 장분수는 각시가 눈치를 했는데도 그 변화를 알지 못했거든요. 태어나서 지금껏 늘 보았던 어머니는, 머리를 틀어 올려 비녀를 꽂아 쪽을 찐 모습이었습니다. 한 때는 머리숱이 많아 두 주먹크기의 쪽진 머리가 동백기름을 바른 것처럼 윤났을 뿐 아니라, 대갓집 며느리와 정경부인의 품위도 부럽지 않았을 만큼 예쁘고 자랑스럽기도 했었습니다. 그랬던 머리칼은 그 사이에 엉성하고 헐렁해져서 영락없는 시골노인네 꼴이라고, 동생이 유혹도 하고 때로는 협박도 했습니다. 제발 헤어스타일 좀 바꾸자고요. 뿐이겠습니까, 소갈머리가 없었을 때는 어머니 머리칼이 듬뿍이 빠져서 엿을 더 많이 바꿔먹을 수 있었으면 했어요. 해서 할머니가 있었던, 그래서 엿을 자주 먹을 수 있는 친구가 부럽기도 했던 푼수였습니다. 어쨌든지 아침에도 상상하지 못했던 모습을, 그것도 오늘 낮에 느닷없이 그 변화를 눈치챌 수는 없었습니다. 뿐만 아니라, 무엇보다 하루아침에 당신 머리모양을 바꿔버린 어머니가 너무도 천연덕스럽게 그랬습니다. "여짓껏 쓸데없는 지꺼리를 해써야. 팔자에 읎었던 부귀영화는 애시당초에 바러지도 안해썼고, 그만고만 해쓰면 나도 헐만큼은 했당께. 머리털이 다 빠져불도록 내가 조상님덜한테 해쓴께야, 느그덜은 인자부터 펀허게 살아도 되야야."

그러면서 어머니가 머리에 쓴 수건을 벗었는데, 푼수 같은 아들은 먼 산을 바라보듯 했습니다.

"빠마를 해서 이쁘기는 헌디, 나는 어째서 우리엄마가 아닌 거 같으까. 오빠는 어쩌요? 우리엄마가 겁나게 거시기해 보이기도 허고 그런당께는······."

"머시 어째서야! 나는 암시랑토 안허구먼."

"워매매~ 우리오빠도 머슬 잘못 먹었능갑네이."

"엄니가 좋아서 헌거신께 그만허고야, 바쁘고 일도 많을 거신디 내려와서 고맙고, 식구덜은 다 건강허지?"

"목구녕에 거무줄 칠 일이야 업것지만 우리엄마가 한 번 댕겨가라는디······."

시집갔으면 그 집 귀신이어야 한다며, 하나뿐인 딸에게 모질게도 친정집 내왕을 막았던, 요즘 세상에 보기 드문 어머니였는데, 여동생까지 불러 낸 모양입니다. 실은 베트남 며느리를 본 이후부터 어머니는 동생하고 통화도 자주하고, 그 모질음도 서서히 무너지기 시작했으니 충분히 그럴 수도 있었겠지만 아버지 기일에는 처음 참석하나 봅니다. 여동생과 각시는 지금 베트남어와 한국어를 반반씩 섞어서 수다스럽게 조잘거리고 있네요. 언젠가 말했듯이 베트남에서 파견근무를 했던 여동생 덕분에 촌놈 노총각신세를 면했고, 또 덕분에 다문화가족들이 겪는다는 아픔을 푼수네는 많이 털어냈고, ㅇㅇ군과 ㅇㅇ도에서 '모범 다문화가족'상을 받았을 만큼 잘 살고 있답니다. 하지만 애통하게 다문화 며느리들도 우리 농촌이 싫다고 도시로 떠나거나, 도망치는 일들이 요즘에 많아져서 또 다른 문제가 생겨나고 있습니다. 각시도 그 심각성을 누구보다 잘 알기에 여기저기 더 찾아다니며 교육도 하고, 상담도 해주는 모양인데, 어린신부들과는 벌써 세대 차이를 느낄 만큼 사고와 행동이 달라서 한계라는 말을 자주 털어놓습니다. 그러면서도 더 줄기차게 그들을 만나고 돕고 있답니다. 대한민국을 위해서요. 그렇듯 요즘 우리농촌의 다문화가족들에 대해서도 할 말들이 많은데, 푼수처럼 각시 자랑만 하는 것 같아서 그만하렵니다. 이제는 제사지낼 준비를 해야겠습니다. 마침 딸 장하나가 대문간으로 들어서며 학교 다녀왔다고 인사를 하네요. 고등학교 진학을 앞두고 보충공

부를 하고 있는데, 무섭게 하는 중입니다. 엄마들 치맛바람 덕
분에 대한민국이 지금 이만큼 살 수 있는 거라며, 각시가 부러
워하고 강조했던 교육을, 역시 그렇게 실천하고 있는데, 다행스
럽게도 딸이 잘 따르고 있답니다. 하여튼지 지난 일이긴 합니다
만, 하나뿐인 장하나가 딸이 아니고 그나마 아들이었으면 어머
니가 좀 덜 섭섭하셨을까요? 말로는 손녀면 어떻고 손자면 어뗘
냐고 배포 크게 물러났던 어머니였지만 표정이 결코 밝지는 않
았습니다.

"오메, 우리 하나가 이러케 이뻐저부렀네이. 키도 겁나게 커
불고……."

"고모~."

동생이 달려들어 끌어안고 수선을 피우는 통에 장하나는 말
끝도 맺지 못합니다. 오빠가 사는 꼴이 아름차서 그러는지, 아
니면 조카가 안쓰러워 그러는지 모르지만 별난 관심이고 표현
입니다. 외모나 피부색으로는 그 차이를 조금도 느낄 수 없는
데, 장하나가 보통의 아이들과는 그 출생이 다른 때문에 그러는
걸까요? 아직까지 순혈이나 단일민족을 따지는 그런 사고방식
으로 이 세상을 살았던 동생이 아니라는 사실을 알면서도 설마
가 사람 잡는다고, 푼수 같은 마음이 잠시 흔들렸습니다.

"성님, 분수아부지 지사지낼 차비는 다 해찌라이?"

"헐거시나 머시 있당가, 탕국에 메나 대충 올리고 말거신디."

"허네마네 해도 야무진 성님이 장만했을 거신디, 애징간헐납디여. 그나저나 올해도 준수네 식구덜은 안보이요이? 그래서 공부 마니허고 즈그만 잘난 줄 아는 자석놈덜은 다 쓸모가 업당께요. 그 자석덜이 웬수여라우. 남편복이 업쓴께 자석복도 업써불고, 또 손주복까지 업능가, 환장헐~ 이노므 팔자는 염병허고 하루도 펜헌날이 업쏘야."

이웃에 사는 후배 어머니가 제사상에 올리라고 1.8리터짜리 막소주 한 병을 들고 오셨네요. 여동생 인사를 받고는 "나는 으째서 너가튼 딸도 하나 업쓰까 모르것당께~" 하면서, 오늘은 그나마 장분수 내외만 아니라서 다행이라는 뜻으로, 당신 아들과 손자까지 끌어와 팔자타령입니다. 아직도 시골생활에 적응하지 못하고 속을 썩이는 손자 때문에 머리가 아프고, 이혼 후 자식이 혼자 몸으로 동가식서가숙하고 있다는 말을 전해들은 후부터 농약병을 품고 산다는 후배 어머니가, 해마다 잊지 않고 이렇게 들리셨답니다. 언젠가 말했듯이 시골 노인들은 실패한 자식들 때문에 또 다른 아픔을 견디느라 죽을 지경입니다. 후배 어머니처럼 조손가정으로 팍팍한 삶을 살고 계시는 노인들이 많아지고 있어 안타깝습니다. 마치 고향 시골을 도피처나 피난처로 여기고, 만만한 것이 우리 고향이라는 듯, 만무방처럼 들락거리는 요즘의 세태가 꼴도 아니고 말도 아닙니다. 거기다가 귀농과 귀촌까지 뒤섞여서 똥인지 된장인지 구별도 못하는 사람들이 내려와 우리농촌을 멍들게 하는 것 같아서, 걱정이라 그 말입니다. 부엌에서 어머니와 약주 한잔씩 나눠 마시고 후배 어머니는 굴속 같다는 당신 집으로 건너갔습니다.

이제는 제사를 지내야겠습니다.

기제사 지내는 방법은 지역이나 가정마다 조금씩 다르고 차이가 있다는 것쯤은 다 아시지요? 장분수는 아침 일찍, 어머니가 평소 신주단지 모시듯 보관해 왔던 병풍, 제기, 왕골초석, 교자상 등등을 정리정돈해서 안방으로 옮겨놓았습니다. 놋그릇을 사용했던 시절, 어머니가 동지섣달 부엌바닥에 앉아서 기왓장가루를 묻혀 볏짚으로 그걸 박박 문질러 닦았던 모습은 지금까지도 생생합니다. 때로는 눈물인지 콧물인지 알 수 없는, 그것을 감추기 위해 손 시리다는 핑계로 시선을 피하기도 했었고, 은비녀를 팔아 제사준비를 했다는 일화부터, 어머니를 눈물 나게 했었다는 그 어렵던 시절을 너무 빨리, 그리고 너무 많이 잊어버린 것은 아닌지 죄송스럽기도 합니다. 하지만 언젠가 남원 목기 장사가 마을에 나타났는데, 통 크게 제사용품 일체를 들여놓고 좋아했던 표정도 잊을 수가 없습니다. 장손한테 물려줄 큰 재산이라며 소중하게 다룰 것을 다짐받듯 아끼던 물건입니다.

그런저런 덕분이겠지만 관혼상제 중에서도 제례만큼은 풍수소리를 듣지 않고도 모실 수 있겠는데, 뿐이겠습니까? 어머니가 당장 물려줘도 잘 해낼 수 있겠는데, 어머니는 그럴 마음이 전혀 없다고 그러십니다.

하여튼 장분수는 우선 윗목에 초석을 펴 깔고, 여섯 폭 병풍을 치고, 그 앞에 교자상을 폅니다. 제사상은 신위가 북쪽에 위치하고 제주는 남쪽에 서며, 제주가 바라볼 때 오른쪽이 동쪽이고 왼쪽이 서쪽입니다. 어머니가 정성으로 준비해준 제수는 차분하고 조심스럽게 진설해야 합니다. 신위 쪽부터 1열은 '반서갱동'으로 밥과 탕국을 산 사람과 반대로 놓고, 2열은 '어동육서'로 구이, 전, 고기 등의 주 요리를, 3열은 떡이나 탕 등의 부 요리를 놓습니다. 4열은 나물이나 밑반찬류 등을, 5열에는 '홍동백서'로 과일이나 과자류 등의 후식을 올립니다. 아버지가 돌아가신 후, 명절이나 기제사의 제례가 많이 간소화되었는데, 장분수는 지금도 한참 더 줄여야 한다고 투덜거렸지만 돌아오는 것은 어머니 핀잔뿐이었습니다. 그랬던 어머니 앞에서도 언젠가부터 지금 이렇게 제사지내는 시늉만 하는 것처럼 간편하게 하고 있답니다. 분향재배(제주가 무릎을 꿇고 향불에 분향을 한 뒤 2번 절함)와 강신재배(신위께서 강림하여 음식을 드시기를 청하고 술을 잔에 차지 않도록 올린 후 2번 절함)는 해야겠지요. 다음의 참신, 초헌, 독축, 아헌, 종헌은 생략합니다. 다음은 계반삽시(밥그릇 뚜껑을 열고 숟갈은 동쪽을 향해 꽂고, 젓가락은 세워서 대접바닥에 3번 소리가 나게 두드린 뒤 고인이 좋아했던 음식 위에 나란히 올림) 후에 첨작(덜 채운 술잔에 제주가 잔을 채움)을 합니다. 그리고 합문, 계문도 생략하고, 헌다(숭늉과 탕국을 바꿔 올리고, 밥을 조금씩 3번 떠서 말아놓고, 숟갈은 숭늉그릇에 담가놓음) 후에 사신(참석자 모두 2번 절하고 지방과 축문을 불태움)을 하고요, 음복(복된 음식이라 여기고 시식을 함)을 하고는, 철상(상 위에 진설된 제수를 걷음)을 합니다.

어머니가 방안으로 들어왔습니다.

마루에서 제사지내는 모습을 이리 저리 지켜보던 어머니가 들어와 퇴주그릇에서 술을 따라 꿀꺽 꿀꺽 마시고 입맛을 쓰게 다셨습니다. 기다리고 기다렸던 둘째아들 내외는 올해도 역시 나타나지 않았던 때문일 겁니다. 여동생이 있어서 장분수는 한결 든든했는데, 어머니는 그렇지도 않은 모양입니다. '원님 덕에 나발 분다'고, 제삿날은 좀 시끌벅적해야 배고파 허공을 떠도는 동네귀신들도, 길 잃고 헤매는 주인 없는 귀신들도 슬쩍 다녀가는 법인데, 어머니 숨소리가 마치 한숨처럼 들려올 지경입니다. 뿐만 아니라, 예전엔 제사가 끝날 무렵이면 문간이나 마당에 바구니가 두세 개씩은 던져져 있기 마련이었어요. 동네 형들이나 누나들이 모여 놀다가 제사음식을 받아다 나눠먹는 풍습으로, 넉넉하지 않았지만 술과 음식을 담아 문간에 그 바구니를 내놓으면 서로 먼저 가져가려고 요란스럽기도 했습니다. 방안도 소란스럽기는 마찬가집니다. 자정이 훨씬 넘은 시간인데도 집안어른들은 음식을 먹으며 이야기꽃을 피우고, 때로는 큰소리로 다투기도 하면서 그 밤을 지새웠습니다. 어른들이 안에 있는데, 춥고 고단하다고 어머니가 나 몰라라 어디 숨어서 눈을 부칠 수 있었겠어요. 번번이 그 밤 끝을 푼수는 다 지켜 볼 수는 없었지만, 그 시절에 어머니는 잠자지 않아도 괜찮고, 추위도 타지 않은 줄로만 알았습니다. 그야말로 옛날이야기 같은 추억을 더듬고 있는데, 어머니가 힘없이 자리를 잡고 앉자 입을 또 여시네요.

"아범, 지사지낸다고 고생해끄만. 어멈도 겁나게 고맙고야."

"엄니가 그런 말씀을 헌께는 머시 쪼까 이상허네요이."

"나도 양심이라는 거시 있는디, 타국땅에 와서 요러케 잘 살아주는 거스로도 고마운 일인디, 더 어쩌거따고 지사까지 어멈한테 지내라고 허거써. 그렁게 인자부터 명절이고 지사고 다 그만 지낼난다이. 느그덜도 그러케 알어야. 내가 느그 아부지나 조상님덜한테는 진작부터서 그러케 용서를 빌어씨야. 느그 아부지도 그만허면 지사밥을 잡술만큼 잡사봤을 거시여. 그러고 용서를 안해준다고 해도 시방부터는 어쩔수가 읎시야. 내가 다 질머지고 갈텡께, 느그덜이나 잘 살면 될거시여. 내 말 알것제. 징허게도 내가 오래 살었능갑당께."

"시방 우리 엄마가 겁나게도 큰 결심을 해부렀네이. 어쩐 일이까. 눈에 흙이 들어가기 전에는 그 고집이 안 뭉그러질 것 같었는디. 어째야 쓰까. 뜽금읍시 먼 일이랑가! 오빠?"

제사상을 정리하던 장분수와 각시도 놀랐지만 동생이 더 놀라며 화살을 오빠에게 돌렸습니다. 결국은 오빠나 올케를 생각해서 그런 결정을 했겠지만 너무 갑작스럽다는 뜻일 겁니다. 큰오빠 내외가 그럴만한 사람들이 아니라는 사실도 잘 알 터입니다. 어머니도 벌써부터 그럴 결심을 했었을 거구요. 요즘의 세상사 분위기도 한몫을 했을 겁니다. 아들을 선호하거나 맏아들을 우선하는 시절도 아니고, 지극정성으로 조상을 모시던 풍습도 점점 더 사라지고 있으며, 아직까지 제사를 모신다니까 오히려 당신이 미쳤다고 따지는 사람들도 생겼고, 고향을 떠나있던 식구들이 다 모여들었던 명절이 기다려지고 그리워 할 이유도 없어졌습니다. 뿐이겠습니까! 마을에 사람이 없어서 한 집 건너 빈집이고, 있어도 수족이 불편한 노인들뿐이며, 마을회관에도 거동할 수 없는 노인네들뿐입니다. 그나마 자식 덕분에 어머니는 가끔 사거리에 있는 교회를 나가거나, 읍에 있는 노인교실까지 출입하게 됩니다. '떡 본 김에 제사 지낸다'고 이웃마을 소식이나 친인척 안부가 궁금하면 그곳에서 해결할 수도 있었고, 점심도 얻어먹을 수 있으며, 놀면서 이런저런 구경도 할 수 있어서 즐거움도 있더랍니다. 읍이나 면에 자주 들락거려야 하는 부지런한 아들과 똑똑한 며느리가 있어서 가능했을 겁니다. 농사나 집안일에서 그만 벗어나게 하려고 이런저런 핑계와 구실로 어머니를 모셔가고 모셔오는 번거로움을 마다하지 않았던 효심 덕분입니다.

"엄니 뜻은 알것는디요, 느닷없이 요러케 해부리면 아부지도 서운헐거시고……."

"엄니처럼 이러케는 못해도 우리가 정성껏 해볼랑께요~."

"그만 되았씨야, 느그덜 맘만으로도 내가 느그아부지한테는 덜 부끄럽거따야."

심난한 어머니 마음을 달래고자 장분수가 말을 꺼냈는데, 고맙게도 각시가 거들고 나서네요. 그냥 해보는 입발림 소리가 아닙니다. 각시는 그러겠다고 벌써 마음먹었습니다. 이토록 씀씀이가 예쁜 각시와 사는데, 푼수소리를 듣는다고 기가 죽겠습니까. 하지만 어머니처럼은 할 수도 없겠고, 하지도 않을 것입니다. 푼수 같은 소리라 해도 어쩔 수 없습니다. 잘 살고 못사는 것을 어느 장단에 맞춰야 하는지 알 수 없으나, 무엇보다 살아

있는 사람은 살아야 할 것이고, 우선 그 사람이 잘 살 수 있어야 조상을 위해서 떡을 치든지 말든지 하지 않을까요? 꽁보리밥도 부족했던 시절하고는 많은 것이 달라졌습니다. 그런데도 그 시절보다 오히려 사는 것이 더 팍팍하다는데 어쩌겠습니까. 어머니처럼 밥을 굶어가며, 빚을 내면서까지 죽으나 사나 제사를 챙겼는데도, 결단코 뭐 대단한 삶을 살았고, 호사를 누리며 살았던 것도 아닙니다. 어머니 말마따나 그만큼이라도 했으니까 지금처럼 살고 있는지도 모르겠습니다만? 후배 어머니는 늘 그랬습니다. "이러고저러고 해도 이러케 사는 성님이 젤로 부러워라우." 하지만 어머니도 당신 딸에게는 장손의 장남에게 시집가려거든 차라리 혼자 살라고 하셨답니다. 덕분인지 그 딸은 어머니처럼 살지 않으면서도 잘 먹고 잘사는 모양입니다. 또 한편으로 당신 탓이었는지, 아들이 푼수 같아서 그랬는지 알 수는 없었으나, 몽달귀신이 될 뻔했던 푼수 같은 아들이, 한때는 어머니의 크나큰 아픔이었습니다.

장분수는 잠시 밖으로 나왔습니다. 그리고 혹시나 몰라, 마루와 문간과 마당을 살폈습니다. 오고갈 사람이 없는데, 뭐가 있었겠습니까? 다시 우사를 들러보고 함평천지 들녘을 내려다봅니다. 들판 가운데로 광주와 무안공항을 연결하는 고속도로에서 쏜살같은 자동차 불빛이 지나갑니다. 쌀이 부족했던 시절에는 상상도 할 수 없었을 겁니다. 논 한 마지기가 얼마나 소중했었는지 잘 아시지요? 뿐이겠습니까, 어머니 마음이 저렇게 쉬바뀔 거라고 어찌 짐작을 할 수 있었겠습니까. 제사 때마다 괜한 심통을 부렸던 놈만 불효막심한 꼴이 되고 말았습니다. 동짓달 밤하늘엔 눈구름이 가득해서 금방이라도 눈이 쏟아질듯 합니다. 눈이 오고 바람이 불어도 당장은 걱정할 일이 없습니다. 걱정한다고 무슨 수가 생기는 것도 아니었으니까요. 한기를 느낀 장분수가 안방으로 들어섭니다. 손이 빠른 동생이 서두르는 통에 제사상은 잘 갈무리되고, 늦은 시간인데도 조촐한 술상이 마련되었습니다. 여동생이라도 있어서 모처럼 음복다운 음복을 하게 되나 봅니다. 덕분일까요, 이제는 어머니가 편안한 모습으로 술상에 다가와 앉으시네요.

"시방 죽어도 나는 지삿밥 안 얻어묵을 거신께 그러케 알어야. 또 어멈이랑 아범도 광주나 서울로 나가서 살고 시프먼 그러케 허등가 해. 빼빠지게 소 키우고 농사해바야 만날이 그 모냥 그 팔자고, 늘근 어메한테도 그만치 해쓰면 헐만큼 헌거신께야."

"우리엄마가 어째서 저런당가? 곧 죽을 사람모냥."

"시방 죽어도 나는 암시랑토 안헐거신께 걱정헐 거 읎고. 코딱지만헌 살림사리는 형제간에도 나누고 말고 헐것도 읎이 느그 큰오빠 차지다이."

"그 말 허실라고 내려오라고 했능갑네이. 엄마, 그러고 인자부터는 오빠 일은 오빠가 알아서 허도록 내비두면 안되까? 시방 그러는거시 씨잘데기없는 노파심이랑께."

"나도 그러고 시픈디, 어째서 그거시 내 맘대로 안된께는 그러제. 느그 큰오빠가 준수나 너처럼 만히 배우기를 했냐, 똑똑뿌러지게 독허기를 허냐. 그러다봉께 이놈덜 저놈덜한테 만날 둘리고, 속아서 당허기만 했것제이."

"엄니, 아부지 말마따나 알아서 분수껏 살랑께요 큰아들 걱정은 그만 허시고, 엄니나 맘 펜허신데로 허고 사셔라우. 엄니가 교회 나간다고 찡찡거릴 사람도 없을 거시고, 시제나 제사를 안헌다고 집안에서 안달을 허고, 우리엄니를 못 부려먹어서 환장헐 사람도 인자는 업서라우. 우리 집안에 엄니보다 어른은 업슨께 시방부터는 대접을 받을 거신디, 그러케 몰강스럽게 다 털어불라고요? 허기사 대접을 받으면 또 얼마나 받것써요. 내 부모도 다 못 챙기는 판에, 종부라고 찾아올 사람도 없을 거시고, 제사 덕에 쌀밥도 옛날 말이랑께요."

"오빠도 차암 눈치가 업당께. 엄마가 그러고 시퍼서 그러것써요. 오빠네 식구덜한테 짐 안지울라고 그러는 거시제. 종부로 살면서 허리가 다 꼬부라져부린 우리엄만디, 그럴라고 마음묵기까지 을마나 또 애가 타부러쓰까이!"

"애가 터지고 말고 헐것도 업시야. 시방도 나는 암시랑토 안 헌께, 지발 느그덜이나 다 잘 살면 된당께는."

"아따~ 역시나 우리 옴마여."

퇴주잔을 비웠던 술은 어머니가 홀짝홀짝 다 마셔버렸습니다. 제사 때마다 술을 담그고, 맛보고, 술을 만들면서 술맛을 알았다며 곧잘 드셨을 뿐만 아니라, 여동생도 어머니 심부름하면서 이래저래 술을 배웠다는 핑계로 꽤 좋아하는 것 같았습니다. 장분수 역시 많았던 제사 덕에 소리 소문도 없이 술을 배웠는데, 언젠가의 실수로 각시 앞에서 각서까지 써야했던 이후 지금까지 자제를 하고 있었지만 지금, 이 밤에는 거나하게 취하고 싶습니다. 때문인지 모처럼 말들이 많아졌습니다. 어머니와 여동생도 그렇고 장분수도 마찬가집니다. 장준수까지 보탰더라면 더 좋았을 텐데, 하면서 또 한잔씩을 비워냈습니다. 아직 술을 배우지 못한 각시는 딸과 함께 안방에서 물러났습니다. 어머니에 대한 생각이 많아질수록 각시는 부담스러웠을 것이고, 어머니 뒤를 이어갈 자신도 없었을 것입니다. 그저 열심히 하려했을 뿐이지, 어머니처럼 시댁귀신이 될 마음도 아직은 생기지 않았을 겁니다. 각시뿐이겠습니까? 그런 생각은 여동생도 역시 마찬가지 일겁니다. 세상이 그렇게 바뀌고 있다 그 겁니다. 여동생이 뭔가 느낌이 있었는지 다시 말문을 여네요.

"엄마도 이참에 생각을 잘헌 거시여. 쪽머리 짤라불고 빠마를 헌것도 그러코. 오빠덜 편허게 살라고 제사도 그만허는 거, 겁나게 잘했구먼."

"모르것씨야. 잘헌 지꺼린지, 벼락 맞을 지꺼린지."

"엄마, 제사 때문에 사네 마네 해봐. 머리만 아프당께는. 생전에 얼굴도 한번 못 본 시댁 조상님들 위허거따고 정성껏 음식이 만들어지것능가. 그러고 그 격식을 갖추어본들 무슨 의미가 있겠냐고요? 다 어쩔 수 없으니까 시늉만 허는 거시제. 그래서 요새 며느리들이 제사가 다가오면 여기저기가 아프네, 명절 증후군이네 등등, 오만가지 핑계를 다 만들어내는 거랑께. 누구 말마따나 명절 때만이라도 다 본인들 친가로 가서 설을 쇠든지 추석을 지내게 허면 지금처럼 싫으니 좋으니, 가네 마네 허면서 다투는 부부나 가족은 업써질 거신디. 어째서 그렁거슨 당장 못 바꾸는지 모르거땅께."

"어째 말이 산으로 간다, 시방. 엄니처럼 해보도 안허고 그런 말을 헐 자격이나 있쓰까. 그러고 엄니처럼 살았던 사람은 바보 천치란 말이여? 전통을 무작정 무시허거나 편헐대로만 헌다면 가족제도가 먼 소용이고, 부모형제가 왜 필요 해쓰까. 우리엄니가 그러는거슨 다 큰아들이 못나서여. 대 이을 손자도 없지, 며느리도 그렇지, 이래저래 답답허고 속상해서 그러신거라고."

"느그덜도 인자는 가타부타 헐거 웂써야. 지질헌께 나는 그
만 자야쓰거따~."

어머니가 앉은자리에서 술상 오른편으로 스르륵 무너지듯
모로 누웠습니다. 위암수술 후 더 말라버린 어머니 몸피는 그야
말로 한 움큼도 안 될 것 같습니다. 오늘따라 새삼스럽게 어머
니가 더 가련해 보여 가슴이 아리네요. 동생도 마음이 그랬는지
장롱에서 이불과 베개를 꺼내 어머니를 바르게 눕히고 아픔처
럼 느껴지는 그 모습을 수습했습니다. 그러고도 동생은 크게 숨
을 내쉬지 못하네요. 금방 마신 술기운 때문일까요. 푼수 같은
오빠 때문일 겁니다. 하지만 어쩝니까, 부모님이 그렇게 키워주
신 것을 말입니다. 무엇보다 장분수 본인이 좋아서 그렇게 사는
것이고, 살았던 것이지, 부모가 원한다고 다 그렇게 살 수 있었
겠습니까? 하여튼 화목보일러를 설치해 한겨울에도 춥지 않게
방비를 잘해서 어머니도 좋아했고, 누구보다 추위를 무서워하
는 각시가 칭찬을 아끼지 않아서 장분수는 좋았답니다. 뿐만 아
니라, 집안어른들이 모여서 제사를 지낼 때는 집도 좁았고, 방
도 부족해서 온전히 발도 펼 수가 없었던 기억이 떠올라서 실없
는 웃음이 나왔습니다. 그리고 말입니다, 세상살이는 이토록 편
리해졌는데, 인생살이는 더 쫀쫀해진 까닭을 장분수는 알다가

도 모르겠습니다. 그래서 또 한잔을 비웠습니다.

"오빠, 우리 엄마도 어쩔 수가 없네이? 어째야 쓰까. 이러케 늙어서 당신 스스로 무너지고 말람시로 어째서 그리도 폭폭허게만 살았능가 모르것당께."

"다 내가 못나서, 내가 못믿어운께 그러신 거시여."

"오빠 아니면 누구를 믿었쓰까? 큰오빠 아니었으면 우리엄마는 지금까지 살았쓰까. 못살았을 거신디. 그러고 오빠가튼 효자도 없을 거시고."

"민망헌께~ 나도 그만 가서 잘란다."

장분수는 다시 밖으로 나왔습니다.

마당에 함박눈이 내리며 소복소복 쌓이고 있네요. 하늘을 올려다봅니다. 외등 불빛을 머금은 눈발이 무너지듯 내려오네요. 이대로는 잠을 청할 수 없을 것 같습니다. 대문 밖으로 나가 무심코 걷다가 걸음을 멈춘 곳은 들녘이 잘 내려다보이는 냉장창고 앞 공터입니다. 야심한 밤이라 지금은 아무것도 볼 수 없지만 그곳에 쪼그리고 앉았습니다. 아버지가 돌아가시기 전까지 자주 나와서 앉아 있었던 곳이기도 하고, 창고가 생기기 전에는 아버지가 아끼던 텃밭의 밭둑길이었을 겁니다. 그런 때문일까요? 지금 곁에 아버지가 계신다면 묻고 싶은 말들이 두서없이 막 떠오르네요. 어떻게 살아야 분수에 맞는지, 분수껏 살면서

이 세상을 살 수는 있는지? 그리고 분수껏 사는데 왜 푼수가 되었는지, 푼수처럼 살아야 촌놈이 될 수 있고, 푼수 같은 촌놈이라야만 소 키우면서 농사를 짓고 살 수가 있는지? 그래서 푼수처럼 살면 언젠가는 분수에 맞게 살아갈 수는 있는지? 그러므로 푼수는 우리 고향을 지켜낼 수가 있을 것인지? 그것들이~ 이 밤에 느닷없이 궁금해졌습니다, 제사 덕분에 말입니다.

.

내가 살던 고향은~ _ 우리 고향 9

희붐해진 봉창이 소년의 눈을 간질입니다. 마치 가위에 눌렸던 것처럼 곤한 잠에서 화들짝 깨어났습니다. 더위를 피할 몸짓이었던지 몸은 윗목으로 밀려나 있었고, 새우처럼 꼬부라진 모습입니다. 밤중에 아무렇게나 굴러다녔을 겁니다. 스스로가 면구스러워 조심스럽게 일어납니다. 모기에 물렸던 팔을 긁적이며, 하품을 합니다. 여기저기 흩어져 잠든 식구들 모습이 고단해 보입니다. 무릎걸음으로 문턱을 기어 넘어서, 마루에 섭니다. 아직도 눈에는 잠이 가득합니다. 엉거주춤 흘러내린 반바지도 꼬질꼬질합니다. 어깨 없는 셔츠를 걸친 작은 몸뚱이에도 여름밤 흔적은 남아있습니다. 한번 더 크게 하품을 하고, 토방으로 내려섭니다. 자신의 두 발을 보탠 것보다 더 큰 슬리퍼를 끌고, 마당가 두엄자리 앞에 서서 바짓가랑이 사이로 고추를 꺼냅니다. 고추밭의 약찬 그것처럼 약이 오른 듯, 오줌이 가득합니다. 아랫배에 힘을 가해봅니다. 참을 만큼 참았던지라 방광은 순식간에 시원해졌습니다. 붓두껍만큼 했던 고추가 그 사이에 번데기처럼 오그라듭니다.

  동생들은 물론이고 부모도 아직 일어나지 않았습니다. 뿐만 아니라, 집안의 구석구석도 밤과 새벽을 분간하지 못하는 것처럼 지질해 보입니다. 마을 전체도 그렇고 안갯속의 뒷동산도 마찬가집니다. 그러나 집 옆의 냉장창고에서 들려오는 기계소음은 비 내리는 소리처럼 스륵스륵~ 주룩주룩~ 여전합니다. 어젯밤 잠들기 전에 감자를 구워 먹었던 자취가 밤이슬에 젖어 평상 위에 남아있습니다. 모깃불이 타다만 자리도 그대롭니다. 삽과 괭이, 호미와 낫 등등이 제자리를 찾아가지 못하고 외양간 앞에 늘어져 있는 꼴도, 요즘의 분주함을 말해주는 것 같습니다. 암소가 팔려나가 휑뎅그렁해진 외양간이 저장용 굴속 마냥 더 어두워 보입니다. 소년은 마당 가운데 서서 혼곤한 새벽의 모습들을 둘러보다, 오늘도 맥없이 혼자만 일찍 일어났다는 생각 때문에 기운이 쏘옥 빠집니다. 그러던 차에, 누렁이(덩치가 큰 순한 잡종견)가 새벽이슬을 털며 어디를 쏘대다 들어오는지 발과 가

습팍이 엉망진창인 채로 소년에게 달려듭니다.

"너는 잠도 없냐?"

언제나 자신보다 먼저였던 누렁이가 한심하기도 하고 기특하기도 해서 하는 말입니다. 그러자 누렁이가 젖은 몸으로 소년의 등에 매달리며 타오르네요.

"이거시 으째 이런당가이. 옷 베리겠구만."

누렁이를 밀어내보지만 소용이 없습니다. 소년이 오히려 우물가로 밀려납니다. 그러고도 누렁이는 말을 알아듣는지 마는지, 젖은 털을 흔들어대며 더 설치네요.

"으따~, 지랄허네이."

그래도 누렁이는 반가움을 다 전하지 못한 듯, 곁을 벗어나지 않습니다. 소년이 플라스틱 바가지에 물을 가득 떠서, 홀라당 벗은 자기 몸에 물을 끼얹듯이 누렁이한테 쏟았습니다. 누렁이는 오히려 시원하다는 듯, 이번에는 발랑 뒤집어져 바닥에서 뒹구네요.

"얼씨구~, 염병도 다허고~."

'개 팔자가 상팔자'라고, 마냥 좋아하는 누렁이를 보며, 그냥 그러고 맙니다. 그러고는 목욕통을 겸한 고무물통에 찰랑거릴 만큼 물을 퍼낼 요량으로 펌프질을 시작합니다. 헌데, 빨펌프가 픽픽거리며 바람 빠지는 소리를 내네요.

"으매~, 뽐뿌가~!"

아침마다 자기 몫의 일처럼 해왔던지라, 뭘 살피고 말고 할 것도 없이 펌프질을 했는데, 물이 올라오지 않습니다. 이웃집 고물단지 펌프가 물을 퍼내고 막 돌아서면 '쉬~쪼옥'하며, 물이 빠져버렸던 기억과 함께 아직은 한 번도 그랬던 적이 없었던 펌프에 물이 빠져있자, 조금은 속상한 표정입니다. 수가 없어 마중물 두 바가지를 펌프실린더에 쏟고는 잽싸게 펌프질을 또 합니다. 하지만 펌프가 여느 때와 다르다는 것이 곧 느껴졌습니다.

"으라~, 증말로 이상허네."

다시 철철 넘치도록 물을 퍼 넣고 펌프질입니다. 역시 바람 빠지는 소리만 날뿐, 픽픽거리다가 부었던 마중물까지 빠르게 쫘-악 빠져버리네요.

"차말로 환장허것네이."

이제는 울상입니다. 압축이 잘되는 분무기처럼 적당한 힘과 동작으로 펌프질을 할 때, 지하수가 쏟아져 나왔던 그런 감촉과는 영 달랐습니다. 마치 구멍 난 고무공에 공기를 주입할 때처럼 헐겁고 헛방귀처럼 피익픽 시원찮습니다. 소년은 펌프 속을 한참동안 들여다봅니다. 그러고는 숨을 내쉬며 다시 한 번 시도해 봅니다. 역시나 마찬가지로 여지가 없습니다.

"어째야 쓰까, 마니 쓰도 안 했는디."

믿을 수가 없습니다. 이웃집 펌프 속의 파란이끼가 세월의 관록을 말해주었지만 그만큼 고장이 많았던 것도 사실입니다. 그랬지만 우리 집 펌프가 이럴 거라고는 꿈에도 생각해보지 못했다는 표정이네요.

"엄마, 뽐뿌가 물이 안나온당께~!"

소년은 오금이 저립니다. 그러나 방에서는 들었는지 말았는지 기척도 없습니다. 뿐만 아니라, 그럴 리 없다고 몇 번을 반복해서 펌프질을 해보고, 이리저리 둘러보고 또 돌아봐도 소용이 없습니다. 한마디로 기가 막힐 노릇입니다.

"식전부터 어째따고 오도방정을 떨어쌌는지 모르것네."

푸석푸석한 모습의 어머니가 부엌에서 나오며 그랬습니다. 펌프가 고장 날 이유가 없다는 표정이고, 이미 조급해진 소년의 마음에는 관심조차 없습니다. 화장실에서 돼지우리로, 창고와 빈 외양간을 둘러보고, 보리쌀을 퍼 담은 바가지에 쌀 한 주먹을 얹어 들고, 이제야 펌프가 있는 모퉁이로 나옵니다.

"어째 오늘은 물도 안퍼났다냐? 허기사 인자는 심물도 날 때가 되았것제."

뚱한 표정으로 서 있는 아들을 보고 그랬습니다. 지하수를 판 후 계속해서 일찍 일어나 고무대야에 물을 퍼놓았던 기특함이라든가, 완공된 펌프에서 물이 올라오자 그렇게도 좋아했었던 아들 모습이 아닌 것 같아서 그랬을 겁니다.

"시방, 물이 안나온당께에는."

소년의 목소리에는 두려움까지 섞여 있습니다. 펌프고장이 마치 자기 소행인 것처럼, 어머니의 차분함에 더 주눅이 들었던 탓입니다.

"왜, 안나온다고 그런다냐? 찬찬허게 잘 해볼 거시재."

여전히 어머니는 놀라지도 않고, 보리쌀을 박박 씻어 구정물통에 물을 따르며, 겨우 그랬습니다. 어머니가 빨리 펌프질을 해보고, 그 변통을 알아 봐주기를 바라는 소년의 마음과는 달리 당신 일만 하고 있습니다.

"흐매~, 그래도 안나온당께에."

소년의 두 눈과 목소리는, 이제 곧 눈물과 울음소리로 변할 것 같습니다. 그러거나 말거나 어머니는 아침밥이 늦었다는 듯 부엌으로 들어가 버립니다.

"머시 으쨌다고, 시방 그 법석이여?"

아버지가 두엄자리에서 볼일을 보면서 그랬습니다. 모기와 더위에 잠을 설친 모습이지만, 불만스럽다거나 못마땅해 하는 표정은 아닙니다.

"아부지, 뽐뿌가 이상허당께요."

아버지 역시 별거 아닌 것처럼, 연장통에서 스패너를 미리 챙겨들고 나옵니다. 그리고 차분하게 펌프의 지렛대와 압축기의 고무패킹을 빼내 그 속을 살펴봅니다. 소년은 그것만으로도 숨통이 트이고 살 것 같습니다.

"밸로 이상은 없는디, 어째 안나오끄나."

아버지는 혼잣말을 하면서, 소년이 했던 것처럼 시도해보지만 신통치가 않습니다. 아들과 남편이 구시렁거리자, 부엌에서 어머니가 한마디 보탭니다.

"저놈으 자석이 방정을 떨다가 머시 잘못 되아버린 거 아니요?"

"엄마는, 나는 아무껏도 안했는디."

뜨거운 고구마를 한입 덥석 물고는 질겁하듯, 소년이 놀라며 대문 밖으로 뛰어나갑니다. 뒷동산에 가려진 태양은 오늘도 얼마나 그 뜨거움을 쏟아내려고 벼르는지 아직도 동터 오르지 않습니다. 사위는 안개로 자욱합니다. 그 안개 사이로 누렁이와 냉장창고 관리인 집 개새끼가 나뒹굴다 도망가고, 도망치다 또 뒹구는, 말 그대로 개지랄을 떨고 있네요.

"저것들은 머시 좋다고 저러끄나. 나는 시방 속이 상해서 죽것는디."

소년은 놀고 있는 개들을 쳐다보며, 혼잣말을 했습니다. 잘

못이 있다면, 자신도 모르게 며칠째 일찍 일어난 것과, 그래서 펌프가 고장이 난 것을 먼저 알았을 뿐인데, 빈말인지 참말인지 알 수 없으나 어머니가 의심을 했기에 억울한 거였습니다.

소년은 냉장창고 쪽으로 갑니다. 자동펌프가 떠올랐기 때문입니다. 창고에서 허드렛물로 쓰려고 지하수를 팠는데, 하필이면 소년의 집과는 몇 미터도 안 되는 곳입니다. 그 수도꼭지를 틀면 윙~ 소리와 함께 물을 쏟아내는 것이 여간 신기했습니다. 그 자동펌프 옆에 쪼그려 앉았습니다. 솔직히 자동펌프가 부럽기도 했지만, 우리 집 수동펌프보다는 지하의 수량이 적다는 말을 귀동냥한 때문에 진정할 수 있었습니다. 뿐만 아니라, 정확히 이십육일 동안 곡괭이로 파냈지만, 자동펌프는 하루하고 한나절만에 기계가 파낸 것으로, 같은 지하수지만 근본이 다르다고 생각했습니다. 소년은 한 발짝 더 다가갑니다. 그 수도꼭지를 살짝 틀어보고 싶은 겁니다. 다른 아이들은 벌써 그것을 쫘악~ 틀어보고 물장구도 시원하게 쳤지만, 소년은 그러하지 못했습니다. 그것을 만지면 손가락이 오그라져 빠진다고 아버지가 그랬던 때문만은 아닙니다. 왠지 모르지만 소년도 자동펌프를 더 경계하고 있었던 겁니다. 지금은 아무도 보는 사람이 없고, 그래서 평소보다 더 틀어보고 싶습니다. 그러나 좀 더 멀리 떨어져 앉고 맙니다. 그리고 집나온 아이처럼 자신의 가랑이 사이로 머리를 처박고 앉아있네요.

닷새 전이었습니다.

여름방학이 끝나서 학교를 다녀오는데, 집 근처에서 생면부지의 기계가 꿍꿍거리며 맨땅에 파이프를 쑤셔 박고 있었습니다. 언젠가 제7광구에서 원유가 나올 수 있다는 방송을 하면서, 바다 가운데서 시추작업을 하는 화면을 떠올려 보기도 했고, 또 언젠가 낯선 사람들이 공동묘지 근처에서 소 말뚝보다는 길고 가는 쇠꼬챙이로 여기저기를 푹푹 쑤시고 다녔던 생각도 해보았지만, 눈앞에 펼쳐진 그 광경은 도무지 짐작할 수 없었습니다.

소년은 가방도 내려놓지 않고 현장으로 다가갔습니다. 파이프 속에서 또 다른 파이프가 돌면서 돌가루가 섞인 흙탕물 같은 것을 토해내고 있었습니다. 어수선한 주변에는 깊은 땅 속에서 파 올린 듯 물기가 빠진 보리개떡 같은 진흙이 쌓였는데, 생각보다는 그 부피가 많지 않았습니다.

"아저씨, 시방 머 헌당가요?"

당돌하다 해도 어쩔 수 없습니다. 소년은 기술자인 듯 해 보이는 그 사람에게 물었습니다. 하지만 드럼통 위에 올라앉아 깐족거리며 담배를 피워 문 모습은 만사가 싫은 표정으로, 물음에는 관심조차 없습니다.

"시방, 저거시 머시냐고요, 아저씨?"

더 큰소리로, 그리고 입까지 씰룩이며 다가섭니다. 그러자 그 사람은, "하~ 요놈 봐라"는 식으로 몇 학년이냐고 엉뚱한 수작입니다.

"사학년인디요, 이거슨 머시랑가요?"

"지하수 파는 거여. 너는 어디 사냐?"

"쩌그~요."

소년이 전봇대에 부착된 〈담배〉라고 쓰인 철판으로 눈길을 돌리자, 그 사람은 천원권 지폐를 꺼내면서 그럽니다.

"너, 가서 싸이다 한 병, 시야시 잘된 것으로 가져올래."

"근디, 샘을 으째서 저러케 판다요?"

"넌, 그런 거 몰라도 된께, 얼른 갔다와."

그러면서 그 사람은 모자를 벗어 성질 사납게 부채질을 했습니다. 소년도 목이 탑니다. 그 사람보다 오히려 더 심한 조갈증입니다. 물론 날씨가 더운 탓도 있지만, 지하수를 판다는 말을 듣는 순간부터 왠지 더 그랬습니다.

"징허게도 더운디, 그 때앗볕에 머헐라고 그러케 서 있어. 학교 댕겨왔으면 빨리 와서 칼칼히 씻고 밥묵제."

어머니가 구멍가게 앞에 앉아서 푸성귀를 다듬다, 축 처져 들어오는 소년이 안쓰럽던지 그랬습니다. 하지만 어머니 얘기는 귓속에 머물 틈이 없습니다. 우선 몇 차례 펌프질을 한 후 펌프 주둥이에 입을 대고, 냉장고 속 사이다보다 더 시원한 물을 허기진 배가 발딱 일어나도록 삼켰습니다. 그러고는 펌프질을 한 번 더 해보고, 그 속을 들여다봅니다. 사이다를 마시다 병을 흔들어 세우면 기포가 쏴-악 올라오듯, 실린더 안의 물방울이 탄산수처럼 파닥거립니다. 바라만 보아도 기분이 통쾌-상쾌해졌습니다.

"으따, 겁나게 시원허네이."

노랗게 보였던 하늘이 이제야 파랗습니다. 하지만 여름가뭄이 지지리도 애타게 하듯, 지금도 뜨거운 햇살은 여전합니다. 물 한 모금 물고 하늘 한 번 쳐다보던 병아리처럼 소년도 흉내를 내고는 책가방을 마루에 내려놓고 다시 구멍가게로 나옵니다.

"해찰허지 말고 갖다주고 와서, 찬물에 꾹꾹 몰아 밥 한술 뜨거라이."

고개를 끄덕이며, 냉장고 안에 나란히 누워있는 소주병이며 각종 음료수 병들 사이에서 하나를 꺼내듭니다. 그리고 빨대와 병따개, 거스름까지 챙깁니다. 그 사람은 방정맞게 발을 떨면서, 빨리 오지 않고 뭘 그렇게 들고 왔느냐는 식으로, 사이다병 밑바닥을 팔꿈치로 툭툭 치고는 병마개를 이빨로 왁살스럽게 따내네요. 그러고는 마치 소가 맹물을 마시듯 숨도 쉬지 않고 단숨에 비웠습니다. '으따메, 그러케도 먹고 시퍼쓰까. 그래쓰면 그냥 안거있지 말고 진작에 가따 처먹지, 어퍼지면 코도 깨지거꾸먼.' 소년은 속으로 그러고 말았습니다. 그러면서 거스름을 받으라고 손을 내밉니다.

"너, 가져라."

"아니어라우."

"어째서?"

"우리 아부지한테 혼난당께요. 이 세상에는 절대로 공짜가 없는 법이라 했는디요."

"심부름했잖아."

"그래도-요. 근디 요, 요러케 샘을 파도 물이 나온당가요?"

"당연하지. 아마 요 근처 다른 샘에서 물이 마르면 말랐지, 저것이 판 지하수는 안 나올 수가 없거든."

"으째서라우?"

"그만큼 깊이 쑤셔 박거든, 또 기계가 하는 일은 항시 정확하고 빠르거든."

"그렁께~."

기술자는 그냥 쉽게 대답을 했지만 소년의 눈은 더 반짝이고 말문은 막혔습니다. 듣자하니 갈수록 태산 같았습니다.

"언능와서 밥 안묵고 뭣허냐이."

어머니가 부르는 소리에, 소년은 그때서야 배고픔을 느꼈다는 듯 돌아서면서, 오른손에 들고 있던 거스름을 드럼통 위에 놓고 쏜살처럼 날았습니다. 땅을 깊이 파면 물이 잘 나온다는 것쯤은 이미 알고 있었습니다. 언젠가, 바닷가로 소풍가서 모래를 깊이 파니까, 그만큼 물은 많이 나왔지만, 또 그만큼 빨리 무너지는 것을 직접 보았습니다. 그리고 또 누가 판 구덩이에서 물이 더 많이 나오는가를 시합했을 때, 친구는 손으로만 파야 한다는 규정을 무시하고 도시락뚜껑으로 깊이 파내니까, 깊은 쪽으로 물이 다 빠져나가는 현상을 신기해하기도 했었습니다. 그러다 아이들은 싸웠고, 담임선생한테 혼쭐나면서 배워들은, 그러니까 물이 높은 곳에서 낮은 곳으로 흐르는 것은 당연한 이치고 자연법칙이지만, 그것을 악용하는 행위는 좋지 않다고 했던 그 말까지 생생히 기억하고 있었습니다. 하여튼 그런 저런 이유로, 아무리 깊이 파고 기계가 파내는 지하수라도 우리 집 펌프만 할까 싶었습니다. 뿐이겠습니까, 그것은 또 그토록 시원하고 많은 물이 나올 것 같지도 않았으며, 그만큼 기계가 하고 있는 일이 소년의 눈에는 차지 않았습니다. 그리고 그 다음날이었습니다. 학교를 다녀오니까 거짓말처럼 그 기계는 사라져 버리고, 그곳에 조그만 자동펌프가 설치되어 있었습니다. 눈 깜

짝할 사이라고 해도 지나치지 않을 만큼 물리적인 현상들에 실로 놀라울 따름이었습니다. 하지만 소년의 마음에는 자동펌프가 생김으로 해서 더욱, 우리 집 펌프가 소중해 보였고, 그것을 파는 동안 정성을 쏟았던 아저씨와 아버지의 수고를 다시 한 번 느낄 수가 있었습니다.

소년은 가랑이 사이에 머리를 끼고 앉아서, 땅 바닥에 '고장난 뽐뿌- 자동뽐뿌'라고 써가며, 고심해보았지만 물이 나오지 않는 이유를 알 수 없습니다. 뿐만 아니라, 엉덩이가 얼얼하고, 쪼그리고 앉았던 다리도 저려, 괜한 심통이 났습니다. 아침에 자신이 해야 할 소소한 일들을, 그러니까 토끼장에 풀도 넣어주어야 했고, 닭장 속의 닭과 오리도 풀어줘야 했는데, 마냥 그러고 있었던 겁니다.

"거그 안거서 머헌다냐?"

"아무껏도 안 해라우."

아버지도 아까부터 탱자나무울타리 모퉁이에 그렇게 앉아 있었던 모양입니다. 아버지가 그렇게 물었지만, 아버지도 역시 시선은 자동펌프에 두고 있었습니다. 소년은 마치 누군가를 여태 기다렸던 것처럼, 아버지 곁으로 다가갑니다. 뒷동산에 가려 있던 태양이 거울에 반사되듯 동터 오르고 있습니다. 그 햇살은 탱자나무 잎에 맺었던 이슬방울과 아침안개를 삼켜버릴 것처럼 금세 뻣뻣해졌습니다.

"뽐뿌에서 물이 안 나온께는 심이 빠지냐?"

"야~! 나는…….."

"너머 걱정말어. 학교 댕겨오기 전에 고쳐놀탱께야."

"아부지, 쩌 뽐뿌는 시방도 잘 나오까요?"

"기계로 판 거신께 잘 나오것제."

소년은 그런 대답을 바라고 했던 말이 아닙니다. 자신은 벌써 몇 번씩이나 그 수도꼭지를 틀어보고 싶었지만 참았습니다. 때문에, 아버지가 틀어서라도 물이 나오는지 확인해주었으면 했는데, 아버지도 역시 전혀 그럴 마음이 없는 모양입니다.

"어서, 밥 묵고 학교 갈 준비해야 안쓰것냐?"

소년은 할 말이 많았지만, 곧 집으로 들어섭니다. 불장난하고 밤중에 오줌을 싸서 아무도 모르게 수선을 피워야 했던 것처럼 께적지근하고, 흠씬 적신 이불을 어쩌지 못하고 여느 날보다 더 반듯하게 개켜놓을 수밖에 없었던 것처럼 어쩐지 불안합니다. 그런 자신을 스스로 감당해보려고 바쁘게 움직입니다. 그러나 토끼는 앞발로 세수까지 해가며 풀을 먹는 중이고, 닭장문도 이미 열려 오리는 물도 없는 개울로 나갔는지 보이지 않았고, 닭들은 두엄자리를 헤집고 있습니다. 아버지가 먼저 둘러보았던 모양입니다. 동생들은 아직도 밤중입니다. 소년에겐 유별난 아침입니다. 마치 낮잠을 자고 일어났을 때처럼 많은 것들이 어설프네요.

아침상이 평상으로 나왔습니다. 동생들도 겨우 일어나 자리를 차지하고 앉았습니다. 오늘 아침은 식구가 모두 밥맛이 없나 봅니다. 오늘처럼 답답한 날에는 형이나 누나가 있었으면 얼마나 좋을까 싶었습니다. 방학 때면 가끔 아저씨네 형과 누나가 집에 내려와 함께 밥을 먹을 수 있었지만, 올해는 얼굴도 보지 못했습니다. 형은 대학 2학년이 되면서 뭐가 그리도 바쁜지, 방학 전에 잠깐 다녀가고는 말았다 했고, 누나는 여고 3학년이라 형처럼 서울로 대학을 가기 위해서 집에 올 틈이 없다 했습니다. 소년은 그 형과 누나가 무척 자랑스러웠습니다. 공부를 잘했기 때문입니다. 덕분에 그 집에 자주 들락거릴 수 있었거든요. 물론 아버지도 아저씨가 부러웠던 모양입니다.

"느그덜도 아부지처럼 안 살라면 공부를 잘해야 해. 자석덜이 다 공부 잘헌께 아저씨네는 얼마나 좋겄냐?"

"이담에 나는 광주나 서울로 학교 안 갈라요. 그 성하고 누나만치로 공부만 마니허고, 집에 안 와서, 아저씨랑이 얼마나 속상허고 걱정을 허는디~."

"그런 씨알머리 읎는 소리는 허덜말어. 읎이 살어도 느그덜 잘 갈칠라고 살고, 존 학교 보낼라고 이러는 거신께……."

"쓸디없는 소리 그만덜허고 어서 밥묵자."

숟가락은 들었지만 아버지도 밥 먹을 생각은 아니하시고, 동생들은 아직도 졸고 있는 듯합니다. 그러자 어머니가 말렸습니다. 소년은 더 듣지 않아도 알 수 있는 말들일 겁니다. 뼈가 빠지고 녹는 한이 있어도 자식들 공부는 잘 시켜야 하고, 조금 덜 먹고 덜 입는 일이 있어도 다 대학까지 보내야 하고, 농사꾼이 전답 팔아먹으면 금방 숨이 넘어갈 줄 알았는데, 그것도 아니더라. 자식들 공부시키려고 팔아먹었으니까 조상님한테도 부끄럽지 않고, 우리 자식들 공부 잘하는 것 보면, 나는 밥 아니 먹고도 살 것 같다, 등등 아저씨가 했다는 말들은 더 많았을 겁니다.

"어째, 누렁이가 안보인다냐?"

소년도 그랬지만 어머니도 역시 보리밥을 억지로 먹고 있었습니다. 드문드문 쌀이 섞인 밥그릇에 숟가락질이 마냥 더디자, 식사시간이면 평상 밑을 기웃대던 누렁이를 찾는 척하며, 어머니가 분위기를 환기시키네요.

"아까, 창고 앞에 있었는디 오라고 하까요?"

몇 숟가락을 뜨지도 않았지만, 소년의 밥그릇에는 어른들이 배고플 때 서너 번은 더 떠먹어야 할 만큼 아직 남았습니다.

"아무리 쌀이 부족해도 그러치, 아그덜 밥이라도 보리쌀을 좀 덜 섞어 담아줘야 쓰것구만. 더운께 밥맛도 없을 것인디."

"아니어라우, 아부지."

"저놈이 언제 밥투정헙디여. 오늘은 저 뿜뿌땜시 입맛이 떨어져부린 거시제."

소년은 밥상머리에 더 앉아있지 못하고 일어섭니다. 등교시간은 아직 멀었습니다. 하지만 책가방을 챙겨들고 나옵니다. 그때서야 누렁이가 어디서 무슨 짓을 했는지, 엉망진창인 꼴을 하고 또 달려드네요.

"오늘은 따라오지 말고야, 언능 가서 밥이나 묵어라이."

누렁이는 말을 들은 척도 하지 않고, 기운 없이 걷는 소년의 다리 사이로 들락거립니다. 소년과 누렁이가 고샅길을 빠져나오자, 들에 다녀오는지 순이 할아버지 모습이 보입니다. 여름가뭄으로 논바닥이 쩍쩍 갈라진 모습처럼, 깊이 파인 주름살이 선명합니다. 고단한 표정입니다. 소년이 인사를 합니다.

"우리 순이는 아직도 한밤중일 것인디, 벌써 핵교에 가냐? 그래야, 될 놈은 머시 달라도 다른 뱁이여. 어서 가그라이."

짧게 대답은 했지만, 등굣길이 기쁘지 않습니다. 역시 누렁이도 기분이 그런지 끙끙거리며 눈치를 살피다, 돌아서서 뜁니다. 윗마을 아저씨 집에 들러볼 참입니다. 아저씨가 샘을 팠으니까, 왜 물이 나오지 않은지 알 수 있을 것 같았습니다. 아저씨는 아주머니와 둘이서 마루에 앉아 식사중입니다. 소년이 들어서자 동시에 놀라며, 어쩐 일이냐고 물었습니다. 소년은 새벽에 있었던 일을 소상히 전했습니다. 아저씨는 전혀 그럴 리가 없다면서, 크게 놀라지도 않았습니다. 아주머니는 그런 것 때문에 심부름이냐며, 아버지를 탓하는 것 같습니다. 학교 가다 그냥 들렀다고 해도, 아주머니는 소년이 안쓰러운지 밥이라도 먹고 가라며 막무가내 잡고 붙듭니다.

"내가 곧 내려갈랑께 걱정 말고 가그라. 애린거시 스말스럽기도 해."

아저씨네는 대학생이던 큰아들을 언젠가 잃어버렸다고 했습니다. 혼란스럽던 어느 해 서울에서 무슨 난리가 터져서 그랬다고는 했지만, 소년은 그것이 무슨 난리였는지 모릅니다. 궁금해서 물었지만 아버지는 더 크면 알 수 있다고 알려주지 않았습니다. 아무튼 아저씨네를 갈 때마다 빈집처럼 조용했고, 아주머니는 소년이 뒤돌아 나가는 모습을 언제나 섭섭해 하며, "너머 똑똑해도 모써야. 그러믄 니 명을 다 못살고 죽는다이!" 그랬지만, 소년은 그 말뜻도 알아듣지 못했습니다.

아버지가 지하수를 파겠다고 생각한 것은 마을 옆으로 냉장창고와 도정공장이 생기면서였습니다. 오지마을이 아니기에 군에서 설치한 상수도까지 있었지만 집집마다 물이 부족하기는, 오히려 마을 공동우물에서 길러먹던 때보다 물 사정은 좋지 않있습니다. 그래도 상수도 요금은 꼬박꼬박 내야 했습니다. 그것도 시설부담 요금까지 포함했던 탓에 부담이 커 불만이 많을 수밖에 없었지만, 어쨌거나 요금만큼의 수돗물은 나오지 않았습니다. 그런데 또 이상한 것은 공동우물에 사람들 발길이 끊기자, 그토록 많았고 내내 맛있었던 물이, 곧 마르고 썩어가는 것이었습니다. 그 또한 귀신이 곡할 노릇이라고 아이들끼리는 궁금해 했습니다. 소년의 집은 더 많은 물이 필요합니다. 구멍가게 때문이기도 했고, 냉장창고에 일 나온 인부들 식수를 포함해서, 많은 사람이 오가는 길목이라서 그만큼 더 필요했는데, 밤에 찔끔거리는 아이들 오줌방울처럼 나오는 수돗물이 아쉬울 따름입니다. 그렇다고 한 사발의 물을 거절할 수 없었고, 그러다 보면 많은 사람들의 목마름을 채워주기에는 밤새워 받아놓은 물로는 부족했습니다. 그런 사정을 모르는 사람들은, 물 한 사발 때문에 섭섭하다는 둥, 인심이 사납다는 등등의 여러 말을 만들어냈습니다. 지하수를 파기 위해, 우선 지평사가 와서 물줄기를 잡았고, 토신제를 지냈습니다. 그리고 아저씨와 아버지가 몇날 며칠을 끙끙거리며 파내야 했습니다. 때로는 남포를 터서 바위를 깨고, 지렛대에 매달린 도르래를 이용해서 깊어지는 만큼씩 힘들여 그 흙을 끌어올리는 것도 어려운 일이었습니다. 그렇게 하루하루 깊어지는 그 모습을 빼지 않고 지켜보면서, 물보다 먼저 석유가 쏟아질 것 같은, 때로는 금광이나 거대한 보물이 나오는 것 아닐까 쿵쾅거리는 가슴을 진정시키며, 소년은 자신이 할 일을 열심히 했습니다. 그러나 쉽게 물은 나오지 않았습니다. 그 깊이가 깊어 아저씨 모습이 아슬아슬해졌을 때는, 혹시 지구가 맞뚫리지 않을까 걱정도 했습니다. 어느 날, 드디어 물줄기를 잡았다고 아저씨가 그 깊은 속에서 소리를 치며 건전지 불빛을 흔들었습니다. 그 기쁨은 그 어떤 보물보다 크고, 소년은 그 속으로 퐁당 뛰어들어 확인하고 싶을 만큼 좋았습니다. 많은 물이 고이도록 장독에 있던 큰 항아리와 산에서 손과 발에 물집이 잡히도록 주워왔던 자갈을 바닥에 깔고, 파이프를 묻자, 펌프 샘, 그 형태가 보였습니다. 다음날 아침, 소년은 손바닥이 얼얼하도록 물을 퍼냅니다. 저 밑바닥에 고인 흙탕물을 퍼 올리기 위해서 한나절은 족히 펌프질을 했습니다. 그랬어도 힘들기는커녕 즐겁기만 했습니다. 물은 끝이 없이 올라왔습니다. 그리고 그날 오후부터 거짓말처럼, 그 맑고 차디찬 물이 쏟아져 나왔습니다. "으따~, 차말로 밸 것도 아니구먼 이~." 그 기쁨을 감당하지 못하겠다는 듯, 소년이 그랬습니다. 사실은 무엇무엇을 투자한 만큼보다 얻어진 것이 덜할 수도 있었습니다. 하지만 소년은 그게 다가 아니었습니다. 물이 나오므로 해서 그만큼 희망을 가졌습니다. 노력에 대한 대가와 보람과 하면 된다는 자신감과 찾으면 얻을 수 있다는, 그리하여 그 얻음 때문에 느낄 수 있는 기쁨이란 말로 다 표현할 수 없다는 뜻일 겁니다.

소년은 또 다른 경험을 하고 있습니다.

불과 며칠 전에 느꼈던 그 기쁨과 희망이 하루아침에 이렇게 무너지고 있는 겁니다. 때문에 발걸음이 무겁고, 도대체 학교에도 가기 싫습니다. 집을 나설 때, 안개에 가려 흐리멍덩했던 햇살이 벌써 코앞까지 다가와 간지럽게 합니다. 평소의 등교시간을 훨씬 넘기고 말았습니다. 다시 하늘을 올려봅니다. 하늘은 끝없이 높고 넓으며, 태양은 쑥쑥 떠오르고 있습니다. 주위를 둘러봅니다. 보리를 베어낸 밭은 아무것도 심어져 있지 않고, 잠자리풀과 잡초들만 엉성합니다. 또 한쪽은 고추와 참깨가 한창이어야 할텐데, 가뭄을 견디지 못하고 시들부들합니다. 고구마 밭이랑은 덩굴을 집어삼킬 듯이 쩍쩍 갈라져 있습니다. 그뿐입니까, 시골의 모든 것이 갈라져가고, 풋풋함이 아닌 퍼석거림으로 분분해져 서로에게 소외당하는 것만 같습니다. 젊은 사람들이 떠나버린 집집마다의 생활은 생기가 없고, 개량되기 전의 가옥이었다면 차라리 그 을씨년스러움을 어쩌지 못하고 봐줄 수도 있겠지만, 그때그때 손질하지 못한 슬레이트지붕은 양복입고 삿갓 쓴 격이니, 그 꼴도 가관입니다. 하여튼 지금 시골은 그 옛날의 마음속 고향일 뿐이지, 아침저녁으로 굴뚝에서 모락 모락 연기가 피어나는 한가로운 시골이 아닙니다. 새마을사업 덕분에 그나마 좋아졌다고들 하는데, 뭐가 음이고 양인지, 그것 역시 알 턱이 없었습니다.

학교 운동장이 텅 비어있습니다. 수업시작 종이 울렸나봅니다. 그러나 다급할 것도 없습니다. 교무실 앞에 부착된 시계도 무시하고, 아주 차분히 교실로 들어섭니다. 반 아이들이 "와~" 하고 소리칩니다. 하마터면 지각할 뻔했다는 탄성입니다. 자리에 앉자마자 선생님이 소년의 이름을 불렀습니다. 그리고는 잠시 멈추고, "오늘은 어쩐 일이냐?" 하고는 선생님은 다시 출석을 확인해 나갑니다. 학생은 총 38명입니다. 학년 전체입니다. 시골이 피폐해가고 있다는 증표입니다. 그것도 해마다 학생 수가 줄어든답니다. 아저씨네 형들이 다닐 때는 2부제수업까지 했어도 교실이 부족했다는데 말입니다. 소년은 공부시간에 여러 차례 지적을 받았습니다. 몸이 아프면 조퇴를 하라고 했지만 고집을 피웠습니다. 그림 그리기 시간에는 크레파스를 잡아보지도 못했습니다. 형과 누나가 다녔던 시절의 초등학교 모습을 그리려는데, 도무지 상상할 수가 없습니다. 해서 그릴 수 없었습니다. 수채화는 숙제로 받았습니다. 느닷없이 언젠가 어머니가 했던 말이 기억났습니다. 제삿날 아침이었을 겁니다. 집에 두고 온 떡 생각으로 선생님 말씀을 헛듣고 오면 안 된다. 떡 많이 남겨둘 테니까, 공부 열심히 하고 오라던, 그 말뜻을 오늘에야 알았습니다.

소년이 집으로 들어섭니다.

펌프질부터 합니다. 그것은 아침과 마찬가지였습니다. 하지만 조급하게 굴지 않고, 펌프에서 곧 벗어납니다. 아버지는 냉장창고에 작업을 나갔으니 당연히 부재중이고, 어머니는 구멍가게에서 파리를 쫓는지, 잡는지 분간할 수 없는 움직임으로 너부죽이 앉아있습니다. 그러나 시선은 자동펌프에 고정되어 있네요.

"엄마, 아저씨가 머시라고 허등가?"

"쩌그, 저거 때문이란다."

"그래서 아부지는 머시라고 했는디?"

"어쩌야, 아무소리도 못허고 꿍꿍 앓기만 허제."

"으째서?"

"머시 어째서것냐, 묵고 살랑께 그러제야."

소년은 더 묻지 않습니다. 답답한지 어머니도 일어납니다.

언젠가 바닷가에서 모래구덩이를 팠던 생각을 하면서, 어머니가 앉아있는 그 자리에 앉습니다. 한참을 자동펌프 그것에 눈을 고정하고 있었습니다. 밥 먹으라고 몇 번을 일렀지만 듣는 척도 하지 않았고, 가게에 손님이 와도 외면한 채, 오후를 그렇게 보냈습니다. 뿐만 아니라, 저녁도 먹지 않고 일찍 누워버렸습니다. 짧은 밤 동안 소년은 꿈속에서, 거미줄에 걸린 잠자리를 살려주려다 자신이 방죽에 빠지기도 했고, 순이 엄마를 꼬드겨 도망친 사람을 잡았다고 덮쳤는데 보자기를 풀어보니 공장 사장이었으며, 아버지가 자동펌프를 쇠망치로 박살냈다고 작업도 나오지 못하게 하고, 인부들에게 구멍가게 출입도 막아버렸습니다. 동네 아주머니들이 냉장창고 사장의 팔뚝을 물어뜯고, 아저씨들이 창고와 공장에 불을 지르고 도망치는 등등의 악몽에 시달리고 쫓겨 다니다 깨어났습니다. 그러나 소년은 눈을 뜬 순간에 그 모든 것을 기억할 수 없습니다.

어제와 같은 새벽입니다.

봉창이 환한데도, 소년은 꼼짝하지 않고 자리에 누워있습니다. 멀리서 누렁이가 못 볼 것을 봤는지 찢어지게 짖습니다. 그 자지러지는 울음 사이로 냉동기의 소음이 들립니다. 그 소음은 마을의 새벽을 여는 잔정들을 삼켜버린 지 오랩니다. 소음이 싫어 홑이불을 둘러씁니다. 하지만 소음은 점점 또렷해져 마음과 생각과 가슴을 차례로 냉동시키는 것 같습니다. 갑자기 오한으로 몸이 떨립니다. 그 떨림을 감당해보려고 소년은 어금니를 사려 뭅니다.

"아이~, 누렁이가 창고 개를 물어뜯고 난리다, 어서 나가봐야."

"냅도부러~. 콱, 무러뜨더주게 부라고."

어머니 목소리에 근심이 묻어있었지만, 소년의 대답은 오히려 데퉁스럽습니다. 아버지는 오늘도 아무 일 없었던 듯 작업을 나갈 모양입니다. 그리고 어머니는 가게진열장에 라면 몇 봉지를 더 올려놓고 있을 겁니다. 소년은 여전히 문밖으로 나서기가 싫습니다. 평소와 같은 새벽이 아니기에 말입니다.

우리 고향 _ 윤석원 연작소설집

초판 1쇄인쇄 2017년 11월 13일
초판 1쇄발행 2017년 11월 15일

저 자 윤석원
발행인 박지연
발행처 도서출판 도화
등 록 2013년 11월 19일 제2013-000124호
주 소 서울시 송파구 중대로34길 9-3
전 화 02) 3012-1030
팩 스 02) 3012-1031
전자우편 dohwa1030@daum.net
인 쇄 (주)상현디앤피

ISBN | 979-11-86644-43-0 *03810
정가 13,000원

도화道化, fool는

고정적인 질서에 대한 익살맞은 비판자,
고정화된 사고의 틀을 해체한다는 뜻입니다.